Y líbranos del mal

Seix Barral Biblioteca Breve

Santiago Roncagliolo
Y líbranos del mal

A Everardo González,
Joanna Lombardi,
Rodrigo Ordóñez,
y los tonderos,
mis últimos cómplices.

Y perdona nuestros pecados,
así como nosotros perdonamos
a los que nos han hecho mal.
No nos dejes caer en la tentación
y líbranos del mal.
Porque tuyo es el reino, el poder y la gloria
para siempre jamás.
Amén.

Mateo 6: 12-13

PADRE

He cambiado los nombres de esta historia. He escondido a sus actores y sus escenarios bajo etiquetas falsas. Porque no quiero despertar su ira. He visto lo que son capaces de hacer.

De hecho, ni siquiera pretendo lastimar a esas personas. No me corresponde ese papel. Solo me interesa poner orden en estos recuerdos, quitármelos de encima, aunque sea disfrazados bajo nombres falsos. Tengo que descargar de mi memoria todo lo que ahora sé. Y quizá la única forma de contar los hechos verdaderos sea salpicarlos de palabras de mentira.

Tampoco puedo decir que sea una *historia*, en el sentido estricto del término. Es un entramado de relatos, un caos de narraciones que se puede empezar a contar por miles de puntos, desde los ojos de muchas personas, y que desde cada perspectiva, dibuja un mundo diferente.

Pero yo solo puedo hablar por mí.

Los demás tendrán que encontrar sus propias voces.

Aquí cada quién se salva como puede.

Mi participación en todo esto empezó con una llamada. Una voz de otro lugar —de otro mundo— que irrumpía en la cena. O quizá, una del pasado, que nos tocaba el hombro con un dedo gélido.

Incluso antes de saber quién llamaba, el teléfono de papá sonó histérico. Como una alarma antibombas. Como deben de sonar los aviones cuando les explota un motor en el aire y siguen volando, sostenidos por la inercia, sin entender que ya han comenzado a caer.

Hasta ese momento, el vuelo había sido confortable. Mi vida había transcurrido con la velocidad de un crucero, sin turbulencias ni mareos. De hecho, esa misma era una gran noche. O debía serlo. Al fin y al cabo, en nuestra familia, todo ocurría siempre sin sobresaltos, según el plan.

Mi única rebelión había sido hacer una pausa al terminar el colegio. Quería decidir mi vocación con calma y no había corrido a una universidad. Me había empleado en una carpintería y luego como mensajero, incluso una temporada como camarero de un bar. Pero al final, había vuelto al plan original. La libertad que había imaginado trabajando en esos pequeños puestos se parecía más bien a la explotación y la sobrecarga de trabajo. Admití que había sido un ingenuo. Acepté ingresar en una universidad. La noche en que empezó esta historia, mis padres y yo celebrábamos en Grimaldi's, nuestra pizzería favorita de Brooklyn, que yo regresaba al rebaño de las ovejas blancas.

No solo festejábamos mi intención de estudiar una carrera. Ya teníamos claro que podría hacerla. Me habían aceptado en la universidad de Clarks Summit de Pennsylvania, un centro bautista. Por supuesto, habríamos preferido una universidad católica, como Sacred Heart, en Connecticut. Y de ser posible, una más cercana a casa, como el Manhattan College. De hecho, seguíamos esperando una respuesta de ellas. Pero no nos hacíamos muchas ilusiones: la admisión y el crédito universitario en esas instituciones eran difíciles. Además, Clarks Summit estaba bastante bien. Y lo suficientemente cerca de mis padres.

Yo no quería alejarme de mis padres. Nunca lo había hecho. Es irónico recordarlo, considerando lo que ocurriría después.

Ellos tampoco querían alejarse. De hecho, esa noche, papá no dejaba de consultar el GPS calculando distancias y tiempos entre mi nueva vida y la de siempre.

—Tres horas y media —decía, enseñando el teléfono—. Podemos salir de aquí cualquier día después de almorzar y plantarnos en Scranton antes de que anochezca. ¡O puedes venir cada viernes y pasar el fin de semana en casa!

Mamá se reía. Su risa era del mismo color traslúcido que su chardonnay.

—Tienes que dejar respirar a tu hijo. ¡Ya es grande! Querrá hacer sus propios planes. ¿Verdad, Jimmy?

Grande. Yo estaba bebiendo una Dr. Pepper y comiendo una pizza llena de jamón. Odiaba las verduras y veía películas de superhéroes. Mi favorito era Iron Man. Practicaba fútbol. Solo me había emborrachado una vez, por error de cálculo, en el cumpleaños de un amigo. Y nunca había tenido una novia.

No. Creo que no era grande. No sé si lo soy ahora.

—Sí, mamá.

—¿Sabes lo que tienen en Clark Summit? —seguía mi padre, que bebía una cerveza—. Estudios de negocios con enfoque bíblico. Me gusta eso.

—¡Negocios con enfoque bíblico! —Reía mamá, y ahora sospecho que quizá estuviese un poco borracha. A veces, se lo permitía, sin excesos, solo como una pequeña forma de festejo controlado—. ¿Crees que es buena idea? Si Jimmy piensa demasiado en la espiritualidad, no hará buenos negocios...

Papá se puso serio, como se ponía siempre que hablaba de las dos cosas: la religión y los rendimientos del capital.

—No quiero que nuestro hijo vaya por el mundo pensando que lo único importante es el dinero. —Y luego se forzó a volverse hacia mí. Aún le costaba hablar de mí mirándome, como se hace con los adultos. Aún me consideraba un niño, al menos en parte—. No se trata de que te mueras de hambre, Jimmy. Pero hay cosas más importantes que las ganancias. ¿Ya?

Hablábamos siempre en inglés, pero mi padre conservaba esa muletilla peruana: *¿Ya?*

El resto de su pasado yacía abandonado en algún cajón polvoriento. O en una tumba. Nunca hablaba de él.

Hasta la noche del Grimaldi's, yo no había reparado en ese silencio. O quizá lo había atribuido a sus ganas de ser un verdadero estadounidense. Conocía a muchos inmigrantes que se esmeraban por convertirse en auténticos neoyorquinos, y hasta llegaban a hablar su propio idioma nativo con acento. Era normal. Solo durante los siguientes meses, yo repararía en que papá iba más lejos que esos inmigrantes: por ejemplo, jamás hablaba de sus compañeros de estudios, ni recibíamos visitas de viejos colegas. En el barrio, teníamos amigos colombianos, argentinos y mexicanos, porque papá trabajaba de administrador en la concatedral de Saint Joseph, en Brooklyn, donde el catolicismo era territorio de hispanos. Pero no conocíamos a ningún peruano y ahora sospecho que papá los evitaba. De hecho, para perfeccionar la lengua española, yo tuve que apuntarme a cursos, porque papá nunca usaba el idioma en casa. Se negaba incluso a repetir las palabras de su vida anterior.

Y, sin embargo, nunca llegó a despojarse de su muletilla: *¿Ya?*

Esa pequeña mancha de nacimiento gramatical.

—¿Sabes lo que deberíamos hacer? —siguió diciendo. Quizá él también había bebido una o dos cervezas de más—. ¿Sabes lo que haremos cuando tengas un título de administración de empresas? Pondremos un negocio.

—¿Qué clase de negocio?

Él puso cara de intelectual, con la mano en el mentón y la mirada profunda. La cara que ponía cuando había tenido una idea y creía que era una grande.

—Lo tengo todo pensado: la gente sale de la misa en Saint Joseph y se queda un rato conversando en las escaleras. ¿Por qué? Porque no hay una cafetería cerca. Pero a veces quieren seguir charlando. O les da flojera ir a casa a cocinar. O asisten a misa temprano y no han tenido tiempo de desayunar. ¡Tendríamos que poner una cafetería! ¡Nos haríamos ricos!

Mamá besó a papá en una mejilla y luego le limpió el lápiz de labios con el pulgar para que él no anduviese por ahí con aspecto de haberse estado revolcando con una amante.

—¿Y qué haremos con la cafetería los otros seis días de la semana, genio de los negocios?

—Comeremos en ella —respondió papá, pero ya sin su cara de intelectual, más bien con una sonrisa bobalicona en los ojos—. ¡Y no volveremos a gastar en comida!

Si tuviese que escoger un único recuerdo de mi familia, sería esa noche: los tres alrededor de una pizza humeante, haciendo planes para el futuro y contando chistes tontos. Mi padre planeando negocios imposibles, mi madre con los pies en la tierra y yo flotando a media altura, entre el cielo y el suelo, seguro de que en ambos lugares encontraría un refugio. Sin duda, preferiría ese momento a mi primera comunión. O a la vez que mi equipo ganó el campeonato de fútbol entre colegios. Esos recuerdos los compartíamos con muchas otras familias: tenían que ver con grupos de catequesis o promociones escolares. En cambio, este momento era solo de nosotros tres. Lo habíamos construido juntos. Representaba la culminación exitosa de nuestra vida en común.

Y entonces, sonó el teléfono. La explosión del motor del avión.

—¿Quién te llama a esta hora?

Mamá siempre reprochaba a papá que contestase el teléfono durante las comidas familiares. O que mirase el mail. Él consideraba que formaba parte de su trabajo. Él era como un doctor. El doctor de un edificio viejo, siempre listo para atender sus huesos rotos y sus resfriados.

—Quizá ha reventado una tubería o algo así...

—Es una llamada del extranjero. Debe de ser un teleoperador de los que llaman desde Centroamérica. No contestes.

—Sí —confirmé, terminando de tragar un trozo de masa gruesa y queso—, te quieren vender una nueva tarifa telefónica. O un seguro de vida.

—Es un código 51. Del Perú.

Papá lo dijo como si fuese algo malo. Al menos, estoy seguro de que habría sonado más alegre si hubiese reventado una tubería bajo el templo. Mamá y él se miraron, congelados, mientras el aparato seguía reclamando atención. Una vez más, después de su mirada, papá posó los ojos en mí, pero ahora ya no me miró como a un adulto, sino todo lo contrario: como a un niño que a esas horas debería estar en su cama, soñando con los angelitos, a salvo de los problemas de los humanos. O como a una mascota incómoda que orina sobre la alfombra.

A pesar de eso, contestó el teléfono. Tocó con la yema del dedo la luz roja. Se llevó el terminal al oído.

—¿Sí?... Sí... ¿Cómo estás?

Lo dijo en español. De hecho, en peruano. Su acento más o menos tropical, lengua franca de la parroquia de Saint Joseph, se moduló hasta convertirse en una suave cantadita con énfasis en las *s*. Pero el cambio fue apenas perceptible. Después, pasó un largo rato en silencio. Me resultaba imposible saber si, del otro lado de la línea, alguien hablaba o esperaba una respuesta. Yo solo veía la nube negra, cerniéndose sobre nuestra mesa como un buitre al acecho.

—Sí... —repitió papá—. Sí... Hablaremos mañana. ¿Okey?

A continuación, colgó. Y seguimos cenando, como si nada hubiera pasado. Al menos, lo intentamos.

—¡Aceptaré abrir esa cafetería si servimos pizza como esta! —dijo mamá, mordiendo una porción de jamón.

Sin duda, ella se esforzaba por mantener el buen humor, mirando a mi padre de reojo, esperando que él recogiese el testigo y recuperásemos nuestra velada alegre, nuestra vida según el plan.

Pero a nuestro lado, ya no estaba el hombre de las bromas tontas y el GPS. En su silla, se sentaba un anciano agotado y deteriorado, que se arrastró hasta el final de la pizzería con gran trabajo, como quien asciende una montaña muy alta.

Debo corregirme. Después de todo, mi padre sí mantenía un vínculo con su pasado. O quizá deba llamarlo *un cordón umbilical*. Cada año, para la Navidad, mi abuela paterna, Mama Tita, venía a Nueva York y se quedaba hasta el 6 de enero, día de Reyes, y traía consigo la lengua, los recuerdos, incluso el olor de nuestro origen perdido.

Durante mi niñez, yo esperaba con ansia la visita de Mama Tita, porque incluía un premio especial: dos semanas después de Nochebuena, cuando todo había terminado para los demás niños en todo el país, cuando las ofertas *Christmas sale* habían desaparecido de los escaparates y ya todos mis amigos habían estrenado sus juguetes y abrigos nuevos, a mí me llegaba un regalo extra: un carro a control remoto o un astronauta. Cada 6 de enero, yo encontraba bajo el árbol un solo y único paquete, envuelto en el mismo papel de los regalos navideños con etiquetas en español.

Recuerdo haber gritado de emoción la primera vez:

—¡Miren! ¡Santa ha vuelto a pasar!

Indignada, mi abuela aclaró:

—¡Hijito! Ese regalo es de los Reyes Magos.

—¿De quiénes?

—¿Cómo que de quiénes? —decía Mama Tita mirando con reprobación a mi padre, como si él no hubiese cumplido con su deber—. ¿Acaso has leído sobre Papá Noel en la Biblia?

—¿Quién es Papá Noel? —le preguntaba yo y mi ignorancia la enfurecía aún más.

—¡Santa Claus! —Se salía de quicio—. Si ni siquiera tiene un nombre. El viejo gordo que trae cosas en Navidad.

—No está en la Biblia. Pero está en la tele.

—¡Ese es el problema! La gente ve mucho la tele y poco la Biblia. En el Perú también, no creas. Pero los que llevaron los regalos al niño Jesús fueron los Reyes Magos: oro, incienso y mirra.

—¿Qué es mirra?

Ella dudaba. En este caso, no se trataba de mis limitaciones con el español. Es que ella tampoco lo sabía.

—Algo muy bonito que se llevaba a los niños —respondía, y luego, consciente de que ella tampoco tenía todas las respuestas, reconducía el tema hacia el carro a control remoto o el astronauta.

Como la familia de mi madre se quedaba en Nebraska, las fiestas de fin de año eran propiedad exclusiva de Mama Tita. Aun así, tampoco puedo decir que fuesen especialmente peruanas. Mi abuela hablaba en castellano, pero mi padre le respondía siempre en perfecto inglés, según decía, para no excluir a mamá de la conversación. Ahora comprendo que no tenía mucho sentido, porque mamá precisamente era profesora de español en un colegio privado del Dumbo. Pero evidentemente, nunca pensé en eso. Todas estas cosas me han venido a la mente después.

Supongo que nuestra memoria es como una película de asesinos en serie. Cada giro de la historia cambia el sentido total. Miras atrás y los detalles antes relevantes ya no son los que creías.

En los últimos meses, por ejemplo, he recordado un par de episodios a los que nunca di importancia. Ambos ocurrieron en la misma visita de Mama Tita, un fin de año especialmente tenso. O eso creo ahora. En esa época, ni lo noté.

El caso es que yo debía tener siete u ocho años y Santa Claus me había traído unos patines nuevos, que decidí probar en el asfalto alrededor de Prospect Park. Después de mi novena o décima caída, al verme con la cara roja y llena de arañazos, frustrado por no saber mantenerme en pie sobre las ruedas, mi abuela me llevó a tomar un helado.

—Papá no quiere que tome helados en invierno —me negué.

Ella dijo:

—Será nuestro secreto.

Por supuesto, ningún niño dice que no a un familiar que insiste en comprarle un helado. Tampoco a un secreto. Tener un secreto te hace sentir importante: es cosa de grandes.

Compartir un secreto, además, implica estrechar la relación con esa persona, dar un paso más hacia la confianza. Ahora lo tengo más claro que nunca porque soy un experto en secretos, un profesional. Pero a los siete años ya era capaz de intuirlo. Así que, en la heladería, cuando la abuela me preguntó con la mayor inocencia qué pensaba pedirles a los Reyes Magos, yo saqué por un segundo la cuchara de mi Rocky Road Dazzler y respondí lo único que no habría respondido media hora antes: la verdad.

—Un hermano. Quiero pedirles un hermano.

—Los Reyes no pueden traer eso.

—Entonces una hermana.

Mama Tita sonrió y guardó silencio. La verdad, un niño con un Rocky Road Dazzler no necesita mucha conversación. Pero la idea se me quedó zumbando en la cabeza, o eso creo recordar, y al terminar mi helado y limpiarme el chocolate de la boca, y de la camisa, y del pantalón y de los patines, se me ocurrió preguntar:

—¿Papá no tiene hermanos?

Trato de recordar ahora si mi abuela se puso nerviosa por la pregunta, o su nerviosismo solo es un añadido posterior y adulto a una memoria infantil que debió ser más sencilla e irrelevante. En todo caso, según mi memoria, ella balbuceó algo, recogió su bolso para salir de ahí, y cuando ya estábamos en la puerta, con el frío metiéndose en nuestros huesos y la voz casi apagada por la bufanda, me soltó:

—Por un tiempo, tuvo hermanos. Tuvo muchos. Pero se pelearon.

Ahora, habría preguntado muchas cosas ante esa respuesta: ¿Cómo se tienen hermanos «por un tiempo»? ¿Por qué pelearon? ¿Dejaron de ser hermanos por la pelea? ¿Es eso posible? ¿Por qué no han venido nunca a visitarnos? ¿Tú también podrías dejar de ser mi abuela después de una pelea? ¿O mis padres? ¿Podrían perder el título tras una discusión?

Pero no pregunté nada de eso. Cuando eres niño, no cuestionas las respuestas. Las grabas de una en una. Las guardas hasta la adolescencia. Y es entonces cuando las cuestionas todas de golpe.

Ese año, los Reyes Magos me trajeron el uniforme de la selección peruana de fútbol, con su franja roja sobre el pecho. El equipo peruano jamás había pasado por ningún campeonato, ni siquiera por ningún canal de televisión a mi alcance. Pero la camiseta tenía los colores de los New York Red Bulls, lo cual me parecía una cualidad admirable, y yo le dije a la abuela que me gustaría pasar la próxima Navidad en el Perú.

—¡Claro que sí! —Se entusiasmó ella—. Deberías hacerlo. Porque tú eres peruano.

Nunca se me había ocurrido que yo también fuese peruano. Me parecía un rasgo que existía en la familia, como el pelo negro o los ojos marrones, pero que no necesariamente se transmitía de generación en generación. En todo caso, me gustó escuchar eso. El Perú me sonaba a un mundo exótico. A regalos extra. Y a una camiseta bonita.

Por la noche, en la cena, repetí ante mis padres que me gustaría pasar la siguiente Navidad en el Perú. Pensé que papá se alegraría y planearía un viaje de inmediato, con su entusiasmo habitual por proyectar cosas. Para mi sorpresa, frunció el ceño, torció los labios y se aclaró la garganta, que eran las cosas que hacía cuando yo sacaba malas notas. Ni siquiera me contestó directamente. Se dirigió a Mama Tita:

—¿Has estado metiéndole ideas en la cabeza a Jimmy?

—Se le ha ocurrido a él solo. —Sonrió ella, triunfal.

—Bien, ya lo hablaremos —zanjó él, y se sumió en sus costillas con papas fritas.

Creí entender que se había abierto una rendija de esperanza e intenté abrir del todo la puerta:

—¡Claro! Dice la abuela que allá es verano. ¡Podríamos ir a la playa en Navidad! Y veríamos jugar a los equipos de allá, y...

—¡He dicho que lo hablaremos! —Se alteró él.

Sonó como que nunca lo hablaríamos.

Seguimos cenando. Mamá cambió de tema, papá recuperó su humor y, como suelen hacer las familias, fingimos que nadie había dicho nada incómodo.

Esa noche, o quizá otra noche —los recuerdos de un niño son confusos, teñidos de irrealidad y a menudo imaginarios— la abuela me acostó. Me leyó un capítulo de *El diario de Greg*, rezamos juntos «ángel de la guarda, dulce compañía, no me dejes solo ni de noche ni de día» y, mientras me arropaba, me animó:

—No te preocupes, cariño. Arreglaremos todo para que pases alguna Navidad en el Perú, aunque sea solo conmigo.

Supongo que ya estaba medio dormido, porque nunca reparé en la última frase. Esta solo volvió a mi mente muchos años después, y, como he dicho, quizá fue dicha en otro momento. Pero sí tengo claras sus palabras exactas. Esas palabras que flotarían en el aire y acabarían cobrando sentido muchos años después.

Aunque sea solo conmigo.

Nunca fui al Perú, ni con mi abuela ni sin ella. Durante la década siguiente, la promesa de la abuela se dejó zarandear por el viento hasta desaparecer en alguna alcantarilla. Y para la noche en que celebramos mi éxito académico con pizza de Grimaldi's, ya todos habíamos olvidado esa posibilidad. La Navidad en verano ya no era una idea divertida. La camiseta blanquirroja había sido olvidada en alguna casa anterior. Los Reyes Magos ya no existían. Y el Perú era solo un nombre que ponía a papá de mal humor.

De hecho, el mal humor por la llamada telefónica no se acabó esa noche. Papá lo conservó y fermentó durante semanas, en las que dejó de hacer planes sobre mi futuro y pareció encerrarse en sí mismo. Ni siquiera se animó con las buenas noticias. Cuando me aceptaron en Sacred Heart, él me felicitó, por supuesto. Pero resultó la felicitación más melancólica que yo había visto en mi vida. No hubo pizza, ni salimos a ninguna parte. Papá apenas me pasó la mano por la cabeza como se hace con un cachorro gracioso. Y rumió:

—No me extraña nada, con todo lo que estudias.

A continuación, volvió a sumirse en su nube, a refunfuñar y a perder la paciencia por cualquier tontería. Daba igual preguntar qué le pasaba. Con notable ingenuidad, él pretendía hacerme creer que todo estaba bien.

Un mes después de la llamada telefónica, papá tuvo un día especialmente amargado. Se quejó del frío («Deberíamos vivir en Miami, donde siempre hace sol»), del presidente Obama («Nunca debimos dejar este país en manos de un socialista. En este país no funciona el socialismo»), de nuestro almuerzo («¿Tenemos que comer siempre verduras? ¿Son taaaan buenas para salud? Más les vale serlo, porque no saben a nada»). Y el sábado por la tarde discutió casi a gritos con mamá por la película que verían. Él quería ver una vieja cinta de acción con Dolph Lundgren. Y Mamá se inclinaba por algo más apacible, con al menos una historia romántica. Creo que ella ni siquiera percibió en qué momento la conversación escaló hasta convertirse en pelea. De un momento a otro, mi padre gritaba como un energúmeno. Por Dios, estaba tan alterado que parecía haber encontrado a mamá con un amante. Él nunca se había comportado así.

La pelea acabó como suelen acabar las peleas.

—Entonces, decide la película tú y ya está.

—¡No! ¡Decídela tú!

—¡Tú!

Y después, papá decidió sacar a pasear a Schnapps, nuestro pequeño schnauzer, que a esas alturas ladraba y gruñía como si quisiera poner la película él. Papá le puso la correa al perro y estuvo a punto de estrangularlo del tirón que le dio, pero al menos salió de la casa, llevándose con él su mala onda y dejándome a mí más que asustado, desconcertado.

Mamá permaneció en el sofá, hojeando una revista distraídamente. Después de todo, ella ni siquiera quería ver la tele. O ya no quería. O a lo mejor hojeaba la revista para disimular su enfado. Tenía la misma incapacidad que papá para esconder sus emociones. Su cuerpo hacía esfuerzos inútiles para negar lo que llevaba escrito en la frente.

Y sin embargo, a diferencia de papá, mamá hablaba. Necesitaba hacerlo. Si algo la inquietaba o enfadaba, lo proclamaba a los cuatro vientos. Lo repetía una y otra vez, con lujo de detalles, por teléfono, en persona, a sus amigas y a sus hermanas. Como si pudiese descargar los problemas en forma de palabras.

—¿Por qué papá está así? —le pregunté a mamá.

Ella no se hizo de rogar. Descartó su lectura en el revistero junto al sofá. Con unas palmaditas en el cojín, me invitó a sentarme a su lado. Se sirvió una cerveza. Había descubierto una marca de cervezas belgas de sabores: menta, chocolate, miel. Y había acabado por aficionarse a la de cereza, *cherry beer*, que solía beber cuando mi padre no se encontraba en casa. Abrió su botella y me ofreció, pero yo detestaba el sabor dulzón de esas cervezas y, como ya he dicho, ni siquiera disfrutaba el alcohol. Al igual que papá, yo desconfiaba de las bebidas espirituosas y pensaba que mamá consumía un poco más de las necesarias. Aunque, a diferencia de él, yo no era capaz de decirlo en voz alta.

Así que simplemente me senté en silencio. Observé la espuma ascender hasta casi rebalsar el vaso. Constaté los nervios de mamá porque tamborileaba en la mesa con la uña. Y finalmente, escuché su respuesta:

—Es Mama Tita. Hay malas noticias.

Cuando cumplí quince años, mi padre me llevó a ver una carrera de motos GP. Recuerdo con claridad el zumbido metálico de esas avispas gigantes por la pista. A más de trescientos kilómetros por hora, el ruido te martilleaba las sienes y te atravesaba el cerebro.

Cerca del final de la carrera, peleando un adelantamiento, uno de los motoristas tomó mal la curva y se salió de la calzada. Su moto cruzó la zona de seguridad y fue a estrellarse contra un muro. Él salió volando del vehículo y cayó como un costal de papas en el suelo. Lo curioso fue que, en vez de preocuparse por sus huesos rotos, llamar a los médicos o agradecer al cielo por estar vivo, el motorista se levantó y corrió hacia la moto. Estaba preocupado por ella. La levantó del suelo. La examinó. El motor echaba humo. El corredor llamó a los mecánicos a gritos, preso de la desesperación, como si su madre agonizase entre sus brazos.

No pensaba en sí mismo. Tenía diecisiete o dieciocho años. No se le pasó por la cabeza que podía haber muerto.

Cuando eres joven, solo ves jóvenes. No tienes referentes sobre fallecer o envejecer. Nadie que conozcas sufre enfermedades o deterioros serios. Ni siquiera pierden los dientes, a menos que sea en un partido de *rugby*.

Durante toda tu vida, los mayores te han dicho hasta el cansancio:

—¡Qué grande estás!

Pero tú nunca has pensado qué viejos están ellos. Siempre los has visto iguales.

Las noticias sobre la salud de Mama Tita me hicieron descubrir en la práctica que la gente cambia, y no para mejor. Y eso que mamá doró la píldora tanto como pudo. Aquella tarde, con su *cherry beer* en la mano y una sonrisa que pretendía darme ánimos a mí, pero no le alcanzaba ni siquiera a ella misma, definió la situación con un genérico «problemas de la edad». Eludió las preguntas directas. Evitó los detalles precisos. Al final, sus escandalosos silencios solo lograron convencerme de que la abuela debía hallarse al borde de la muerte.

—¿Desde cuándo lo sabemos? —pregunté.

Fue entonces cuando supe que ese había sido el motivo de la llamada que papá recibió en Grimaldi's.

—¿Y me lo dices recién hoy? —protesté.

—No queríamos preocuparte.

—¿Y para no preocuparme papá ha estado actuando como un perro rabioso? ¿En serio?

Mamá no supo qué contestar. Solo se oía el castañeteo de sus uñas contra la mesa. Yo exigí:

—Quiero hablar con ella.

—Deberíamos esperar a papá ¿no crees?

—¡No!

Leí en sus ojos que buscaba alguna buena razón con la que impedir mi llamada. Pero tuvo que rendirse ante la evidencia: no existía ninguna. Ni hacía ninguna falta ocultarme los hechos, ni esperar a papá para preguntarle a mi abuela cómo estaba, para hacerle saber que me importaba. Ella llevaba un mes sosteniendo la mentira más innecesaria del mundo. Cuando al fin me entregó su teléfono, con el número de la abuela en la pantalla, mamá tenía la actitud de un general entregando sus armas después de capitular.

Apreté el dibujo del telefonito y esperé. Uno sabe que la llamada ha entrado en el Perú por la publicidad. Antes de dejarte hablar con alguien, la compañía telefónica te recita sus eslóganes. Y solo después de eso, te pone en contacto.

La voz que me contestó no parecía la de la abuela, sino la imitación de una actriz débil, o despertada a las tres de la mañana, con pocas ganas conversar. Por un instante, creí estar hablando con otra persona. Con la abuela de mi abuela.

—¿Mama Tita?

De repente, reparé en lo infantil de su apelativo. Yo seguía llamándola con el mismo término desde los tres años, cuando apenas era capaz de balbucear los nombres de la gente. Los nombres sirven para fingir que el tiempo no pasa y, al final, son lo único que queda de nosotros.

—Jimmy, precioso —me saludó ella—. Supongo que ya lo sabes: este año, los Reyes no traerán regalos.

Sonreí. Obviamente, yo ya sabía lo de los Reyes y Santa Claus. Pero la abuela y yo seguíamos hablando de sus regalos como si llegasen de Oriente. Supongo que compartíamos esa fantasía en homenaje a los viejos tiempos. Igual que su nombre. De repente, comprendí que entre nosotros nada había cambiado desde nuestra primera Navidad juntos.

—¿Cómo estás?

—Bien, querido, bien. Pero ya sabes cómo son los doctores. Quieren que repose y repose y repose. Me tratan como a una niña.

Mentía. Y, sin embargo, el timbre de su voz me decía la verdad.

—Te vamos a extrañar —le dije, porque no tenía ni idea de qué se dice en estos casos. Y supongo que la experiencia tampoco sirve, que cuando eres anciano y la gente se muere a tu alrededor, sigues sin saber qué decir.

—No te preocupes. En cuanto me ponga bien, iré a visitarte. No te librarás de mí tan fácilmente.

Por momentos se alejaba o cubría el auricular ¿Estaría tosiendo? ¿O solo demasiado cansada?

—¿Quién te está cuidando? —pregunté.

Ella dejó escapar algo parecido a una risa.

—¡Nadie! Me he cuidado sola toda mi vida. Además, no quiero tener a ningún extraño en casa, husmeando entre mis cosas. El año pasado, mi amiga Elena contrató a un enfermero. Y en cuanto se fue a la playa, un fin de semana, el muy vivo le desvalijó la casa. Le robaron hasta la silla de ruedas. La gente ya no cree en nada.

Traté de contar un par de chistes y cerrar la conversación con una nota de optimismo. Sin embargo, no me sentía nada optimista. De hecho, ni siquiera me sentía cómodo. Después de colgar, algo dentro de mí continuó revolviéndose, como una pelea de gatos en mi pecho, sin llegar a definirse con exactitud. Y solo al oscurecer, luego de un buen rato intentando ponerle un nombre a mis emociones, encontré la palabra que buscaba: *indignación*.

Papá y Schnapps regresaron a casa justo mientras esas cuatro sílabas cobraban forma en mi mente. Había lloviznado y Schnapps anunció su regreso sacudiéndose con desesperación junto a la puerta. Yo salí de mi cuarto y me planté ante los recién llegados. No sabía de qué humor se encontraba papá. Ni siquiera le di tiempo a saludar.

—¿Por qué no estás con Mama Tita?

Él se estaba pasando la mano por el pelo, como para quitarse el agua. En cuanto me oyó, los dedos se le quedaron congelados, pegados al cuero cabelludo.

—¿De qué hablas?

—Tu propia madre está enferma. Y no me lo dices. Ni vas a cuidarla. ¿Por qué actúas como si no pasara nada?

Él siguió quieto junto a la puerta, pero su mirada se paseó por la sala hasta encontrar a mamá en la puerta de su cuarto. No quedaban rastros de su cerveza. Pero ella tenía más razones que esa para sentirse culpable y se encogió de hombros mirando hacia el suelo. Papá solo repuso:

—No sabes de qué hablas. No tienes idea.

—¡Entonces dímelo tú!

Él respiró hondo. De repente, parecía más pesado que al entrar. Como si se hubiese hinchado. Sin duda estaba más lento, porque tardó en contestar un tiempo que pareció durar siglos.

—No lo entenderías —fue todo lo que dijo.

Y a continuación, se encerró en su cuarto.

Durante el mes siguiente, me correspondió a mí el turno del mal humor. Me negué a hablarle a papá. Y cada vez que él se sentaba a la mesa, yo me levantaba de ella. La primera noche que lo hice, él refunfuñó:

—Estamos cenando. Somos una familia.

Yo respondí:

—Mama Tita también es tu familia. ¿Y estás con ella? No, ¿verdad?

En adelante, no volvió a pelear conmigo. En vez de eso, mandaba a mi madre a aplacarme. Ella intentaba explicarme que papá también sufría, que lo estaba pasando muy mal y necesitaba a su hijo. Pero nuevamente, yo argumentaba:

—Mama Tita también necesita a su hijo.

Esa Navidad fue la primera que pasamos sin la abuela. Y permanecerá siempre en mi memoria por la imagen del árbol de Navidad sin regalos. No era solo que faltasen los paquetes traídos del Perú. Es que, en medio de nuestra discusión, yo no les pedí regalos a mis padres ni, por supuesto, les regalé nada. Sin Mama Tita, la Navidad parecía más un funeral que un nacimiento. Y el muerto en el cajón era nuestro espíritu familiar.

Aun así, con la ilusión de volver a ser los de antes, mamá se esmeró en meter al horno un pavo, preparar un puré de manzana y llenar la casa de esferas rojas y muñecos de nieve de peluche. La decoración festiva solo servía para deprimirme más aún, e intenté pasar la Nochebuena en casa de algún amigo. Pero ninguno me recibió. A sus padres —que conocían a los míos— no les parecía normal. Al fin y al cabo, mi familia estaba en la ciudad. Ayudarme a abandonarla en una fecha tan señalada debía ser pecado. O algo peor.

Ni siquiera las cafeterías abrían esa noche. Y afuera hacía dos grados bajo cero. Así que tuve que rendirme. A las diez de la noche, me hallaba derrotado junto al árbol de Navidad. Mi padre miraba el suelo en silencio. Mi madre había vaciado una botella de chardonnay. Por lo menos, había quitado los villancicos. En esa escena, la banda sonora de *Jingle bells* habría supuesto poco menos que una invitación al suicidio.

Y entonces, cuando parecíamos condenados a rumiar nuestra frustración hasta el primero de enero, mamá le hizo una seña a papá. Fue casi imperceptible. Pero vivíamos los tres solos. Yo ya conocía todas sus señas imperceptibles, sus movimientos de pestañas, sus miradas de reojo.

Pesadamente y contra su voluntad, papá la obedeció. Se levantó y se me acercó arrastrando los pies. Se sentó a mi lado. Metió la mano en el bolsillo del saco. Por un momento, pareció a punto de sacar un revólver. Pero extrajo un sobre. O más bien, una hoja envuelta en papel de regalo.

—¿Son billetes? —renegué—. ¿Me vas a pagar para que olvide nuestra pelea?

—Tú ábrelo —gruñó.

Como la mayoría de los hombres que conozco, él nunca había sido muy bueno para expresar emociones. Se le hacía más fácil explicar valores abstractos, dogmas de la Iglesia, máximas de conducta. Explicar sus sentimientos no era lo mismo. Se le hacía más fácil responder preguntas que tomar la iniciativa. Así que, mientras yo rasgaba el papel de regalo, esperó una reacción de mi parte. Una indicación de cómo seguir.

Lo que me estaba dando era un pasaje de avión. Reconocí el código de barras y el logotipo de la aerolínea.

—¿Qué? —me burlé—. ¿Me mandas a tomar unas vacaciones lejos?

Casi lo hago trizas ahí mismo. Solo para lastimarlo. Me desesperaba su pasividad. Al menos, quería verlo rabiar. Quería enfrentarme a él, porque sabía que yo tenía razón y él también lo sabía. Necesitaba hacerle admitir su egoísmo. Y su hipocresía, después de tantos años de hablar de la importancia de la familia y todo eso. Yo nunca había sido un adolescente rebelde, pero por primera vez me sentía moralmente superior a papá. Y tenía ganas de dejar patente esa superioridad, de refregársela en la cara.

Para mi contrariedad, él mantuvo su ánimo sombrío. Y su voz de ultratumba.

—Yo no las llamaría vacaciones. En cierto modo, tendrás que trabajar.

—¿No que lo más importante eran los estudios? ¿Ahora quieres que me ponga a trabajar? ¿Me echas de casa?

Él dirigió hacia mamá una mirada de súplica. Ella comprendió que, a pesar de sus esfuerzos, no conseguiría mantenerse al margen. Los conflictos de nuestra familia no podían resolverse sin su participación.

—¿Puedes mirar el maldito pasaje, Jimmy?

Su voz sonó cascada. Migrañosa. Obedecí. Me costó unos segundos entender todos los números y detalles de la reservación. Yo nunca había viajado a ninguna parte. Resultó ser un pasaje a Lima. Vuelo barato, con escala en Miami. Recordé a la abuela invitándome a pasar la Navidad en su casa, cuando yo era pequeño. Estaba tardando más de una década. Y ni siquiera llegaría al Año Nuevo.

Me invadió una oleada de temor. Para mi sorpresa, después de considerar a mi padre como un ser inferior y enclenque, salió de mis labios la pregunta más enclenque posible:

—¿Vendrás conmigo?

Él movió la cabeza de un lado a otro. Mantenía la misma actitud desde el inicio de nuestra conversación. Como si me estuviera regalando un cuchillo de harakiri. Pero al menos consiguió articular unas palabras. Y lo hizo en español.

—¿No me exigías que cuidara a la abuela? Ahora podrás hacerlo tú mismo.

HIJO

1

Lima tardó un buen rato en aparecer en la ventanilla, después de ser anunciada por la azafata. A pesar del verano, una densa capa de niebla acompañó al avión casi hasta el suelo. Finalmente, cuando yo ya sentía que nunca volvería a ver la luz del sol, se materializó ante mis ojos la ciudad más fea del mundo: un terreno baldío, salpicado de construcciones a medias, abandonado como un barco oxidado frente a un mar aún más marrón.

No solo la vista de la ciudad resultaba opresiva. Al salir del avión, me tragó una malagua gigante de aire denso, cargado de humedad, como un colchón de agua caliente. Un bochorno pegajoso atravesaba la neblina.

—James Carlos Verástegui —proclamó un guardia de migración aburrido mientras hojeaba mi pasaporte americano. Yo recordé ese nombre que nunca usaba: Carlos. Un rezago de la hispanidad que ahora me tocaba recuperar.

—Sí, buenas tardes.

—¿Cuánto tiempo durará tu viaje?

—No lo sé —respondí.

—¿No sabe cuánto tiempo se queda? ¿No tiene nada que hacer en Estados Unidos?

Recordando a la abuela, respondí:

—Este también es mi país.

El funcionario no tuvo problema para encontrar una página vacía en mi pasaporte. Estampó un sonoro sello y se encogió de hombros.

—Espero que te guste tu país.

Apenas tardé en pasar la aduana. Solo llevaba una maleta de mano. Toda mi vida pesaba doce kilos.

Ya en el vestíbulo del aeropuerto, no me costó ningún trabajo reconocer al padre Gaspar. Un viejo con cuello sacerdotal y solemne camisa negra entre una multitud llena de niños con globos, carteles de bienvenida y conductores con letreros. Pero yo habría sabido quién era aunque hubiese lucido unas bermudas de flores. Los curas tienen algo. Un aura. Una manera de andar por el mundo que los diferencia de los demás.

—¡Jimmy!

El padre Gaspar llevaba una foto mía tomada por la abuela en las Navidades del año antepasado. Se me acercó muy afable y cuando ya me tenía a un metro de distancia se detuvo a compararme con esa imagen, en la que yo me veía un año más joven y más feliz. Dudó si debía darme un abrazo. Yo extendí la mano hacia él, para evitar excesos de confianza con un desconocido.

—¿Cómo está Mama Tita? —pregunté.

—Bien —respondió él, mientras desviaba la

mirada admitiendo que no estaba bien. Y como si adivinase mis pensamientos, matizó—: Estable.

La sonrisa intentó regresar a su rostro, aunque tuvo dificultades para encajar en su boca, como una dentadura postiza demasiado grande. Él señaló hacia mi mochila.

—¿Eso es todo tu equipaje?

Abandonamos el aeropuerto en un viejo Hyundai blanco. El padre Gaspar me explicó que el vehículo no era suyo sino de su congregación. Era marianista y vivía con otros curas en una casa común donde compartían todo.

El aeropuerto Jorge Chávez no se encontraba fuera de la zona urbana. Uno salía en medio de la ciudad, recorría una avenida industrial y se atascaba en un tráfico diabólico. Mientras trataba de esquivar el ataque de camionetas y autobuses agresivos, el padre no mencionó la razón de mi visita. En vez de eso, comentó:

—¡Eres igualito a tu papá!

Lo tomé como una cortesía convencional. Sin duda, Gaspar no tenía idea de lo molesto que resultaba ese comentario, dadas las circunstancias.

—¿Lo conociste cuando tenía mi edad? —pregunté.

Gaspar soltó un silbido.

—¡Mucho! A tu edad, antes y después. Yo fui su profesor. Y el director de su colegio. Conozco a tu familia desde antes que tú. Desde antes que estuvieses en los planes.

Encontró su propio comentario muy divertido y lo celebró con una carcajada. De repente, se puso serio.

—¿Él no te ha hablado de mí?

—Dice que eres muy buena gente —mentí, y él pareció muy complacido por mi mentira.

Los edificios terminaron de golpe. Frente a nosotros, se abrió un acantilado con vista al mar. Mientras descendíamos hacia la carretera de las playas, quise hacerle a ese hombre muchas preguntas. Pero antes de despedirme en el aeropuerto JFK, mi padre me había insistido mucho en que no escuchara lo que dijesen de él. Dijo que la gente en Lima es muy chismosa. Y mentirosa. Y no se me había ocurrido preguntarle si eso incluía al padre Gaspar.

Después de subir de nuevo el acantilado, llegamos a una pequeña casita de la avenida Libertadores, pintada de verde y con geranios en las ventanas, una pintoresca construcción que sobrevivía tercamente, arrinconada entre dos enormes edificios de construcción reciente. El padre estacionó el Hyundai frente al garaje y anunció:

—Te presento tu casa.

Entramos sin tocar. Él tenía su propio juego de llaves.

La abuela me esperaba en la sala. Lucía una bata de seda elegante pero muy gastada. Desde nuestro último encuentro, había perdido tanto peso que daba la impresión de caber en uno de los bolsillos. También había perdido pelo, aunque se teñía cuidadosamente la cabellera restante de un negro lustroso. Cuando me abrazó, apenas sentí el peso de su cuerpo. Un escarabajo estrellándose contra mi camisa habría presionado tanto como ella.

—Yo sabía que te vería en esta casa alguna vez. Aunque fuera solo una.

—Serán muchas, Mama Tita. Por muchos años. *For sure.*

Ella me tomó de las manos. Sacudió la mano quitándole importancia a nuestras palabras. Y me guio hasta un sillón. O más bien, me usó como muleta hasta alcanzar ella misma uno. Como cabía esperar, la casa tenía un olor polvoriento y una decoración recargada de cortinas, sillones Voltaire, paisajes al óleo y porcelanas de aspecto europeo. Los adornos típicos de una persona mayor, como muchas otras viejas hispanas que había conocido en Nueva York: una acumulación de cosas, a menudo repetidas o innecesarias, que se había detenido en algún momento de la década pasada, o de la anterior, tras la jubilación de sus propietarios.

—Es hora de comer. ¿Quieres que pidamos unas pizzas? Sé que te encantan. Y tu vieja Mama Tita ya no está en condiciones de hacer su famoso ají de gallina. Aunque, si te portas bien, aún puedes albergar esperanzas... Padre Gaspar, ¿puede...?

El padre había permanecido desde nuestra llegada de pie junto a la puerta, como una pieza más de ese mobiliario pasado de moda. Pero las palabras de la abuela lo activaron. Sacó su teléfono y llamó a una pizzería. Sabía que yo la prefería de jamón y lo pidió directamente. Incluso preguntó si tenían Dr. Pepper y se enfadó ostentosamente al saber que no. En los siguientes días, yo descubriría que nadie conocía esa bebida en el Perú, ni siquiera él mismo. Al final, mandó traer una Coca-Cola familiar. Supongo que le pareció lo más americano de la carta.

La orden tomó un buen rato y presenciarla se convirtió en un espectáculo. El padre se enredó con el sistema de pago, sufrió para contar el efectivo con su mala vista y repitió tres veces que no sabía lo que era una aplicación.

Tuve la impresión de que el padre y la abuela habían ensayado ese momento, y cada detalle de mi llegada: dos ancianos intentando que un adolescente se sienta cómodo, con torpeza pero también con ternura.

Mientras el padre batallaba contra el siglo XXI, la abuela decidió continuar con mi mudanza.

—Sube a ver tu cuarto, Jimmy. Y perdona que no te acompañe. Es la última puerta después de las escaleras.

Obedecí. En el segundo piso había tres puertas, todas abiertas. La primera daba a una especie de desván lleno de cosas viejas: periódicos, sillas, adornos, lámparas, alfombras, un parque temático del síndrome de Diógenes. La segunda daba sin duda a la habitación de mi abuela: una cama con muchas mantas rodeada de máquinas y objetos de uso médico: botellas, goteros, timbres. Las paredes estaban forradas de imágenes de Cristo y la Virgen María. Y en la mesa de noche descansaban un rosario y un relicario.

La tercera y última guardaba una sorpresa.

Al llegar a ella se me aceleró el corazón.

Esa puerta conducía a la adolescencia de mi padre.

Amarilleaban en sus paredes viejos afiches de jugadores de fútbol de los años ochenta, apellidos que ya iría yo escuchando, como Oblitas, Uribe o Navarro, y una enorme imagen de la equipación titular del Alianza Lima, de 1986, un año antes de que todo el equipo perdiese la vida en un accidente aeronáutico. Papá me había contado esa historia un millón de veces.

También encontré un aparato en desuso, que supuse serviría para ver películas, y varios casetes, sobre todo con cintas con títulos como *Rambo II* o *Conan, el bárbaro*. Todo lo que papá había visto y pensado cuando tenía mi edad, ahora estaba ahí, guardado en ese museo de su cerebro.

No hallé imágenes religiosas, pero sí muchos libros. Toda la pared junto a la puerta estaba cubierta por una estantería del suelo al techo, que me sorprendió, porque el hombre que yo había conocido en su adultez solo leía *best sellers* de negocios y la Biblia.

La mayoría de las lecturas adolescentes de papá eran sencillas novelitas juveniles: *Mujercitas,*

Corazón o *El corsario negro*. Otras parecían más acordes con su devoción religiosa: yo había escuchado hablar de *Camino* de Josemaría Escrivá de Balaguer, y reconocí como autor de uno de los volúmenes sobre teología al expapa Benedicto XVI, cuando todavía tenía un nombre normal. Varios títulos parecían bastante esotéricos, como *Los protocolos de los sabios de Sión* o *El Kahal* de un tal Hugo Wast. Me sonaba de algo José Antonio Primo de Rivera, cuyas obras completas descansaban en una repisa. Y me chocó profundamente encontrar una biografía de Benito Mussolini, por tratarse de un enemigo de América. Pero quién sabe cómo llegan los libros a una casa y para qué se usan. Hasta podrían haber servido para nivelar una mesa.

Me acosté en la cama para ver el mundo que veía papá al despertar. Sentí que me trasladaba en el tiempo, a un momento que explicaba mi propia vida pero que yo nunca había podido visitar. Pero ahí mismo me encontré con el primer inconveniente.

Mis huesos crujieron. Una intensa fuerza de gravedad me chupaba hacia abajo. Desde luego, la cama también llevaba ahí décadas y el colchón tenía un enorme agujero justo en el centro. Solo podía dormir ahí un perro, un gato o una persona de menos de noventa centímetros de estatura.

Descendí las escaleras. Mama Tita y el padre Gaspar seguían ahí abajo. Me dieron la impresión de no haber intercambiado una sola palabra desde mi marcha.

—¿Hay otro colchón? ¿Aunque sea uno inflable? El mío tiene un hueco.

Se miraron uno a otro desconcertados. Evidentemente, entre los cachivaches que se amontonaban en esa casa, ninguno servía para dormir. Y la idea de inflar un colchón les resultaba a esos dos ancianos tan extraña como la de pedir una pizza por medio de una aplicación.

Había algo más que desorientación en su actitud. La mirada de mi abuela reflejaba cierto reproche al cura, como si fuese el ineficiente mayordomo. Y él debió de haber aceptado la culpa, porque comenzó a excusarse sin que ella dijese una palabra.

—Eehh... Bueno... No se nos ocurrió...

—¿Es tarde para ir a comprar uno? —quise saber.

Evidentemente, la abuela no estaba en condiciones de acompañar a nadie. Miró al padre Gaspar, que puso cara de estar resolviendo un complejo problema matemático y murmuró:

—Es que tengo que devolver el carro...

Me daba un poco de miedo dormir en ese salón abigarrado de cosas viejas. De todos modos, papá me lo había advertido. Debía resignarme a que no estaba viajando a un resort en el Caribe.

—Entiendo. Quizá puedo usar el sofá...

De repente, el padre Gaspar abrió mucho los ojos. Se había encendido en su cabeza el foco de una idea. Y la proclamó con entusiasmo:

—¡Puedes venir a dormir al colegio! En la casa de la congregación sobran cuartos. Y mañana temprano compramos un colchón...

—¡No! —protestó la abuela inesperadamente, con una energía que yo no le había visto desde 2010. Casi parecía que iba a ponerse a saltar—. ¡Eso no!

Al padre Gaspar se le oscureció él semblante. Una nube, como las del cielo limeño, ahogó el foco de su idea.

—Solo creo que así dormiría cómodo y podríamos traer el colchón temprano...

—¡Si es necesario, que duerma en un hotel! —sentenció una contundente Mama Tita, irreconocible, muy diferente de la dulce anciana que nos visitaba en Navidad.

Una sombra atravesó el aire en ese momento. Un murciélago voló a mis espaldas. Un fantasma que no fui capaz de detectar. El padre Gaspar sí lo vio. Durante un segundo, su semblante proyectó algo como el miedo. De inmediato, bajó la mirada y admitió:

—Claro. También puedes dormir en un hotel... Así te quedas más cerca de tu abuela, ¿verdad?

No respondí. Y la abuela tampoco. Permanecimos en silencio un largo rato, aunque no entendí por qué.

Después, sonó el timbre. Había llegado la cena.

Cuando el padre Gaspar abrió la puerta, el aire espeso de la ciudad disipó el olor a guardado de la sala. La noche había caído sobre la ciudad, tan rápida como una guillotina, y ahora se colaba en mi nueva casa.

—¿Eres hijo de Sebastián?

El nombre de papá. Llevaba mucho tiempo sin escucharlo. Mamá le decía *Seb* o *baby*. Y uno siempre llama a su padre por el título, como a un general o a un doctor. Lo mismo hacía Mama Tita. En los seis días que llevaba yo con ella, ayudándola a tomar sus medicinas, llevándola a la Clínica Americana para sus chequeos periódicos, poniéndole sus viejos vinilos de María Dolores Pradera e hirviéndole infusiones de manzanilla, ella jamás había pronunciado su nombre. Solo lo llamaba *tu papá*.

—¿Lo conoce usted? —pregunté.

El desconocido que me había abordado en la calle, mientras yo regresaba de comprar leche y verduras en el Vivanda, debía tener la edad de papá. Supuse que habían sido vecinos. Que habían jugado juntos en el parque del Olivar, a espaldas de la casa de la abuela. Quizá incluso habían asistido juntos a partidos del Alianza. Imaginé que él podría contarme cosas de su vida.

—¿Conocerlo? Claro que lo conozco. Todo el mundo lo conoce.

Como si el silencio fuese una herencia generacional, Mama Tita apenas hablaba del pasado. Y a la vez, en la casa de la avenida Libertadores todo remitía a él. Papá tampoco tenía hermanos; su padre había muerto cuando él aún no terminaba el colegio y había emigrado aún veinteañero, de modo que su imagen juvenil monopolizaba los recuerdos de mi abuela. Aquí y allá, por toda la casa, colgaban fotos de papá haciendo la primera comunión o graduándose del colegio. En las imágenes postescolares vestía casi siempre igual: muy correctamente, con peinado de raya al costado, camisa y mocasines. Pero la abuela nunca había acertado a explicarme por qué iba siempre así, ni qué había hecho con su vida después de la secundaria. Cada vez que yo preguntaba, la respuesta se perdía entre divagaciones, comentarios políticos y exclamaciones sobre lo guapo que era él, «casi tanto como tú». Aunque las fotografías de papá se encontraban por todas partes, Mama Tita había borrado de su memoria los hechos concretos, las anécdotas, las historias que daban sentido a todas esas postales.

Pero quizá este hombre sí podía contar todo eso.

—¿Ustedes eran amigos? Digo... ¿Antes de que él se fuese a Estados Unidos?

Sin duda había compartido con papá algunas de esas historias. Imaginé que quizá hasta tenía hijos de mi edad, para ir haciendo barrio y echando raíces donde se encontraban mis raíces. Concebí la fantasía de la siguiente generación de Verásteguis, que retomaría la vida años después, donde sus padres la habían dejado. Pero el hombre me examinó, como un científico a un insecto, sin darme el gusto de responder a mi pregunta. No estaba ahí para resolver mis inquietudes. Tenía su propia agenda. Sus objetivos particulares.

—¿Ha venido él también? —preguntó.

No supe cómo interpretar el tono de su pregunta. Quizá para descubrirlo, me fijé un poco más en él: llevaba pantalón corto, lentes oscuros y un incoherente sombrero vaquero. Aunque no llamaba la atención en un barrio donde toda la población es blanca y luce ropa sin agujeros, tenía un aspecto raro. Vestía como para cruzar el desierto de Arizona, a pesar de que el termómetro marcaba solo 25 °C y el cielo seguía más o menos nublado. Y olía fuertemente a tabaco. En mi mundo norteamericano, donde fumar es casi un delito o una señal de indigencia, nadie había olido nunca así.

Nada de eso resultaba demasiado llamativo de todos modos o, en todo caso, yo no sabía descifrar su sentido, así que simplemente respondí a su pregunta:

—No. He venido solo.

Le tomó largos segundos decidir cómo seguiría la conversación. Sus lentes eran demasiado grandes para distinguir qué cara ponía. No es que en San Isidro la gente desconocida se hable fácilmente por la calle. Pero en ese momento, yo tampoco sabía qué debía esperar, cuál sería la costumbre en esta ciudad, ante quién debía alarmarme.

Finalmente, el hombre preguntó:

—¿Pero vendrá?

Decidí entonces que, en cualquier código y en cualquier país, si quieres información, debes ofrecer un poco de información a cambio. No puedes simplemente llegar y acosar a alguien con preguntas, como si fueras un agente del FBI. Para entablar una relación, por superficial que sea, debes ofrecerle algunas respuestas.

—¿Cómo se llama usted?

Él hizo un sonido con la garganta. No me quedó claro si una tos o una risa. Se estiró con las manos en la cintura, como si fuera a hacer alguna forma de gimnasia.

—Da igual. Pero yo siempre he vivido por acá. Y también iba a su colegio. Lo veía cuando éramos niños. También lo veía cuando ya no éramos tan niños.

Sentí un dolor en la mano derecha. Reparé en que llevaba mucho tiempo ahí parado, cargando la bolsa de la compra. La cambié a la izquierda y descubrí una marca roja atravesando los dedos de la otra.

—¿Quiere que le mande sus saludos... señor...?

Ahora sí, el hombre se rio con un ruido seco, como el arranque de un motor ahogado. Cruzó los brazos. Era muy delgado, tanto como yo.

—No. No quiero que le mandes mis saludos.

—Perdone, no lo sigo...

Me echó un vistazo. Como se mira a una cucaracha. Sentí que evaluaba si darme un pisotón o no. Que ponía en una balanza su incomodidad personal y cierta compasión ecológica. Después de meditarlo un rato, me descartó con un gesto de desprecio. Dándose la vuelta, me despachó con un mensaje:

—Quiero que le digas que no venga. Si lo veo por acá, le arrancaré los huevos.

Me pareció haber oído mal. Nadie se habla así con desconocidos. Nadie se habla así con nadie. O eso creía yo entonces.

—¿Perdón? ¿Cómo dijo?

Nada más pronunciarlas, comprendí que esas palabras eran un error: una invitación a continuar. Pero yo aún funcionaba con lentitud en español. Para mí, era un idioma de interiores, con poca utilidad fuera de casa.

—Tu viejo es un conchasumadre —siguió el desconocido—. Y no queremos que se acerque al barrio. Chau.

No supe qué decir. Me limité a observar el ala ancha del sombrero alejándose hacia la avenida Camino Real. Me habría gustado dar pelea, defender a mi padre, ser valiente.

Pero no sabía hacer todo eso. Jamás se me había ocurrido que tendría que hacerlo.

El hombre del sombrero vaquero visitó mis sueños varias noches. En una pesadilla yo me encontraba en una cafetería en medio del helado invierno neoyorquino. Afuera nevaba. El viento gélido cortaba la cara. Y él se robaba mis botas y mi abrigo. Yo no lo veía hacerlo. Pero sabía que había sido él.

En otro mal sueño yo conducía a doscientos kilómetros por hora por un largo puente sobre el mar. Y él se aparecía en medio del camino, obligándome a desviarme y caer al vacío.

Sin embargo, acá en el mundo real, Mama Tita apenas concedió importancia a nuestro encuentro.

—Algún loco —se limitó a comentar, entre dos cucharadas de su caldo de pollo—. El barrio está lleno de ellos. Hay otro chiflado en Elías Aguirre que se cree nazi. Ese tiene un poco de gracia, el pobre, porque es medio cholo. Pero es del Olivar. Ese da un poco de miedo. Se pasea por el parque con una foto del periódico de esa rubia de las películas, la Johanestown. Se acerca a la gente para contarle que ella es su hija. Que se la robaron al nacer.

—¿Scarlett Johansson? ¿La actriz?

La abuela se atoró con la sopa y tosió un buen rato. Cada vez le ocurría con más frecuencia. Pero se negaba a que yo —o cualquiera— le diese de comer. Aunque comía en la cama, donde pasaba la mayor parte del tiempo, se esforzaba en fingir que todo estaba bien, que ella había sido siempre así. Esta vez, después de recuperarse, se limpió con una servilleta y me pasó su bandeja para que se la quitase de encima. Luego continuó:

—La mayoría son las ovejas negras de San Isidro. Chicos de familias con dinero que salieron demasiado engreídos. Nunca pudieron terminar una carrera. Ni siquiera lograron independizarse o casarse. Al morir sus padres, los que tenían hermanos fueron expulsados de la propiedad. Pero los hijos únicos, que justo eran los más locos, se quedaron ocupando sus casas.

—Y por aquí siguen —concluí, cargando la bandeja para devolverla a la cocina.

—Qué pena —sentenció ella, más para sí misma que para mí—. Un hijo único es todo lo que queda de sus padres en el mundo.

Creí sentir un halo de melancolía en esas palabras.

Tres veces por semana venía a limpiar Paquita, una de esas empleadas de toda la vida que tienen algunas familias acomodadas limeñas, cuya relación con mi abuela ya parecía más la de un viejo matrimonio lleno de quejas mutuas. Hasta mi llegada, Paquita había estado durmiendo en casa de la abuela. Pero ella misma acababa de tener un nieto, de su hija soltera, así que tenía nuevas responsabilidades. Mi aparición la había liberado de la mayoría de sus funciones y ahora solo me daba instrucciones sobre cosas que la abuela no soportaba comer —espinacas, por ejemplo—, horarios de sus medicinas y hábitos que debía desterrar, como el de dormir de día.

El resto del tiempo, yo fregaba los platos, ponía las lavadoras, hacía las compras y hasta preparaba huevos fritos con papas de microondas y frijoles de lata, mis dos platos estrella; en realidad, los únicos que sabía preparar. Ahora bien, mi labor más importante era acompañar a la abuela. Darle conversación. Jugar canasta con ella. Y todas las noches, lloviese o tronase, acompañarla a ver el noticiero mientras cenaba en la cama.

Para mí, por supuesto, las noticias estaban pobladas de desconocidos. Ni siquiera en casa me habían importado demasiado, la verdad, y en el Perú no entendía los temas que comentaban, ni sus posiciones al respecto. Solo comencé a distinguirlos a partir de las reacciones de mi abuela, tan expresivas que terminaban por resultar divertidas.

Por ejemplo, si Mama Tita sufría, protestaba y bufaba ante cada palabra del entrevistado, estábamos ante un izquierdista. En ese caso, no importaba sobre qué declarase —el tráfico vehicular, la violencia familiar, los premios Oscar o el horario de verano—, la abuela terminaba gritándole como si lo tuviera enfrente:

—Lo que te gustaría a ti es que viviéramos como en Venezuela. O en Cuba. ¡Muriéndonos de hambre sin poder protestar!

Cuando un político le gustaba, yo asumía que debía de ser de la ideología opuesta. Pero tampoco me quedaba muy claro por qué exactamente. Yo solo sabía que la abuela lo aprobaba porque me ofrecía una larga cátedra sobre la familia del señor o señora en cuestión.

—Ese se casó con una González Tejada. Una chica regia. Yo creo que ella lo salvó. Porque nadie habría dicho que él llegaría a congresista. Más bien, parecía bastante alocadito. En todo caso, ahora tiene dos hijos y parece que todo va muy bien. Uno estudia en Londres...

—Mama Tita —me gustaba provocarla al oírla—, ¿solo te gustan los políticos cuando conoces a sus parientes?

—La familia te inculca los valores —razonaba ella—. Para confiar en una persona, debes conocer a su familia.

Una de esas noches —la recuerdo con claridad, una noche de frijoles en lata, cuando yo llevaba ya unos diez días en Lima—, nuestra rutina de las noticias se alteró. El cambio apenas fue perceptible, pero cuando uno vive todos los días igual, haciendo las mismas cosas y repitiendo los mismos gestos, los pequeños detalles adquieren un valor mayor y cualquier mínima perturbación se siente como un mundo nuevo.

En el momento en que ocurrió, yo estaba ya retirando la bandeja. Se habían caído al suelo algunos frijoles. La abuela se disculpaba y yo usaba la servilleta para limpiarlos. Por eso, la noticia comenzó a transcurrir sin que le prestásemos atención. De hecho, yo no pensé directamente en el noticiero, sino en el silencio de la abuela.

Se había quedado callada. De un modo extraño. No puedo explicar cómo exactamente, pero durante una fracción de segundo pensé que se había atragantado. O estaba a punto de toser. Alcé la cabeza para asegurarme de que seguía bien. No podría decir que la encontré diferente. Tenía el rostro tranquilo, sin señales de nervios. Pero en ese momento, anunció:

—Voy a apagar la tele, mejor. Quiero dormir.

Me alarmaron sus palabras. Como de costumbre, se había pasado durmiendo toda la tarde. Los dos sabíamos que le esperaba un insomnio de campeonato.

Pensé que a lo mejor se estaba mareando, algo que le ocurría cada vez con más frecuencia. Y sin embargo, mantenía una actitud serena —casi demasiado serena para ser de verdad—, mientras estiraba la mano hacia el control remoto para apagar el televisor ella misma y descubría que no lo tenía a su alcance.

Intenté animarla:

—Luego dan una película clásica. *Gone with the wind*. ¿No quieres verla?

Mama Tita no respondió. El control estaba donde nunca debería estar, justo encima del mismo televisor, y ella se sentía débil. Era uno de esos días.

—¿Apagas?

Obedecí. Pero mientras me acercaba al aparato, no pude evitar escuchar la noticia:

—... El arzobispo de Trujillo ha negado las acusaciones contra su persona y contra su congregación, y amenaza con tomar medidas legales contra los periodistas que han revelado testimonios de víctimas...

El locutor dio paso a un sacerdote con mitra y traje púrpura que hablaba desde un púlpito con indignación. Más que un sermón, parecía estar echando una regañina a sus feligreses, culpándolos de algún pecado irremisible.

—No es contra mí —exclamaba—. Ni siquiera contra mis compañeros en Cristo. Esto es una conspiración contra Dios y nuestra religión, un complot basado en mentiras y dirigido a ensuciar a personas nobles, cuyo único delito es llevar la palabra del Señor...

Apagué el televisor. Y escuché nuevamente la voz de Mama Tita a mis espaldas:

—Buenas noches, queridito.

—¿Estás segura de que vas a dormir? Intentarlo sin sueño solo agrava el insomnio.

—No me siento muy bien. Quizá sea el estómago.

Lo tomé como una indirecta por la poca variedad en los menús. Tomé nota mental para buscar en internet algunas recetas sencillas. Al salir de la habitación, apagué la luz.

A medianoche, mientras yo mismo hacía esfuerzos para conciliar el sueño, escuché a la abuela dar vueltas por las escaleras, arriba y abajo, como hacía antes de un examen médico importante o ante cualquier situación que le alterase los nervios. Mientras subía y bajaba los escalones rumiaba algo, quizá un rosario, y hacía rechinar a la vez sus dientes y las viejas maderas del suelo. Pregunté en voz alta:

—¿Estás bien, Mama Tita?

Pero no obtuve respuesta. Ella se metió en su cuarto y cerró la puerta.

«Le dije que tendría insomnio», llegué a pensar antes de dormirme.

Día a día, el pasado se fue abriendo lugar.

Primero fue el goteo de las noticias sobre el arzobispo de Trujillo. En la televisión y los periódicos siempre aparecía pomposamente vestido y con cara de estar muy enfadado, mientras denunciaba penalmente a periodistas o amenazaba en sus sermones con grandes plagas a sus aparentes enemigos. Su caso comenzó a interesarme, aunque comprendí que no podía hablar de eso con Mama Tita. Ella siempre desviaba la conversación o sufría un repentino ataque de tos.

—Ya sabes —decía, con un gesto de la mano, como barriendo mi pregunta—, mucha gente odia a los curas e inventan cosas contra ellos.

Paralelamente, se volvieron ensordecedores los silencios de amigas que venían a ver a Mama Tita. Señoras de pelo blanco, siempre con aspecto de recién salidas de la peluquería, pasaban todos los días por la casa para alegrarle la vida a mi abuela. Y ella me presentaba con un orgullo que se había guardado toda la vida. Comprendí que se había pasado años viendo crecer a los descendientes de todas esas mujeres, asistiendo a sus primeras comuniones y a sus graduaciones, sin poder ella invitarlas a sus grandes eventos. Mi presencia en Lima representaba para ella la evidencia de que no se había perdido todo eso, de que era una mujer completa.

—Este chico tan guapo es el hijo de Sebastián —informaba sin esconder su orgullo mientras yo llevaba bandejas con café y unos mazapanes exageradamente dulces llamados maná.

En varias de esas ocasiones —creo que en todas—, la visita repitió la misma respuesta, acompañada de un gesto de sorpresa:

—¿Sebastián tuvo hijos?

A continuación venía una mirada, una inflexión en el tono y un sutil cambio de tema.

Pero nadie preguntaba: «¿Cómo está tu papá?».

De vez en cuando, esas mujeres me llevaban a conocer a sus propios nietos. O más bien, mi abuela me mandaba con ellas. Con el fin de «relacionarme» frecuenté innumerables almuerzos de familias ajenas y desconocidas. Alguna vez también fui a jugar fútbol al club Regatas. Nunca llegué a acercarme demasiado a esos chicos, que parecían provenir de un planeta demasiado distante del mío. Aunque en general les fascinaba Estados Unidos, no teníamos muchos temas en común. No les interesaba de verdad casi nada. Su curiosidad se limitaba a la marca de sus zapatillas.

En cambio, los adultos sí mostraban una gran curiosidad sobre mí. Los padres y tíos de mis nuevos amigos se interesaban por mi acento, me hacían muchas preguntas sobre mi casa, mi madre y mi vida. Y luego, cuando yo me marchaba con la gente de mi edad, ellos se quedaban cuchicheando con las amigas de mi abuela, moviendo la cabeza con actitud de lamento, como si yo tuviese alguna enfermedad extraña.

Ni la abuela ni sus amigas sabían que existía Google. Evidentemente, habían crecido en un mundo lleno de chismes de callejón, de habladurías sordas, de infidencias en torno a tazas de té, de medias palabras y eufemismos. Aún llamaban a los homosexuales «raritos». Y compadecían a las mujeres que no conseguían marido, como si los matrimonios se ofreciesen en subastas. Para ellas, bastaba con callar algo para volverlo invisible. Para mí, no. Si tienes un smartphone, lo difícil es no enterarte de las cosas.

Rastrear mi nombre en el buscador solo me llevó a las redes sociales de tres universitarios colombianos y un jugador de béisbol *amateur* en México. El de Mama Tita —que en sus documentos oficiales figuraba como Margarita Dulanto—, apenas llevaba a algunas referencias similares, nunca iguales.

Finalmente, escribí el de mi padre: Sebastián Verástegui Dulanto, e hice clic.

En algunas de las páginas aparecían un par de fotos, siempre las mismas, de un papá más joven y regordete del que yo había conocido. Una de las imágenes era una foto carnet, evidentemente tomada del registro de pasaportes. En otra, volvía a aparecer con la misma pinta de las imágenes de las paredes de la casa: repeinado, con camisa y mocasines, rodeado de otros chicos que vestían exactamente igual, un equipo de clones recién salidos del baño, casi todos rubios.

Las imágenes provenían de reportajes aparecidos en periódicos peruanos. Muchos de ellos conducían mediante enlaces al tema del arzobispo de Trujillo. Ninguno hablaba en especial de mi padre. Apenas era un nombre entre muchos otros, sin especificar ninguna particularidad.

Pero lo que se decía de todos en general resultaba espeluznante. Pasé una tarde entera leyendo todas esas historias de horror con el corazón a punto de reventar en mi pecho.

Cuando ya oscurecía, pensé en llamar a casa y exigir explicaciones. Durante el mes que llevaba en Lima había hablado con papá dos veces por semana, siempre de modo rutinario pero cariñoso. No lo había notado nervioso, al menos no como a la abuela. Era hora de tener otro tipo de conversación.

Y, sin embargo, cuando ya estaba a punto de marcar su número, comprendí que no sabría qué decirle. No se me ocurría cómo hablar de esto, en qué tono hacerlo, de qué modo plantearlo. Nuestros códigos de comunicación estaban hechos para comentar un partido deportivo o comparar nuestras hamburguesas. Ni siquiera habría sabido qué palabras emplear en un caso como este. Qué nombre darles a las cosas.

Corrí al cuarto de la abuela. La encontré frente a las noticias, con la mirada vidriosa y desenfocada. No tenía tiempo para preguntarle por su estado de salud. Necesitaba certezas, información, respuestas, y las necesitaba de inmediato.

—¿Qué significa esto?

Coloqué sobre su regazo el teléfono. Le acerqué sus lentes para que pudiera ver bien los artículos y las imágenes.

Como si llevase tiempo esperando mis preguntas, ella ni siquiera miró la información. Tampoco se puso los lentes. Tan solo fijó en mí sus ojos grises y cansados, tristes pero también resignados a una conversación que debía llegar tarde o temprano.

—¿Quién te habló de todo eso?

—Nadie. Por eso quiero saber.

Mama Tita suspiró profundo. Finalmente, se caló los lentes y acercó a sus ojos el teléfono, graduando la distancia de los ojos que le permitía leer sin lagrimear. Revisó las pantallas anteriores que yo había estado consultando, lo que me demostró que algo de tecnología sí que entendía. Supongo que también hacía tiempo para preparar su respuesta.

Después de hacerse una idea de la información de la que yo disponía, bajó el teléfono y subió el cuerpo un poco más arriba sobre sus almohadones. Tenía casi una decena de ellos y los usaba para erguirse o recostarse a voluntad, adquiriendo, de paso, un aspecto más alerta o desvalido. Ahora, de repente, parecía más sana o, al menos, más concentrada y grave de lo que yo la había visto en todo el mes.

—Es envidia —sentenció—. Tú no conoces Lima. La gente aquí es envidiosa. Si tienes talento o inteligencia, te destruyen. A tu papá le hicieron eso.

—Mama Tita, por favor, no. No, no, no. Dime la verdad.

Noté que me temblaba la voz.

—Te digo la verdad. La prensa inventa cosas. Aquí no es como en Estados Unidos, hijito. La prensa inventa cosas.

—¿Pero son verdad las historias de los otros? ¿De sus amigos o su congregación o lo que sean?

—¿Sabes cuál es el problema, corazón? Que los periodistas son todos unos comunistas. Todo el mundo lo sabe.

Recordé a papá diciendo: «No hagas caso de todo lo que escuches. La gente en Lima es chismosa y mentirosa».

Quise que tuviese razón.

—Ha pasado tanto tiempo de eso —dijo la abuela—. No recuerdo bien los detalles. Trataré de pensar. Pero ahora mismo, ¿puedes traerme mi medicina? Está en el baño. Junto al lavadero.

Cuando volví con la medicina, ella estaba dormida.

No hacía falta ser un genio para comprender que fingía.

La noche siguiente nos visitó el padre Gaspar.

No era la primera vez. Todas las semanas se pasaba por la casa algún día, después de la caída del sol, y se instalaba en la sala frente a una botella de brandy de jerez. Yo me quedaba un rato a saludarlo, escuchaba sus quejas escolares sobre los alumnos de hoy en día —que, según él, ya no se apasionaban por nada y habían perdido el apetito por la vida—. Y luego me iba a la cama, dejando a Mama Tita a su cuidado. Hasta mi cuarto aún llegaba, por un buen par de horas, el susurro de esa charla de viejos, quizá recordando tiempos mejores, quizá lamentándose de los actuales.

La noche después de mi conversación con la abuela, el padre no se quedó en la sala. Mantuvo la tradición de acercarse al bar aparador a recoger su botella de brandy de jerez y su vaso acampanado. La botella estaba llena porque yo mismo la había comprado unos días antes, a pedido de la abuela. A continuación, el padre subió directamente al segundo piso. Al pasar frente a mi puerta, me dirigió un saludo distraído, cuya respuesta ni siquiera escuchó. Y luego se encerró con mi abuela en su habitación.

Yo me había pasado el día entero a punto de llamar a mi padre, sin terminar de animarme. Incluso había pensado comprar un pasaje de vuelta a Nueva York para encararlo. Tenía una tarjeta de crédito para mis gastos con suficiente saldo. Pero tampoco había dado ese paso. Lima, esa ciudad de murmullos en las esquinas y medias verdades, de olvidos selectivos, de eufemismos, me había robado las palabras. O quizá mi propio padre, limeño a fin de cuentas, nunca me las había querido enseñar.

Me costaba dormir. Me pasaba horas jugando Brawl Stars en el teléfono. Mi tiempo era un paréntesis y trataba de prolongarlo todo lo posible, porque cerrarlo habría sido más doloroso.

Casi a medianoche, el padre Gaspar abrió la puerta de la abuela y emergió al pasillo como si saliese de un submarino. Con lentitud y pesadez se presentó en mi puerta. No dijo nada. Solo se apoyó en el umbral.

—¿Han visto las noticias? —pregunté.

—No duermes —dijo. No parecía escuchar mis palabras.

—No tengo sueño.

—Hablemos entonces.

Detuve el juego. Lo miré. Traía los ojos muy rojos.

Bajamos a la sala. Se instaló en su sillón de siempre, entre las fotos de la antigua alegría familiar, y colocó su botella, que ya estaba casi por la mitad. Se sirvió generosamente, aunque tenía el pulso un poco tembleque.

—¿Bebes?

—No.

Él sí bebió un trago, quizá demasiado largo para tratarse de un brandy. Se echó hacia atrás en su sillón. Respiró tan hondo que el aire no podía caberle en el cuerpo.

—Okey —dijo, como rindiéndose después de una larga batalla—. Creo que es hora de contarte algunas cosas...

Aquella larga noche en casa de la abuela, el padre Gaspar dudó mucho si empezar a hablar. Durante la primera hora de su relato, se perdió en divagaciones, toses y carraspeos. Me obligó a reconducirlo una y otra vez. Pero una vez que se encauzó y encontró su ritmo a golpes de brandy, la narración no se detuvo más. El padre apenas dejó de hablar en algunos momentos para ir al baño y, por lo demás, contó sin parar, como si llevase años con esos hechos atravesados en la garganta, esperando que alguien le pegase en la espalda para expulsarlos.

—¿Vas a robarte las hostias?

—Están ricas. Saben como a pan dulce.

—No puedes robártelas. Dios te va a castigar.

—No te preocupes. Ya hablaré yo con él.

Al principio de todo, el padre Gaspar era solo un niño. Un jugador del equipo escolar de básquetbol con notas suficientes, nunca brillantes. Un monaguillo de misa.

Y había otro chico: Gabriel Furiase. El niño que se robaba las hostias. Y luego se disculpaba personalmente con Dios.

Todas las oscuridades, los secretos guardados como cuchillos en la carne, los dolores soterrados, comenzaron entonces, mucho antes de mi padre, cuando sus amigos repeinados de las fotos no existían, ni siquiera estaban planeados. Y, sin embargo, el escenario fue el mismo desde el principio: el Reina del Mundo, el colegio al que habían asistido el padre Gaspar y papá y, sin duda, al que habría ido yo mismo, de haber sido un alumno limeño.

En los años sesenta, el Reina del Mundo era una isla de chicos blancos, adinerados y a menudo rubios, que requerían una educación religiosa con altas dosis de inglés. Se trataba de una cuestión de supervivencia. Una revolución comunista había triunfado en Cuba y en muchos países latinoamericanos brotaban guerrillas como la mala hierba. El Perú no era ajeno al proceso y las familias tradicionales, como la de Gaspar, temían constituir una especie en extinción. Corría la leyenda de que, un día, montones de pobres de piel oscura armados hasta los dientes se presentarían en las puertas de nuestras casas a reclamarlas como suyas. Cuando eso ocurriese, decían, la única salida sería huir. Y el único destino posible sería Estados Unidos.

Mientras llegaba ese momento, y aunque no llegase nunca, Estados Unidos representaba el país de los negocios, del trabajo y de la libertad. Cada billete de un dólar llevaba escrita la confianza en Dios, como un certificado al portador. El inglés, para las familias del colegio, era el vehículo de los valores de la gente decente.

—*Did you do your homework, Gaspar?*

—Todavía no, papá. Estaba viendo tele.

—*In English, Gaspar. In English.*

—*Yes, Daddy.*

El pequeño Gaspar escuchaba hablar de política en su casa, aunque de un modo vago, hecho de ceños fruncidos frente al periódico, discusiones alteradas con algunas visitas y juramentos de largarse algún día todos a Miami. Pero a él todo eso le daba igual. Lo que le gustaba era el básquetbol, deporte en el que el Reina del Mundo, ese colegio de inspiración norteamericana, resultaba imbatible. De hecho, los padres de Gaspar planeaban mandarlo a estudiar a Estados Unidos con una beca deportiva. Si no lo hicieron, se debió solo a que Gaspar era hijo único. Sus padres no querían quedarse solos.

Con los años, Gaspar se preguntaría muchas veces si no habría sido mejor marcharse, convertirse en un profesional lejano, que solo volviese al Perú por Navidades, o incluso llevar a sus padres a vivir en el país de sus sueños. Quizá eso habría ahorrado mucho sufrimiento. Aunque quizá solo habría hecho brotar el sufrimiento por otras vías. Como repetiría muchas veces durante décadas: «Los designios del Señor son insondables».

Aparte del deporte, al pequeño Gaspar solo le interesaba una cosa: la Iglesia. El único curso en el que sacaba veintes era el de Religión, con sus parábolas de Cristo y sus vidas de santos. Y no se quedaba ahí. Le fascinaba ayudar en la misa. Con la túnica roja y el roquete blanco, guardando el cáliz y las hostias consagradas, se sentía importante, parte de algo más grande que él mismo, y mejor que otras personas. Disfrutaba de la compañía de los curas, que solían hablar de temas profundos, a diferencia de sus compañeros de equipo. Y aunque no siempre entendía sus citas bíblicas, sus referencias y versículos, aspiraba a esa trascendencia, a esa bondad.

Gabriel Furiase, su compañero monaguillo, se convirtió junto a los altares en el mejor amigo de

Gaspar. Asistían juntos a las ceremonias importantes, flanqueando la cruz o, alguna vez, llevando el incienso ellos mismos, a la cabeza de los demás. Durante esos eventos vestían tan parecidos que uno podía confundirlos. Sin embargo, tenían personalidades muy diferentes.

—Gabriel, no entiendo la tarea de Física.

—Yo te la explico. Es fácil. Pero tienes que meterme en tu equipo de fútbol de los recreos. En cualquier otro, me harán la vida imposible.

—Es un trato.

Furiase era negado para los deportes y, en cambio, un estudiante memorioso, capaz de recordar mucha información sobre temas tan disímiles como las guerras del Peloponeso o la tabla de elementos químicos. Aun así, como tampoco llegaba a los primeros puestos del colegio, pasaba bastante desapercibido. Solo destacaba, a su pesar, gracias a su manía por la limpieza: se lavaba las manos varias veces al día, llevaba la carpeta e incluso la mochila en perfecto orden, se mantenía alejado de los baños, que nunca olían lo suficientemente bien. Eso lo convertía en blanco de las bromas de sus compañeros. La mayoría de ellos consideraba la higiene personal un claro síntoma de homosexualidad.

Y en un colegio de varones, en los años sesenta, *maricón* se consideraba el peor insulto. Más vergonzoso que *ladrón*. Más grave que *imbécil*.

La amistad entre ambos se basó en la complementariedad. Cada uno tenía lo que al otro le faltaba. Incluso la devoción religiosa era diferente: la de Gaspar, más dulce; la de Furiase, más apasionada e intensa:

—¿Viste a la monja del otro día? Qué estúpida era.

—Gabriel, no hables así de las monjas.

—¿Por qué? Es verdad. No creo que Dios quiera estúpidas para servirlo. Dios necesita gente inteligente.

Gaspar y Gabriel terminaron el colegio e ingresaron juntos, cómo no, a la Universidad Católica. Fue entonces cuando la historia los alcanzó. Y los golpeó. A ellos, que se habían mantenido protegidos de ella en su colegio y en sus misas.

A finales de los sesenta, el gobierno aprobó una reforma agraria: entregaría a los campesinos las tierras de los grandes latifundistas. Uno de los despojados era el padre de Furiase. Sus campos de algodón en Chincha, sus haciendas ganaderas en Mollendo, sus miles de hectáreas fueron saldadas a precio de moneda devaluada y arrebatadas de sus manos. Gabriel viajó a una de sus haciendas y defendió personalmente el patrimonio familiar, pero fue expulsado por el ejército de la misma casa donde había nacido. Nunca perdonaría esa afrenta.

—Esos comunistas de mierda se lo están llevando todo —lamentaba en la cafetería de la facultad de derecho—. ¡Van a saquear al país!

Gaspar compartía su dolor. Su familia también había perdido tierras, aunque apenas tenían un fundo en Nazca. Así que empezó a acompañar a Gabriel a reuniones. Tertulias políticas en casas y cafeterías, a menudo organizadas en torno a un orador principal: un hacendado indignado por la reforma. Un columnista conservador. Un cura.

En esas ocasiones, celebradas bajo una nube conspirativa, los asistentes se mostraban disconformes con la marcha del país y del mundo. Consideraban que se habían perdido valores fundamentales de la civilización. Pero no se tomaban decisiones. No se hacía nada en particular, más allá de segregar bilis en grupo.

—Acompáñame a una misa —pidió un domingo Gabriel, al salir de una tertulia, mientras los dos amigos comían unas salchipapas dentro del carro, en el Tip Top de Miraflores.

—Ya hemos escuchado misa hoy.

—No vamos a escucharla.

Siguiendo las indicaciones de Gabriel, Gaspar condujo hasta el Colegio de Jesús en la avenida Brasil. Dejó el carro a dos cuadras de ahí y los dos amigos caminaron juntos el resto del trayecto. Gabriel llevaba una mochila. Entraron en el local y Gabriel preguntó por la misa del padre Gutiérrez. Algunos feligreses que llegaban tarde se ofrecieron a llevarlos.

La misa no se celebraba en una capilla, sino en un aula de clases. Gabriel dejó entrar a los feligreses y permaneció afuera del lugar, merodeando, hasta que el patio acabó de vaciarse. Desde el exterior, los dos amigos escucharon algunas canciones de la ceremonia. Y las primeras oraciones. Pero no entraron. Gaspar reconoció en su amigo la mirada que se le ponía, desde niño, cada vez que concebía una travesura.

Cuando llegó el momento de la lectura, Gabriel mandó a Gaspar de *campana*, a vigilar que no viniese nadie. De improviso, sacó de su mochila un espray de pintura. Antes de que su amigo pudiese detenerlo, pintó en la pared:

BASTARDOS TRAIDORES

Gaspar quiso preguntarle qué estaba haciendo. Intentó detenerlo. Pero para cuando atinó a moverse, Gabriel ya corría hacia la salida, riéndose excitado. Solo pudo seguirlo hasta el carro. Y pisar el acelerador a fondo.

Esa noche supo que el cura de la misa era un teólogo de la liberación, o lo que Gabriel llamaba «un manipulador degenerado». Según él, ese tipo de curas pervertía el mensaje cristiano contaminándolo de marxismo para destruir a la Iglesia desde adentro. Defendían el saqueo del gobierno y toleraban a los delincuentes. Incluso ofrecían consejo espiritual a prostitutas, como si eso fuese posible.

—Esos curas son el caballo de Troya del demonio —sentenció.

Fue Gabriel quien llevó a Gaspar hacia el sacerdocio. Originalmente, se mostraba muy entusiasmado por el derecho, pero tras los primeros ciclos de la carrera, aprobados con notas bastante mediocres, se decepcionó de la facultad.

—¿Para qué estudiar Derecho en un país que no respeta las leyes? —empezó a decir, siempre grandilocuente, convencido de que el mundo no estaba a su altura, seguro de estar llamado para grandes misiones y destinado a cumbres más elevadas que el común de los mortales—. El Perú no necesita leguleyos. Necesita guías para resolver su crisis moral.

Gaspar tuvo siempre una personalidad más blanda. No se había decepcionado especialmente de los abogados. Sin embargo, seguía siendo un católico devoto. Y la idea de vivir entre sacerdotes aún lo seducía, como en su infancia. Sintió el llamado, aunque resultaba difícil saber si quien llamaba era Dios o solo su viejo amigo con su ímpetu indestructible.

También el seminario lo estudiaron juntos. Meses, años de teología, filosofía, historia sagrada. Lo increíble fue que, al final, Gaspar sí ingresó al sacerdocio. Furiase, en cambio, el inductor, el que aspiraba a guiar las almas de los peruanos, falló en tres intentos sucesivos. Después de cada fracaso, explotaba de rabia y atribuía su rechazo a las maquinaciones de supuestos enemigos izquierdistas.

—Saben quién soy, Gaspar. Y mueven los hilos. Solo quieren curas rojos para extender su influencia. A los demás nos cierran la puerta.

—¿Entonces yo soy un cura rojo? —replicaba Gaspar, a lo que Gabriel respondía con una mirada de condescendencia, como si tuviera que explicarle todo a su amigo.

—A ti te dejan entrar para que no se note.

Con los años, Gaspar llegaría a conocer a uno de los sacerdotes que impidió la ordenación de Gabriel, un viejo dominico que había formado parte de varios comités para estudiar las aplicaciones y que compartió con Gaspar unas jornadas espirituales en Chaclacayo. Ese retiro no prohibía el consumo de cerveza y la última noche el dominico se quedó conversando largamente con Gaspar. Hablaron de educación, de la enseñanza de la religión y de cómo detectar a potenciales sacerdotes o hermanos desde el colegio. Animado por la confianza y el tema, Gaspar se atrevió a preguntar las razones del rechazo a su amigo. La explicación que oyó de labios del dominico fue muy diferente:

—Furiase no tiene cualidades para la vida religiosa. La Iglesia necesita pastores. Él es más bien un perro ovejero.

La amistad de toda la vida entre Gaspar y Gabriel no se quebró con la consagración sacerdotal del primero. Al contrario, Gaspar entró a trabajar a su viejo colegio Reina del Mundo como coordinador de estudios y desde ese puesto reclutó a su viejo amigo como profesor de Religión. Al principio, Furiase enseñaba a los chicos de doce años. Después de un par de años, pidió que le asignasen a los últimos grados de secundaria: chicos en edad de escoger su vocación.

Fue entonces cuando comenzaron los conflictos entre esos dos inseparables, que habían pasado su vida juntos.

Furiase se mostraba incapaz de acatar las disposiciones superiores. Incapaz de aceptar que Gaspar no era solo su amigo, sino su jefe. Él tenía su propia filosofía para educar a los chicos. Defendía la independencia intelectual por encima de la obediencia. Estimulaba la agudeza mental sin pensar en la armonía. Inoculaba en los alumnos el pensamiento crítico —lo cual estaba bien—, incluso a niveles de insolencia —lo cual estaba bastante mal—. Si Gabriel siempre había actuado con rebeldía, ahora el padre Gaspar encarnaba a la autoridad contra la cual rebelarse.

Más de una vez, Gaspar tuvo que llamar a su despacho al profesor de Religión para reconvenirlo.

—Un chico de quinto ha llamado *imbécil* al profesor de Literatura...

—Es que *es* un imbécil —respondía Furiase.

—No hace falta decirle a todo el mundo lo que uno piensa. Pero el chico dice que tú motivas la... libre expresión de opiniones.

—Yo solo digo que no debemos criar bobos, sino valientes. ¿No estás de acuerdo?

—¡No es lo mismo el valor que la mala educación!

Las discusiones solían terminar con una disculpa de Furiase y una promesa de contener sus ideas más radicales. Pero invariablemente, uno o dos meses después hacía falta volver a llamarlo al orden. Cada disculpa solo le permitía ganar tiempo y continuar en sus trece.

Con los años, Gaspar ascendió hasta director del colegio y Furiase se fue convirtiendo en un profesor más y más popular. Los estudiantes hablaban de él con verdadera devoción. Un grupo de jóvenes religiosos y exalumnos se unieron a él para formar una comunidad de vida cristiana, y con ellos comenzó a organizar por su cuenta retiros y actividades deportivas. Primero en las instalaciones del colegio. Más adelante, en playas, campos, estadios, por todas partes.

En cierta ocasión organizó unos ejercicios espirituales en Huachipa, justo en las mismas fechas de la fiesta del colegio. La idea de la fiesta escolar era reunir a todas las familias de los estudiantes. Resultaba de mal gusto tener a un docente del colegio compitiendo contra su propio centro de trabajo por la asistencia del alumnado. Por enésima vez, Gaspar citó en su despacho a Gabriel. Ya para entonces, llevaban un par de años sin hablarse de manera amical. Y Gaspar no tenía muchas ganas de repetir la conversación habitual de despacho.

Pero no hizo falta. Porque Furiase no se presentó. En vez de él, setenta alumnos de quinto organizaron una manifestación ante la dirección. Parecía una marcha política, como las de la izquierda que tanto detestaba Furiase. Querían ir a Huachipa. Querían decidir sus propias actividades extracurriculares. Y sobre todo, querían a su profesor de Religión. De haber sido por ellos, Furiase habría enseñado todas las materias.

Furiase negó tener algún conocimiento de la marcha de los alumnos o haberla instigado de palabra, obra u omisión.

—Los chicos hacen esas cosas por cariño. Esta es una promoción de élite. ¡Son capaces de todo!

—Gabriel, no tienen que ser capaces de todo. Solo de estudiar y relacionarse.

—¿Tú también, Gaspar? ¿Tú vas a sostener esa mentalidad mediocre con que fuimos educados? ¿Te has vuelto tan viejo?

No era solo el dolor que las palabras del profesor le causaban al director. Era, sobre todo, el problema disciplinario. La situación se había vuelto insostenible. El siguiente año el contrato de Furiase no se renovó.

Los años ochenta se acercaban a su final. Los dos amigos habían cumplido ya cuarenta. Y casi todo ese tiempo lo habían pasado juntos, como compañeros de aventuras y frustraciones. Pero luego de ese incidente no se volvieron a ver. Si se cruzaban en algún evento religioso, Furiase volteaba la cara. Si por error o ignorancia alguien los presentaba, fingía no conocerlo, lo saludaba con la cabeza, sin tocarlo, y le daba la espalda para marcharse.

Gaspar solo escuchaba hablar sobre su comunidad de vida cristiana, que continuaba creciendo, comprando casas, reclutando a los chicos del colegio —y de otros colegios, siempre privados y caros—, vistiéndolos con sus mocasines y camisas perfectamente planchadas. Como a los muñecos de Ken y Barbie, pero sin Barbie.

Diez años después de esa separación, el padre Gaspar recibió una invitación para una cena de la comunidad. La invitación venía firmada por el propio Gabriel Furiase. La cena se ofrecía como un homenaje a su promoción en el Reina del Mundo, por los treinta años de su graduación.

La noche en cuestión, Gaspar asistió de traje y corbata. Parecía una celebración elegante y amical. Aunque, en realidad, no sabía qué parecía. No entendía bien con qué autoridad, en representación de qué, Furiase ofrecía una cena conmemorativa, como si él mismo fuese el director del colegio. Tampoco quiso hacer preguntas. Acudió sin señales exteriores de ser sacerdote. Y motivado, sobre todo, por una enorme curiosidad.

La velada se realizó en el jardín de una enorme casona del Olivar de San Isidro. El padre Gaspar nunca llegaría a saber si se trataba de una residencia particular o de un local exclusivo para fiestas. Los porteros, los camareros, incluso el valet del estacionamiento, eran los chicos de la comunidad. En una sociedad donde todos esos trabajos los hacía gente de piel oscura, ese servicio doméstico proyectaba un aura de distinción sobre el lugar.

Nada más entrar, el padre Gaspar reconoció a sus viejos compañeros del equipo de básquetbol.

A los chicos de su clase. A los que habían estudiado Matemáticas con él. Habían perdido pelo y ganado barriga. Se habían convertido en importantes empresarios y políticos. Sus conversaciones habían virado hacia la política y la economía, aunque después de un par de copas, volvían a las chicas y al fútbol de los viejos tiempos. Y, por supuesto, a los recuerdos ya añejos de la vida escolar. Las anécdotas de los profesores. Las primeras fiestas de quince años.

Cuando Furiase apareció entre la gente, llevaba una especie de túnica blanca por encima de la camisa y la corbata. No podía llevar una casulla sacerdotal, claro, pero su atuendo se le parecía mucho. Brillaba majestuosamente como una seda satinada. Y en medio de la noche del jardín, parecía concentrar la luz del universo.

—¡Qué fácil es reunir a la promoción si les damos de chupar gratis! ¿Verdad?

El anfitrión saludó al padre Gaspar sin cariño, pero de buen ánimo, con sonrisas y palmadas en la espalda. Y se plantó en medio de un grupo de exalumnos para compartir anécdotas. A cada instante aparecían nuevos chicos llenando las copas con vino chileno o whisky de 18 años. Y luego, esos mismos chicos arrearon a los invitados a un conjunto de mesas bajo las estrellas y les sirvieron jugosas carnes argentinas.

—¿Te acuerdas cuando Medina vomitó en el laboratorio de Ciencias?

—Bueno, era mejor vomitando que haciendo los experimentos...

Risas. Camaradería. Confraternidad.

A lo largo de la cena, sentado en una mesa apartada del centro, Gaspar reconoció a muchos de los mozos que lo atendían. Habían sido sus alumnos y además eran hijos o sobrinos de otros comensales. Una gran familia masculina se extendía a lo largo del jardín, soltando risotadas o —los más sobrios y estresados— cerrando negocios ahí mismo.

De repente, sin saber por qué, Gaspar recordó a los matones que maltrataban a Furiase en sus años escolares. Ahí estaban, entre todos los demás, quienes se habían burlado de su manía por la limpieza, de su torpeza en los deportes, de su memoria de chico estudioso. Quienes lo habían llamado *maricón* y le habían pegado solo por ser diferente. Algunos de ellos habían puesto a sus propios hijos en sus manos de director espiritual de la comunidad.

Gaspar miró hacia la mesa central, donde en teoría, debía haberse sentado el director del colegio Reina del Mundo. Había ahí algunos viejos profesores y un par de compañeros de promoción que él no recordaba cercanos a Furiase, pero que ahora ocupaban un puesto en el Congreso de la República y la presidencia de una embotelladora.

Y entre todos ellos reinaba Gabriel Furiase, director de la comunidad, irradiando la pureza de su túnica hacia el cielo, ordenando como un emperador más bebidas y más comida para los invitados. No le devolvió la mirada a su antiguo amigo. Nunca más lo haría.

El padre Gaspar golpeó el fondo de su vaso contra la mesa, tan fuerte que pensé que lo rompería. Era su forma de proclamar el punto final de la historia. Y el del brandy, cuya botella yacía como un cadáver junto al vaso. El silencio de la madrugada inundaba la casa de mi abuela. Pálido y desencajado, iluminado solo por una lámpara entre los terciopelos y adornos de la sala, también el padre parecía un muerto en su propio velorio.

—¿Y eso es todo? —pregunté.

El padre soltó un hondo suspiro. Sentí su respiración pesada, casi atascada.

—Esos chicos... hacían todo lo que Gabriel dijese. ¿Comprendes? Si les decía que se tirasen de un quinto piso, se tiraban.

Tenía la voz pastosa y cascada por la noche, el monólogo y el alcohol. Se levantó para ir al baño de nuevo. Cada vez que lo hacía tardaba tanto que supuse que sufría de la próstata. O quizá solo necesitaba tiempo para recuperarse de sus memorias. Sin duda, de eso sí que sufría.

Escuché la cadena del *water*. A esas horas muertas, sonaba tan fuerte que daba la impresión de estar demoliendo la casa entera. Luego, el agua del lavabo corrió durante un rato que se me hizo muy largo. Cuando regresó a la sala, el padre disimulaba su tambaleo alcohólico, pero al menos se había lavado la cara. Olía más a jabón que a alcohol.

—Así que... bueno —carraspeó, dando el trámite por terminado—... Lamento que hayas sabido de todo esto. Supongo que era difícil de ocultar. Supongo que alguien debió decírtelo antes. Pero comprenderás que no es fácil hablar de estas cosas. Se enredan muchos temas. Y se mezclan muchos odios, ya te imaginarás. Cosas que las personas guardan durante años en la zona más negra de su corazón... y luego encuentran una vía para sacar. En fin...

A pesar del verano, el padre había llevado una bufanda gris, que ahora colocó alrededor de su cuello, preparándose para salir. Antes de marcharse, se detuvo frente a mí. Dudó si estrecharme la mano o darme un abrazo, o quizá hacerme una señal de la cruz en el aire, a la altura de la frente, como hacía con los estudiantes en las ceremonias religiosas. Yo no quería nada de eso. Yo quería explicaciones.

—Eso no es todo —le dije.

No puedo decir cómo era capaz de saberlo. Simplemente, lo sabía. Había crecido en un hogar lleno de silencios, donde las cosas se decían —o más bien, se ocultaban— con guiños, cejas fruncidas, gestos de las manos. Estaba entrenado para reconocer a la gente que calla. Para percibir sus miradas huidizas y los agujeros negros en sus historias.

El padre estiró su bufanda apretándose el cuello como si fuera a ahorcarse. Tragó saliva. De repente, sus palabras llegaron cargadas de algo más que arrepentimiento. Algo similar a la rabia.

—Gabriel me robó a esos chicos. ¿Comprendes? Los apartó de mi lado. Los convirtió en sus esclavos. Nunca se lo perdonaré. Nunca me lo perdonaré a mí mismo. Se suponía que yo debía guiarlos hacia la madurez. Pero solo los conduje a la cueva de los lobos. Es el mayor fracaso posible para un sacerdote. Para un docente. Y para un hombre.

Ahora el temblor de su voz ya no se debía al brandy. En cambio, mi voz sonó firme, sin un ápice de compasión, repitiendo la conclusión que yo ya había dictado:

—Eso no es todo.

El padre Gaspar se redujo ante mis ojos. Se volvió más pequeño que un cachorro asustado.

—¿Qué más te puedo dar?

—Eso quiero saber.

—Yo no estuve ahí. Gabriel se marchó del colegio. ¿Recuerdas? Lo que ocurrió, ocurrió lejos de mí.

Mentía. Aparte de los silencios, había otra cosa que yo podía reconocer, porque también había crecido con ella salpicándolo todo a mi alrededor, colgada de las repisas y los muebles de la casa: la culpa.

Lo desafié:

—Si eso fuera verdad, usted no estaría aquí. No habría ido a buscarme al aeropuerto. No vendría a ver a Mama Tita. Y, sin duda, no habría salido de su cuarto para venir a hablarme.

Él enterró la mirada en algún lugar del suelo. Yo continué:

—Pero bueno, si eso es verdad, tampoco le importará que vaya por ahí preguntando, *right*? La abuela tiene amigas. Ellas tienen hijos. Ellos fueron al colegio. Seguro que puedo ir por ahí averiguando todo lo que usted no me diga. Seguro que no pesa en su conciencia ninguna mentira. Y que no tendrá que reconocerla frente a mí más adelante. Seguro que no averiguaré nada que luego pueda contar yo también.

Los ojos del padre se abrieron hasta ocuparle media cara.

—James, ¿me estás amenazando?

—No, padre. —Me santigüé y no lo hice con ironía—. Solo digo que yo voy a seguir preguntando. Las cosas que usted me diga, ya no las preguntaré. Las que me oculte, me llegarán por otro lado. Antiguos compañeros de papá. O quizá periodistas.

—¿Has hablado con tu padre de esto?

El padre caminaba por la cornisa de la verdad, con la espalda contra la pared, y aun así, a punto de caer al vacío.

—Todavía no sé qué decirle.

El padre Gaspar volvió al mueble bar. Ya no quedaba brandy de jerez, pero escogió la única botella de whisky, un etiqueta negra con la mitad del líquido. Extrajo otra de esas copas gordas sin pata, que permitían mantener el líquido caliente con los dedos. No pensaba servirse hielo.

De vuelta en su mesita, se tomó el trabajo de llevarse a la cocina la botella y el vaso vacíos. No sabía encontrar los interruptores de luz y tropezó varias veces en el camino. Pero cumplió su misión sin estropicios que lamentar. De regreso en su silla, parecía un hombre más duro y severo. O, quizá, él me veía a mí así y trataba de estar a la altura. Había dejado de ser un niño para él en cuestión de horas.

Me dijo:

—Deberías beber, ¿sabes? Hace las cosas más fáciles.

—No sé si Dios lo aprobaría —respondí.

Él se encogió de hombros. Se sirvió generosamente el etiqueta negra. Y echó un trago bastante largo, tanto, que lo recibió con una mueca de amargura, como si la bilis le llenase la boca.

—La verdad —sentenció, dejando el vaso en la mesa—, no sé de nadie que haya hablado con él.

—¿Vas a robarte las hostias?

—Están ricas. Saben como a pan dulce.

—No puedes robártelas. Dios te va castigar.

—No te preocupes. Ya hablaré yo con él.

Esa mañana, después de la misa, a solas en el silencio de la sacristía, Gaspar y Gabriel compartieron un secreto por primera vez. Se llevaron varias decenas de hostias y se las comieron en una esquina de la cancha de fútbol, disimuladas en una bolsa de galletas de animalitos.

Sonreían mientras lo hacían, satisfechos de su propia travesura. Esos panes sin levadura no eran precisamente un manjar. Apenas tenían más sabor que el de la transgresión. Pero ese es un sabor dulce.

La aventura de las hostias —y la posterior tranquilidad de que Dios no enviaba un castigo fulminante— creó una complicidad entre los dos chicos. Desde ese día, Gaspar comenzó a reclutar a Gabriel para sus equipos deportivos. Gabriel apenas era capaz de empujar una pelota. Pero era un aliado importante: secundaba con su facilidad de palabra todas las decisiones de su amigo. Y si ganaban un partido, era el primero en abrazarlo.

A la vez, la cercanía de Gaspar, un chico buenote y deportista, constituía para Gabriel un refugio ante la manada de sus compañeros. Amainaron un poco los insultos, los ataques, las burlas contra ese chico frágil, resabido y maniático de la limpieza. Al fin y al cabo, no se podía ser maricón con un amigo como ese, ¿verdad? Según el razonamiento simplón de sus compañeros, Gaspar representaba una garantía de virilidad, incluso antes de saber qué significaba esa palabra.

En agradecimiento, Gabriel comenzó a ayudarlo con las tareas. Sus sesiones de estudio ocupaban largas tardes. Gabriel se sentaba a su lado con mucha paciencia, guiando su mano a través de los ejercicios matemáticos y susurrándole las soluciones al oído. Gaspar nunca olvidaría su olor a jabón y gomina.

Durante su último año escolar, los alumnos comenzaron a asistir a quinceañeros. Lucían ternos viejos de sus padres, más o menos ajustados a sus tamaños, se colgaban del cuello corbatas con elástico y se presentaban en esas fiestas a beber sus primeras cervezas. Esas noches siempre seguían el mismo guion: la quinceañera descendía las escaleras vestida de blanco para bailar el *Danubio Azul* con su padre. Las chicas y los chicos se colocaban en paredes opuestas, esperando que alguien se animase a bailar. Y cerca del final, ya borrachos, grupos de varones salían a la calle como espectadores de violentas peleas entre dos o más jóvenes bravucones.

Gabriel nunca se sintió muy cómodo en esos lugares. Apenas bebía, odiaba bailar, le aterraban las peleas... Ni siquiera sabía de qué hablar con una chica. Acudía obligado por Gaspar, que tampoco tenía tema de conversación, pero entendía los quinceañeros como un deber social: lo que correspondía hacer en su edad.

A la tercera o cuarta fiesta, Gabriel dejó de asistir. A la quinta o sexta, Gaspar consiguió una enamorada. En su mundo, eso no significaba más que algún beso en la puerta y, quizá, la libertad de bailar las canciones lentas un poco más pegado que antes. Entraba en el rito adolescente de cine, fiestas y playa: el largo baile nupcial de la última Lima aristocrática.

Gaspar intentó por todos los medios animar a Gabriel para salir en parejas con una amiga de su noviecita. Para evitarlo, Gabriel argumentó compromisos familiares, tareas escolares y hasta enfermedades de sus padres, todas cosas inexistentes.

Cuando se quedó sin excusas y no tuvo más remedio que aceptar, fueron un sábado a tomar milk shakes en el Cream Rica. Para actuar del modo más repelente posible, Gabriel se pasó la tarde hablando de las similitudes entre la religión católica y las creencias hinduistas. Por alguna razón, seguramente los nervios, se atascó en ese tema. Descartó con desprecio hablar de las últimas películas y canciones. Recibió los chistes con estupor, casi con enfado. Rechazó el cigarrillo furtivo que los demás fumaron por la calle, mirando a todas partes, como si estuvieran traficando drogas. Al cabo de la noche, tanto la novia como la amiga consideraban a Gabriel irremediablemente «raro».

El disgusto fue mutuo: Gabriel las consideró a ellas, como a todas las chicas de los colegios limeños, unas perfectas estúpidas.

—Sabes lo que dicen los demás ¿verdad? —le comentaba de vez en cuando a Gaspar, durante los recreos, o en las clases de Educación Física—. Lo que dicen de tu enamorada.

—¿Qué dicen?

—Que es fea y un poco chola.

Ser fea era cuestión de gustos. Uno siempre podía devolver ese insulto contra la enamorada o la madre del agresor. Y, por último, una fea podía tener posición social. En cambio, en la Lima de los años sesenta, una chola, una india, una recién bajada de la Sierra, ya no tenía remedio. No en menos de una generación.

—No es chola —se defendía Gaspar—. Solo tiene el pelo negro.

—Dicen que es de Piñonate o del cerro San Cristóbal —arreciaba Gabriel, refugiado en sus compañeros anónimos— . Que la conociste en una fiesta para empleadas.

—¿Quién es el conchasumadre...?

Gabriel se encogía de hombros.

—Un poco todos. Se estaban riendo de ustedes en la formación del lunes. Yo les dije que no jodan, pero ya sabes. Si quieres, ya no te digo lo que hablen...

—Dímelo.

Gabriel continuó informando de supuestos agravios. Gaspar sorprendió o creyó sorprender a numerosos compañeros riéndose de él y de su chica, esparciendo rumores sobre su origen provinciano. Y después de algunas peleas, incluso una suspensión de tres días por liarse a puñetazos con otro alumno, acabó convenciéndose él mismo de que su chica no estaba a la altura.

Ninguno de los dos tuvo más parejas. En la universidad conocieron chicas, incluso buenas católicas blancas de apellidos decentes, pero ya para entonces, Gabriel tenía lo que llamaba «obligaciones con el país», es decir, las conspiraciones y los ocasionales actos de vandalismo que consumían su atención y su tiempo. Gaspar lo acompañaba, aunque a veces no sabía bien por qué: quizá solo porque llevaba mucho tiempo haciéndolo. O porque ya no sabía vivir de otro modo.

Mientras se preparaban para hacerse curas, conocieron a otro aspirante: Paul Mayer. Desde el primer día, Mayer estrechó lazos con Furiase. Cuando Gabriel expresaba sus ideas radicales, Mayer lo seguía con entusiasmo, sin cuestionarlo, como un fiel discípulo. Incluso cuando Gabriel se dejó crecer barba para verse mayor, Mayer lo imitó.

—He tenido una charla muy interesante con Paul sobre el padre Escrivá —contaba de repente Gabriel, sin venir a cuento, entre clase y clase—. Él piensa que el Opus Dei intentó recomponer el lazo que la modernidad deshizo. Según Paul, el gran error de la Ilustración fue separar a la Iglesia del Estado. Dice que un Estado laico construye una sociedad sin alma. Y que una Iglesia sin Estado tiene las manos atadas. Es muy inteligente, ¿verdad?

—Claro... Interesante.

Gaspar carecía de esa inquietud intelectual. Sentía empatía por las personas y un amor genuino por Dios. Sin embargo, los análisis sobre la edad moderna le quedaban demasiado grandes. Se le escapaban los diagnósticos sobre la situación de la Iglesia. Siempre había sido Gabriel el que se ocupaba de esas cosas. Él siempre habría creído que su amistad se debía a sus cualidades complementarias.

Cerca del final de sus estudios, cuando Gabriel conversaba con Gaspar, comenzó a repetirse él mismo diálogo.

—Ayer fuimos a misa en la catedral, Gaspar. ¡Qué maravilla es! El centro de Lima está hecho un asco, pero la catedral mantiene una solemnidad, una majestuosidad... Habrías tenido que venir.

—Me habría encantado, Gabriel. ¿Por qué no me llevaste?

—¿En serio? Paul dijo que irías a la misa del Champagnat. Sé que te encanta esa misa.

—Me habrías podido llamar tú directamente. ¿No tienes mi teléfono?

—Debe haber sido un malentendido. No te enojes. Ya iremos.

Tras su rechazo del sacerdocio, fue Gabriel quien trató de poner tierra de por medio: se distanció de Gaspar como si él lo hubiese traicionado. Seguramente, su antiguo amigo le recordaba su fracaso. Y en venganza, él no dejaba pasar ocasión para lastimarlo, haciéndole sentir a Gaspar que se había vendido y que él, Gabriel, continuaba siendo fiel a los verdaderos principios.

—Voy a oficiar mi primera misa, Gabriel. ¿No vas a venir?

—Me encantaría, pero ese día tengo una reunión muy importante con mi grupo. Ya sabes. La Iglesia se pudre en su decadencia, entregada a los comunistas. Tenemos que salvarla.

Reclutar a Gabriel como profesor de Religión del Reina del Mundo fue una manera de recuperar a su viejo amigo. Le faltaban sus palabras, su ímpetu, pero también su compañía. Y durante los primeros años, ante la admiración de sus alumnos y la organización de su comunidad de vida cristiana, Gabriel encontró ahí su verdadera vocación.

Quizá fueran esos los únicos años en que Gabriel Furiase tuvo un aspecto feliz, relajado, apartado de grandes misiones. Incluso se atenuó su manía por la higiene.

—Vamos a comprar una casa en la playa de San Bartolo, Gaspar. ¡Nuestra propia casa para ejercicios espirituales!

Esa noche, Gabriel se veía radiante. Gaspar lo había invitado a cenar en el comedor del colegio, pero estaban solos. Y el huésped mostraba su felicidad tocando las piernas, los brazos, el pelo de su anfitrión. Mientras se abrazaban, Gaspar percibió que se había cambiado de colonia, de la barata Old Spice que estaba de moda por entonces a una más exclusiva: Eau Sauvage.

—Es un tiempo récord —lo felicitó—. No solo te estás ganando a los chicos: también a sus padres.

—La comunidad ya tiene profesores en cinco colegios. Y nuestros alumnos están tan felices que corren a unírsenos al terminar los estudios. Estamos formando la élite que queríamos: un grupo de chicos fuertes, sanos, consagrados a la vida espiritual, para compensar a los que quieren incendiar la Iglesia.

—Me alegro por ti. Por todos...

—¡Y por ti! Cuando abramos una sede en Roma, tú la dirigirás. ¡No te rías! Llegaremos muy lejos. Ya lo verás. Y será gracias a ti.

A la larga, precisamente el crecimiento de la comunidad los fue apartando. Al fin y al cabo, Gaspar no formaba parte del proyecto.

En cambio, su antiguo compañero Paul Mayer se fue convirtiendo en el brazo derecho de Furiase. Entró a enseñar en el colegio San Agustín y adquirió un perfil más público en los asuntos de la comunidad.

Al igual que Furiase, Mayer mantenía escrupulosamente cuidada una barba que le daba cierto aire de profeta. Pero a diferencia de él, sí se había ordenado sacerdote. Las normas del Concilio Vaticano II permitían la formación de comunidades de ese tipo a laicos, para estimular la vida religiosa en todos los niveles sociales. Aun así, tener un «cura de verdad» daba prestigio. Y Gaspar no podía ocupar ese lugar. Poco a poco, cada vez que los viejos amigos se encontraban, el padre Mayer se sentaba entre ellos. Más adelante, simplemente dejaron de encontrarse.

Al final, cuando surgieron los conflictos que conducirían a la ruptura entre el colegio Reina del Mundo y Gabriel Furiase, el padre Gaspar recurrió a Paul para mediar entre ambos. Paul sí había llegado a ser sacerdote y su carisma e influencia eran conocidos mucho más allá de los límites de la comunidad. Así que cuando los alumnos se manifestaron para ir a Huachipa, Gaspar decidió llamarlo a él, incluso antes que a Gabriel. Tenía la intención de hacer entrar en razón al profesor evitando un conflicto.

Para su decepción, la respuesta del lugarteniente fue tan terca como la de Furiase. Y su tono sonó aún más iluminado.

—Tienes que entenderlo, Gaspar, nuestra comunidad les ofrece a los chicos una aventura espiritual que ningún otro colegio puede darles. Ellos están llenos de energía y quieren ofrecérsela a Dios, no a una kermés o una tómbola.

—¿Y no pueden ofrecerla en otra fecha?

—No a estas alturas. Estamos hablando de un evento con cientos de chicos, incluso grupos venidos del extranjero. No podemos cambiarlo.

—¿Grupos del extranjero? ¿Pero qué están haciendo? ¿Un congreso mundial?

El padre Mayer esbozó una sonrisa de superioridad, como si el vulgar padre Gaspar no fuese a entenderlo desde su mediocre puesto en un simple colegio. No dio muchos detalles. Tan solo respondió sin esconder su orgullo:

—De hecho, estamos pensando en abrir una sede en Roma. Gabriel dice que yo la dirigiré.

2

—¿Cómo está la abuela?

—Bien.

—Pero... ¿su salud?

—Bien.

Mi comunicación telefónica con papá se había vuelto monosilábica. Él se sentía obligado a preguntar una serie de cosas. Yo me sentía obligado a emitir respuestas. Pero no estábamos preparados para pronunciar lo que realmente debíamos decir. No encontrábamos las palabras adecuadas. Y de habernos encontrado frente a frente, no habríamos podido levantar la mirada del suelo.

—¿Y tú? ¿Has hecho amigos en Lima?

Él se preocupaba por mí. Quería saber cómo me iba. ¿Acaso un monstruo, o un amigo de monstruos, sería un padre cariñoso? No, ¿Verdad?

—A veces veo a los nietos de las amigas de Mama Tita —le mentía yo, pero no demasiado—. Son buena gente.

—Los Aizcorbe... Los Fajardo...

Ni siquiera conocía sus apellidos. Tampoco quería hablarles, por si ellos me decían algo malo de papá. Cada minuto sin noticias de su pasado era un arma menos que usar contra él.

—*Yeah*.

Yo suponía que la abuela no le había contado a papá mis descubrimientos en la prensa. Para ella debía ser igual de complicado que para nosotros referirse a estas cosas. Quizá aún buscaba la manera o quizá sabía que no existía tal. Que la memoria es una bomba de tiempo que no se desactiva jamás.

Y así, a tropezones, llegábamos al final de la conversación.

—Okey, te va a hablar tu mamá...

—Okey...

La voz que llegaba a continuación alegraba la línea y lavaba todas las penas. Pero solo por su inocencia, por su falta de tensión. Al fin y al cabo, tampoco es que mamá fuese la alegría de la huerta. La mayoría de sus comentarios tenían que ver con labores domésticas.

—¿Te estás abrigando?

—Es verano, mamá.

—Aun así. Dice tu papá que Lima es una ciudad muy ventosa. Y yo te empaqué el suéter rojo. ¡Abrígate!

—Sí, mamá.

—¿Comes bien? Me refiero a verduras. O frijoles.

—Como bien...

—Te quiero.

Yo respondía lo único cierto de todo el diálogo familiar:

—Yo también.

Mama Tita se sentaba al lado durante esas conversaciones, en actitud vigilante, y participaba al final para despedirse de papá. Pero tampoco ella le hablaba mucho. Y aunque disponíamos de miles de aplicaciones para vernos todos —WhatsApp, Skype, FaceTime—, nadie proponía emplearlas.

Más allá de eso, Mama Tita mantenía la misma actitud de siempre. Cariñosa y reservada. Entusiasta para contactarme con sus amistades. Si la angustiaba mi investigación sobre el pasado de mi padre, lo escondía bastante bien. Quizá precisamente lo escondía porque la angustiaba. O quizá de verdad creía que mi padre había sido acusado injustamente y no se hacía mayores problemas al respecto. Después de todo, consideraba que toda persona en su sano juicio debía pensar como ella. Solía repetirme sin venir al caso:

—Tú no conoces Lima. Esto no es como Estados Unidos. Hay mucha gente mala acá.

No sé de dónde podía sacar que había más personas malas en Lima que en todo Estados Unidos.

Una tarde, unos gritos me arrancaron de mi cuarto. Debían ser gritos muy fuertes, porque yo tenía la puerta cerrada y los auriculares puestos.

Encontré a Mama Tita tirada abajo de las escaleras, gimiendo de dolor. No se había caído desde la máxima altura, apenas unos cinco escalones. Sin embargo, a su edad y en su estado eso era como desbarrancarse.

Cuando llegó el taxi, ella ya no gritaba. Solo se comía las lágrimas que rodaban silenciosas por sus mejillas.

—Odio ser vieja —fue todo lo que dijo en el camino a la clínica.

Pasó dos días internada. De milagro no se había roto ningún hueso. Pero ya que estaba ahí, chequearon cada milímetro de su cuerpo: presión, temperatura, reflejos, hígado. Yo iba preguntando para qué servía cada paso de su escaneada general. Pronto comprendí que estaban chequeando incluso cosas innecesarias. Porque cobraban por cada examen. Y luego volvían a cobrar por arreglar cada desperfecto. El negocio de la clínica no era curar a la gente de sus males, sino esculcarla hasta encontrarle nuevas cosas que curar.

Entre paréntesis, *esculcarla* es otra palabra que aprendí en ese viaje. Estaba obesionado por mejorar mi español y me pasaba el día buscando palabras y sinónimos en Google Translator. Ahora digo palabras que ni siquiera sabe la gente que ha hecho el colegio en Lima.

En fin, el internamiento de la abuela me dio una comprensión cabal de lo sola que se encontraba. Las visitas de cortesía de sus amigas solo llenaban minutos de su tiempo. El padre Gaspar debía ser la persona menos enterada de las necesidades de una mujer. Más allá de ese pequeño círculo de amistades, Mama Tita se hallaba a merced de los vampiros insaciables de la sanidad.

Las dos noches de su hospitalización, me quedé con ella en una cama plegable, despertándome con cada visita de las enfermeras y riendo en falso de los chistes de un médico demasiado entusiasta.

—Usted nos va a enterrar a todos —le gustaba decir al doctor.

Yo encontraba inapropiada cualquier mención al verbo *enterrar*.

—Esto es solo una revisión técnica —añadía él— para que el motor marche sin sobresaltos durante ochenta años más.

Lo único concreto que dijo el doctor en cuarenta y ocho horas fue que la abuela no debía subir escaleras todos los días. Mirando hablar a ese tipo yo calculaba, por el blanqueado perfecto de su sonrisa, a dónde iba el dinero que pagaban mi abuela y su seguro: a otros médicos, en este caso, dentistas. Un círculo vicioso de matasanos.

De regreso en casa, instalé a Mama Tita en el sofá y reorganicé la sala para que pudiese dormir ahí. Bajé su televisor y coloqué su rosario y su escapulario en la mesa de la sala. Ella protestó:

—No tienes que hacer todo esto...

—Sí, tengo que hacerlo.

—¿Pero ahora en dónde me van a visitar mis amigas?

—Yo te llevaré a verlas.

La tercera edad no es una lucha: es una carnicería. Cada día trae un nuevo dolor y con él una nueva capitulación. Costó toda una semana de insistencia convencer a Mama Tita de usar la silla de ruedas. Lo sentía como una forma de humillarse aún más. Sin embargo, la circulación de sus piernas no le permitía caminar. Y ella necesitaba salir un poco de esa casa, tomar aire, despercudirse.

Por suerte, la Lima de la abuela tenía una ventaja: todas sus amigas vivían en un área muy reducida, limitada a los barrios de Miraflores y San Isidro. Cada tarde, aunque hiciese calor, yo la abrigaba con una mantita, le calzaba un sombrero —porque aunque hubiese apenas resolana, el sol limeño calcinaba la piel— y empujaba su silla hasta alguna de esas casas, donde sus amigas la recibían con té, galletas y sonrisas de dentaduras postizas.

Cuando ninguna de sus amigas podía recibirla, yo la sacaba igual. La llevaba al malecón y la paseaba por los hermosos jardines frente al mar. A veces, llegábamos hasta el Parque del Amor. Mama Tita se quedaba mirando la gigantesca escultura de una pareja besándose en el centro del parque y soltaba un bufido de desagrado:

—¿A quién le puede gustar esta escultura? Dos cholos metiéndose la mano. ¿A quién se le pudo ocurrir?

De regreso en su casa. Me enseñaba su «colección de arte»: cuadros de bodegones o paisajes europeos. Porcelanas de personajes vestidos como en el siglo XVIII... y con aspecto europeo. Además, por supuesto, de la imaginería religiosa en la que Cristo, un semita de Medio Oriente, parecía un *hippie* italiano. Ninguna de sus piezas tenía mucha gracia. Pero todo se veía étnicamente blanco.

Mirando las imágenes que recubrían las paredes, y también las fotos de grupo sobre las mesas, reparé en una ausencia. Ya en mi niñez me había hecho preguntas al respecto y supongo que las había formulado en voz alta, pero no recordaba haber recibido una respuesta. Quizá la hubo y la olvidé. Quizá se trataba de uno más de los silencios familiares. En todo caso, aquí en la casa de la abuela, entre todas las imágenes disponibles, se anunciaba a gritos la falta de una, como un agujero negro en el álbum del pasado familiar.

Incluso para descubrirlo, también tardé un par de días en preguntarlo. Tenía que escoger mis dudas con cuidado. Pero al fin, una noche, después de las noticias y de lavar los platos, encontré a la abuela aún con los ojos abiertos cuando iba a apagarle la luz. Se veía frágil en pijama, tan delgada como los lánguidos Cristos de la decoración. Tan débil que cualquier pregunta podía lastimarla, como una pedrada.

—Mama Tita...

—¿Sí?

—¿Quién era el abuelo? ¿Por qué no hay fotos de él?

—Tú todo quieres saber, ¿no, hijito?

—No quiero fastidiar...

—Entonces no fastidies. Y apaga la luz.

Obedecí. ¿Qué más podía hacer?

La misma medianoche de su regreso a casa, volví a escuchar los gritos de la abuela, amplificados en la caja de resonancia de la madrugada. Esta vez, no se trataba de gemidos de dolor, sino de alaridos espeluznantes.

—¡Aaaaaaaaah! ¡Aaaaeeerrggggh!

Bajé las escaleras corriendo. Tropecé en el último escalón. Podría haber acabado en el hospital yo también. Pero esa es la diferencia entre ser joven y ser viejo. Acabé con el tobillo adolorido, pero llegué al sofá.

—Mama Tita, ¿qué te pasa?

—Son ellos. ¡Están viniendo! ¿Los ves?

Pensé que hablaba de ladrones. Lima vivía aterrorizada por violentos atracadores llamados *marcas*. Aparecían siempre en las noticias, grabados por cámaras de seguridad de restaurantes o bancos, amenazando con pistolas a sus víctimas u obligándolas a extraer billetes de cajeros electrónicos. Aunque no habría sabido qué hacer ante uno de ellos, pregunté:

—¿Dónde están?

—En las ventanas, trepándose por las paredes...
¡Están por todas partes!

Miré a mi alrededor. Solo encontré los reflejos
de la luz de la lámpara en los marcos de fotos y cuadros. Si alguien nos observaba, eran las vírgenes y
los Cristos que colgaban de las paredes, o la propia
Mama Tita, junto a mi padre, desde un pasado remoto y feliz.

—¿Quiénes? ¿De qué hablas?

Agarró mi mano con fuerza. Noté que tenía los
ojos cerrados y el pulso muy acelerado.

—Usan sus sotanas para volar. Son como murciélagos...

—¿Curas? Abuela, ¿estás viendo curas?

Volví a buscar alguna foto en la decoración, alguna imagen que explicase su delirio.

—¡Es que tienen la cara de Antonio!... ¡Todos
tienen la cara de Antonio!... ¡Diles que me dejen en
paz!...

—¿Quién es Antonio?

—Ahora regresan... ¡Que se vayan!

—¿Quién es Antonio?

El delirio continuó durante veinte minutos.
Mama Tita se fue calmando poco a poco y se quedó dormida. Yo regresé a mi cuarto. Me costó conciliar el sueño, pero acabé durmiendo.

A las dos de la mañana, ella volvió a tener un
ataque de ese tipo. Esta vez, hablaba de niños que le
sonreían desde las esquinas. Pero eran niños malos.

—¡Tienes que ahuyentarlos! ¡Con la escoba!
¡Usa la escoba!

Le traje un vaso de agua, pero lo rechazó. Casi me lo arrojó encima. Me mantuve a su lado, murmurando palabras de cariño en su oído.

—Estoy aquí, Mama Tita, no te va a pasar nada.

—Ponles veneno. —Su voz fue bajando el tono—. Ponles Racumín. Mata a las ratas...

Después de media hora, volvió a dormirse.

En el fondo, había seguido durmiendo todo el tiempo. Solo que sus sueños resultaban terriblemente vívidos. Y no eran sueños sino pesadillas.

Volví a llevarla a la clínica al día siguiente. La abuela contaba a estas alturas con un ejército de médicos: cardiólogo, gastroenterólogo, oftalmólogo... Acudimos con el director de la desafinada orquesta de su cuerpo, un médico general que se ocupaba de supervisar a todos los demás y armonizar las distintas recetas.

—Esta vez no viene por emergencias —saludó él—. Eso ya es un avance.

Me pregunté si todos los médicos de esa clínica compartían el mismo imbécil sentido del humor.

En el consultorio, conté el episodio de la noche anterior. La abuela no recordaba nada y me escuchaba atónita.

—¿Yo dije eso...? ¿Y vi a Antonio?

No parecía preocupada. Más bien, se veía avergonzada.

El médico llamó a lo ocurrido *brote*, sin especificar qué brotaba exactamente. Y nos derivó hacia el neurólogo, en una consulta de la planta superior.

Antes de ser recibidos, volvimos a pasar por una máquina la tarjeta del seguro y la de crédito. Se había vuelto una rutina tan repetitiva como desayunar.

El neurólogo carecía de sentido del humor. Por un lado, lo agradecí. Por otro, él parecía aburrido y con ganas de librarse de nosotros. Después de escuchar sobre el *brote*, atribuyó la causa a un medicamento somnífero —lo llamó *hipnótico*— y cambió la medicación de la abuela. Antes de marcharnos, pasamos por la farmacia y pagamos de nuevo. Al menos la llevé en su silla y nos ahorramos el taxi.

Esa noche, dormí en el sillón al lado de Mama Tita, listo para salvarla de un ataque de extraterrestres, de una manada de búfalos o de lo que su imaginación le enviase para torturarla. Afortunadamente, ningún monstruo llegó a visitarnos esta vez. Dormí un sueño incómodo pero más o menos continuo. Y cuando abrí los ojos, la luz del día inundaba ya la sala.

Mama Tita estaba despierta y me observaba desde su sofá.

—¿Quieres desayunar afuera? —me preguntó. Sonó más a orden que a pregunta.

La llevé al malecón. Pasaban de las diez y la juguería al final de Santa Cruz había abierto ya. Me compré un café y un sándwich. Ella tomó un jugo de maracuyá y nos sentamos frente al mar. Los días comenzaban a hacerse más claros y soleados. Allá abajo, los tablistas zumbaban entre la espuma del mar. A nuestros lados se formaba una U entre el Morro Solar y el Callao.

—Hace tiempo que tengo claro que puedo morir —dijo ella sombría—, pero no tenía previsto volverme loca.

Animar es una de las tareas más difíciles con un enfermo. Y no hay doctor que la lleve a cabo. Tomé la mano de mi Mama Tita, estaba fría y frágil como una sardina muerta.

—No te vas a volver loca —prometí a ciegas—. Solo había que ajustar un medicamento... Ahora estás bien.

—Gracias por tu diagnóstico profesional, pero sé muy bien lo que está pasando.

Me sorprendió su sarcasmo. No pegaba con mi imagen tierna y desamparada de la abuela. Supuse que todos nos despegamos de nuestra imagen en algún momento. Que traicionamos nuestra máscara. La cuestión entonces es decidir cuál de esas dos caras queremos que nos represente. O cuál nos representa de verdad, lo queramos o no. En todo caso, la dejé continuar:

—Me he dado cuenta de que mis historias se morirán conmigo.

Me animé al oír esa reflexión medio poética. No denotaba precisamente alegría, pero sí la templanza mental de pensar más allá de clínicas y funerales.

—Eso pasa siempre, ¿no? Pero no se muere. Tu historia continúa... en papá... en mí... o algo así.

Ella apenas tocaba su jugo. No tenía hambre ni sed. El sol tibio de febrero o la brisa marina ya le resultaban experiencias demasiado fuertes. Dijo:

—Pero tú no sabes de dónde vienes. Y tu padre no te lo va a contar. Ni siquiera debe recordarlo él mismo. A uno se le olvidan las cosas feas. Sobre todo las que le pasaron de chiquito. Lo he visto muchas veces.

—Seguro que papá...

—Tú has nacido lejos, en medio de la nada. No tuviste que vivir lo que nosotros vivimos. Si me vuelvo loca, todo eso se borrará incluso antes de que me muera...

—Que no te vas a...

—¡Sssht!

No dije más. Pero ella tampoco. Acabé mi bebida y ella dejó entera la suya, todo en silencio. Luego volvimos a casa.

Ese día le tocaba jornada a Paquita, la empleada que solía llenar la casa de luz. Llevaba décadas trabajando con la abuela y tenía un sexto sentido para entender sus emociones, así que ese día se deshizo en bromas y chistecitos con el fin de alegrar a su jefa. Ni siquiera eso mejoró la melancolía de Mama Tita.

Después de lavar la ropa, lustrar los suelos, limpiar los baños, guisar decentemente y dejar la comida en el congelador, y aun así mantenerse de buen humor, Paquita me llamó a a la cocina:

—Joven, la señora no me ha gritado en todo el día. Debe de estar muy mal.

—Odia ser vieja —me limité a contestar.

—¿Quiere que me quede a pasar la noche? Así también usted puede salir y relajarse un poco.

—Gracias, Paquita. Pero no te preocupes.

Al fin y al cabo, tampoco tenía a dónde ir.

Por la noche, después de recoger la cena, arrimé mi sillón al sofá de la abuela y la tomé de la mano, que encontré un poco más cálida que antes, aunque igual de débil. En las noticias, un político corrupto juraba su inocencia. Pero la abuela no hizo ningún comentario sobre su ideología ni sobre su familia.

—Apaga eso —dijo.

Obedecí. El silencio y la oscuridad inundaron la habitación como un agua negra. Cuando yo ya la creía dormida, la abuela anunció:

—Creo que tengo que hablarte de Antonio.

Y así, por sorpresa, volví a escuchar nuevas historias de viejos, narraciones de una ciudad que yo no conocía, relatos transcurridos mucho tiempo atrás, pero que seguían ocurriendo en mí.

De joven, mi abuela era la chica perfecta: inteligente, guapa, de buena familia.

Demasiado buena para estudiar.

Su padre, un abogado mercantil, consideraba que una carrera universitaria era una actividad de hombres y la universidad, un nido de comunistas capaces de influir negativamente en una chica. En su opinión, después del colegio de monjas, una mujer decente debía casarse y convertirse en una esposa abnegada, un ama de casa primorosa, una madre ejemplar, como su propia esposa, mi bisabuela, quien evidentemente pensaba igual que él.

—¿Quieres aprender a hacer punto, Tita?

Tita. El *Mama* llegaría mucho después, de hecho, en el siglo siguiente.

—Las mujeres ya no hacen punto, mamá. Ahora toman anticonceptivos.

—¡Ay, Tita, no digas barbaridades!

—Solo te informo.

Corrían los años sesenta. Vientos de libertad sacudían la vieja casona de las buenas costumbres. La música se volvía más estruendosa. Los adolescentes se dejaban el pelo largo y despeinado. Jóvenes de buen apellido participaban de vez en cuando en marchas políticas. Mi abuela no hacía nada de eso, pero tampoco vivía en una burbuja. No tenía ínfulas de rebeldía, pero sí curiosidad. Y ganas de ampliar sus horizontes. Se decidió a estudiar. Casi montó una huelga de hambre en casa para que le permitieran asistir a la universidad. Y después de mucho pelear, consiguió inscribirse en educación inicial. Había convencido a su familia de que ahí se aprendía, sobre todo, a cuidar mejor a los niños. Sería una buena inversión con miras a un matrimonio adecuado.

El permiso tenía sus límites. Durante los estudios, la vida social de mi abuela fue cuidadosamente monitoreada. Sus horas de salida, restringidas. Si algún amigo *hippie*, izquierdista o simplemente desaliñado revoloteaba alrededor de ella, sus padres se ocupaban de ahuyentarlo o, al menos, de desanimarlo, invitándolo a reuniones familiares donde se sentía desaprobado y extraño.

—¿Te gusta el frontón? —lo acogían los tíos con falsa camaradería—. Podríamos ir un día a jugar al Club Regatas.

—No soy socio de Regatas —respondía el incómodo invitado con la cara llena de pelusas y granos, y una camiseta con el símbolo de la paz.

—¿De verdad? ¿Y dónde juegas frontón?

—No juego frontón.

—¿De verdad?

Por lo regular, el pretendiente terminaba desapareciendo por su propio pie en busca de amistades más modernas.

La estrategia obligaba a Mama Tita a enfrentarse a sus padres. Pero ella nunca haría algo así. Mientras tanto, en su vida sucedían los cursos de pedagogía, higiene infantil, administración educativa, como planos de construcción de la vida que le esperaba.

Hasta que una tarde, poco antes de los exámenes de fin de quinto ciclo, en que sonó el timbre de casa. Tita se encontraba estudiando Historia del Perú con la sensación de que la historia nunca cambia en realidad, solo es un continuo presente inmutable. No intuía que su propia historia estaba a punto de dar un giro definitivo.

A las seis, poco después de la hora del lonche, la empleada informó que alguien traía un encargo para la joven Tita. La casa era la misma de la avenida Libertadores donde ella pasaría toda su vida, solo que con fotos diferentes en las paredes. Ella bajó las escaleras con la expectación que dan las sorpresas. Al llegar a la puerta, se encontró con un ramo de gardenias blancas. Detrás del ramo, le sonreía un chico más o menos familiar. Una de esas sonrisas que se cruzaba en los pasillos de la universidad, intercambiable; una sonrisa que podría haber sido cualquier otra.

—¿Quién eres?

El recién llegado hizo un gesto misterioso.

—¿Tita? Soy un mensajero.

—No pareces un mensajero...

Eso quería decir «no pareces tan pobre como para dedicarte a esto». Pero él no intentó defenderse de su insinuación.

—Te traigo un regalo —anunció—. De un admirador secreto.

No dijo más. Y las gardenias no llevaban tarjeta alguna. Ni siquiera los datos de la florería. El mensajero se negó a responder cualquier pregunta u ofrecer pistas sobre quién lo enviaba. Pero dejó el regalo, y con él, dibujó otra sonrisa en la cara de Tita.

Ya había llegado casi a la esquina cuando ella atinó a hablar:

—¡Espera! ¿Tengo que decir algo o escribir una nota para mi... admirador?

—¿Te gustan las flores?

—Me encantan.

—Transmitiré eso. —Le hizo un guiño el desconocido y en un instante desapareció.

Tita metió las flores en agua y las guardó en su propia habitación. Si sus padres preguntaban por ellas, diría que las había comprado o recogido ella misma. Tenía una testigo de cargo: la empleada. Pero a ella nunca le preguntarían. Aunque la trataban con amabilidad, no compartían confidencias con ella. No la consideraban un ser humano a su altura.

De todos modos, nadie preguntó.

En cambio, Tita sí preguntó por su admirador secreto. Cada vez que se encontraba con el enigmático mensajero en los pasillos de la universidad, le invitaba una Coca-Cola y lo acribillaba a preguntas:

—¿Cómo se llama? ¿Es mayor? ¿Estudia educación? Ningún hombre estudia educación.

El mensajero sorbía ruidosamente con su capota y se reía:

—¡No te lo puedo decir! Pero se muere por ti.

—¿Lo conozco? ¿O solo lo he visto al pasar? ¿O ni siquiera eso?

—Ya aparecerá él solito. Tú ten paciencia.

Durante el mes siguiente, el admirador volvió a enviar flores dos veces: un gran ramo de rosas y una hermosa orquídea. Pero Tita acosó al mensajero casi todos los días y, mientras lo hacía, charló con él, comió con él, lo acompañó a fotocopiar sus libros de derecho e incluso a comprarse unas zapatillas de fútbol. Para ganarse su confianza y sacarle información, le contó de sí misma. También lo oyó contar sus propios planes: básicamente, estudiar derecho, trabajar en un gran estudio privado y hacer dinero. Intercambiaron varios discos y un par de libros. Él nunca soltó prenda sobre la identidad del misterioso admirador, pero si era amigo suyo, no debía ser un tipo peligroso.

Al fin, un día, Tita se hartó de esperar. Arrinconó al mensajero y le dio un ultimátum:

—Estoy harta de este jueguecito. Si tu amigo quiere aparecer, que se presente. Y si no, nos dejamos de tonterías.

—Ya se presentó —respondió él—. Soy yo mismo.

Tita tuvo que admitir que estaba encantada de descubrirlo. Y así empezaron.

Se llamaba Antonio.

Antonio provenía de una familia de clase media provinciana. Gozaba de media beca para pagar la universidad y daba clases particulares para mantenerse en la capital. No pertenecía a ningún abolengo, pero tampoco resultaba impresentable para la familia, especialmente comparado con sus predecesores. Su noviazgo fue fulminante, romántico, lleno de paseos por el campo y regalos sorpresa. Se casaron un año después y Tita tuvo la oportunidad de abandonar sus estudios. La educación inicial, honestamente, le interesaba un pimiento.

El recién casado se especializó en derecho penal y entró, como quería, a trabajar en un gran estudio, recomendado por su suegro. Por las noches, volvía a su departamento de la avenida Arequipa y mientras cenaba el cau cau o el ají de gallina preparados por su joven esposa, le contaba sórdidos casos de asesinos o desfalcadores.

—¿Cómo te puede gustar trabajar en esas cosas?

—Es como ver una película —decía él con la boca llena de pollo deshuesado—. Solo que te pagan en vez de cobrarte la entrada.

En el fondo, Tita disfrutaba de su talante aventurero. A ella misma le habría gustado actuar con más atrevimiento. De todos modos, cuando nació su hijo, Sebastián, le pidió a Antonio que no contase esas historias cerca del bebé. Daba igual que el pequeño no supiese hablar. Simplemente, a ella le parecía inadecuado hablar de esas cosas cerca de un niño.

Cuando Sebastián cumplió tres años, se mudaron a un departamento más grande en la avenida Espinar y Tita comenzó a insistirle a Antonio para tener un segundo hijo.

—¿Otro? ¿No basta con uno?

—No son lavadoras. Son niños.

—Mejor te compro otra lavadora en vez de tener otro niño.

Él se reía. Jugaba con ella. Le tomaba el pelo. Pero sin duda, hacía lo necesario para tener un hijo. Y lo hacía un par de veces por semana.

La vida era un jardín. Como Tita había soñado de niña. Al final, a pesar de las precauciones de sus padres, todo había salido muy bien.

Por eso, cuando la policía llamó a la puerta a medianoche, Tita les impidió el paso. No podía ser. No podían estar buscando a Antonio. A *su* Antonio.

—Señora, si no abre, tendremos que acusarla a usted también por encubrimiento y complicidad.

¿Encubrimiento de qué? ¿Complicidad para hacer qué? Esas palabras ni siquiera existían en el vocabulario de Tita.

—Señora, abra o tendremos que tumbar la puerta. Por favor.

Sebastián comenzó a llorar. Ese sexto sentido

de los niños para olfatear la angustia en las vibraciones del aire.

—Señora...

Y al fin Antonio salió del cuarto por su propio pie. Cabizbajo. Pasó junto a Sebastián y le acarició distraídamente la cabeza, acercándose a ella. Besándolo en la mejilla.

—Déjalos entrar, Tita. Todo va a salir bien.

Se equivocaba. O mentía. Pronto se volvería muy complicado distinguir una cosa de otra.

Se había puesto la corbata. Como si saliera a trabajar. A medianoche.

En este punto, la abuela calló.

Se había aferrado a mi mano, casi clavándome las uñas. Yo me encontraba arrodillado sobre el suelo con la espalda torcida hacia su lado. Me sentía muy incómodo, pero no pensaba interrumpirla moviéndome.

Acerqué la mano a su rostro. Las lágrimas se estancaban en las arrugas de sus ojos. No era especialmente mayor. Pero la enfermedad había soltado sobre su cuerpo una carga de décadas. Tenía el corazón muy maltratado. En más de un sentido.

—Descansa, abuela. Es mejor que duermas.

Su mirada descansaba en alguna de las vírgenes, como buscando ánimos en esas figuras sin vida.

—No le he contado esto a nadie —dijo—. Hubo gente que lo supo. Aún sobreviven algunas de esas personas. Pero no lo han sabido por mi boca. Aquí las cosas se saben simplemente, sin que una las diga. Lo que pasa es que tú no eres de aquí. Y si no te lo cuento ahora, ya no lo haré nunca.

Tú no eres de aquí.

—Antes decías que yo era peruano —le recordé.

Ella se acomodó entre las sábanas. Cada movimiento le costaba tanto como cargar un costal de plomo.

—Ahora vas a serlo —respondió.

Abogados. Fiscales. Policías. Jueces. Tramitadores. Tras la detención de mi abuelo, un torbellino de funcionarios irrumpió en la vida de su familia, arrasándolo todo a su paso.

—¡Es todo mentira! —se defendía Antonio—. Los policías se están vengando de mí porque he defendido bien a mis clientes. ¡Porque he hecho mi trabajo!

Como señal de compasión, las autoridades mantenían a Antonio en la carceleta del Palacio de Justicia, entre carteristas de navaja y comerciantes de pasta básica de cocaína. Mandarlo a una cárcel de verdad lo habría alejado de su familia y expuesto a daños físicos. Pero las celdas de la carceleta carecían de catres, y para ir al baño, hacía falta pedir permiso, humillaciones todas ellas que le flagelaban el ánimo. Antonio se desahogaba ante Tita cuando ella le llevaba butifarras o periódicos. Y al salir, ella le dejaba una propina a un sargento para que le echase un ojo a su esposo.

—Por favor, jefe, protéjalo de sus compañeros.

—Para eso estamos, señora... —Se cuadraba el guardia.

—Y de sí mismo también, por favor, no se le vaya a ocurrir cualquier locura.

—Tranquila, señora. El señor está en buenas manos.

Contra Antonio pesaban cargos por narcotráfico y corrupción de funcionarios. Para más señas, se le acusaba de haber sobornado personalmente a oficiales de aduanas en beneficio de exportadores de cocaína. Su bufete se movilizó. Mi bisabuelo llamó a sus amigos del Poder Judicial. En su entorno se mostraban todos indignados, ofendidos. Para todo ellos, se trataba de una venganza de clase, como las multas de tráfico o los controles de identidad, actos motivados no por la seguridad, sino por un profundo resentimiento.

—Lo que quieren los policías son sus propios sobornos —vociferaba mi bisabuelo—. Uno para cada uno. Y si no los tienen, encerrarán a toda la gente de este país hasta conseguirlos.

No obstante, conforme la fiscalía presentaba la evidencias de cargo, el ímpetu iba decayendo. De repente, los socios y parientes políticos de Antonio dejaron de alzar tanto la voz y de mandar a tantos colegas. De hecho, su suegro dejó de oponerse contundentemente al arresto. Cada vez que Tita tocaba el tema, el viejo se limitaba a fruncir el ceño y a refunfuñar protestas inaudibles y acusaciones sin un destinatario claro.

—¿Cuándo van a soltar a Antonio? —preguntaba ella, cargando al niño, aunque empezaba a pesar demasiado para eso, como si fuera un amuleto de la suerte.

—Es complicado, hija, aquí se ha hecho todo muy mal, muy mal...

El padre de Tita nunca aclaraba quién había hecho las cosas tan mal, ni en qué lugar exacto quedaba *aquí*. Le enseñaba a Tita papeles que ella siguió sin entender, llenos de supuestas pruebas contra Antonio. Pero no le explicaba nada. Para él, las mujeres simplemente no entendían esas cosas.

Ella siguió visitando a Antonio en el Palacio de Justicia. Le llevaba plátanos y noticias de su hijo. Aprovechaba para alcanzarle papeles legales, gordos montones de documentos que ella no entendía, pero él examinaba con atención, mordiéndose el labio inferior. El semblante de Antonio tenía un aspecto cada vez más crispado. Su nerviosismo se incrementó conforme se sucedían los *habeas corpus* y las acciones. Todos los trámites fracasaban en devolverle la libertad. Y sus acusaciones empezaron a cambiar de objetivo.

—Soy el chivo expiatorio —lamentaba, quién sabe si para informar a Tita o solo para torturarse—. Van a hacerme pagar por sus negocios sucios.

—¿Los policías?

—No. Mis jefes.

—No entiendo. ¿No te están ayudando?

—Deberían estar aquí conmigo. Todo lo he hecho por esos conchasusmadres. Pero voy a pagarlo solo.

La verdad se sacudía y removía en el laberinto judicial como un barco de papel en un rompeolas. Ahora apuntaba hacia un lado, ahora hacia el otro. Tita soplaba con todas sus fuerzas sobre la vela, pero no conseguía enderezar el rumbo. Hasta que ocurrió el naufragio.

De la compleja resolución que dictaba sentencia, Tita solo recordaría dos frases: «tres años de cárcel» y «cumplimiento efectivo». Antonio cumpliría condena en el gigantesco centro de Lurigancho, casi una ciudad de maleantes con sus propios barrios para asesinos, violadores o ladrones. Durante los siguientes mil días, cada vez que entró a visitar a su esposo, Tita sintió que ingresaba en una tormenta de gritos, chillidos, canciones andinas y pieles tatuadas. De vuelta en su mundo, por comparación, todo le parecía silencioso, mudo.

Tita no llevó a Sebastián a ver a Antonio en la cárcel de Lurigancho. Ninguno de los dos quería que el niño guardase esa imagen en la memoria. Sin embargo, nunca dejó de acudir ella misma a ese gigantesco centro penitenciario. Y ahí presenció la caída, el lento deslizarse hacia la desgracia de su marido. El ritmo constante en que su rostro se ajaba, su piel se cubría de grasa, sus entradas se ampliaban y su interior se ennegrecía.

—¿Y papi? —preguntaba Sebastián al verla volver.

—Papi regresará pronto.

Pero en sentido estricto, no decía la verdad. Papi nunca volvió. El hombre que salió de Lurigancho después de la condena tenía otro color en la mirada y una manera más intensa de callar. Solo se parecía a Antonio en la talla de la ropa y la forma de caminar.

Al salir, gracias a sus estudios de derecho, Antonio consiguió trabajo como tramitador para un opaco abogado del centro de Lima. Cada mañana se cubría con un terno y una chalina, y salía a tomar un colectivo hacia el centro. Quedaba más cerca que antes, porque ahora vivían en Lince, en una calle más bulliciosa, rodeada de chifas y peleas de vecinos, que se prolongaban hasta la madrugada.

Tita intentó recuperar a su esposo. Recuperar su vida. Suplicó a su padre que lo ayudase a encontrar trabajo.

—Tienes que buscarle algo. A ti te obedecerán.

—No lo entiendes. Antonio nos engañó a todos. Incluso a ti. Más bien, tú deberías dejarlo y volver con tu familia.

—¡Él es mi familia!

—Entonces yo no.

Ese discurso melodramático era muy típico de la familia. «Tú no eres mi hija». O «Un padre no merece esto». Pero nunca funcionaba a favor de Tita. Solo en contra.

Tampoco su esposo ponía mucho de su parte. Algunas noches, Antonio simplemente no regresaba. Volvía al día siguiente, o dos días después, con la mirada vidriosa, mascullando disculpas inverosímiles. Un caso que se prolongó. Un desahucio inesperado en Chaclacayo.

—¿Por qué no me dijiste nada?

—Claro te llamé, Tita, pero tú no contestaste el teléfono. ¿Con quién estabas? ¿Ah? ¿Habías salido con alguien? ¡Mírame a los ojos!

Si su hijo quería jugar con él, Antonio lo apartaba. Argumentaba dolores de cabeza que jamás terminaban de remitir. A veces, después de dormir muchas horas, se animaba a tontear con una pelota o con unos soldados de plomo.

Luego, simplemente, dejó de jugar. Y también de disculparse.

Tita siempre trató de ahorrarle al niño el doloroso espectáculo de las peleas. Los gritos. Los insultos. Si Antonio llegaba con esa mirada, con ese olor, ella se apresuraba a acostar a Sebastián.

—Hoy te voy a contar el cuento de unos futbolistas que se convertían en dragones —inventaba. O a veces decía—: Hoy vamos a jugar a ver quién se duerme primero. El que gane, mañana tendrá un helado de premio.

A menudo, mientras arropaba y besaba a su hijo, comenzaban a llegar los gritos desde la sala. Tita ya conocía la razón de la furia de su esposo. Básicamente, ella tenía la culpa de todo.

—¡Nunca fui suficientemente bueno para tu familia!

—Eso me da igual...

—¡Pero nunca me defendiste!

—Te sigo defendiendo. Sigo contigo.

—Eso no lo sé. No sé qué haces cuando no estoy.

A las acusaciones contra la familia de Tita se fueron sumando los reproches por su calidad como madre y esposa, las quejas por el estado de la casa o el nivel de la cocina, las escenas de celos. Alguna vez, Antonio despertó a su hijo para que presenciase la lucha.

—¡Para que sepa quién es su madre!

Otras veces, al verlo llegar, ella se fijaba si tenía suficiente base en su estuche de maquillaje. La base es perfecta para ocultar los morados en la piel.

Conforme se fue haciendo mayor, Sebastián intentó mediar en las trifulcas que llegaban desde la sala. Salía a contar chistes, tratando de aplacar a su padre con un buen espectáculo de humor. O a intervenir en la discusión, defendiendo el punto de vista de su madre, como si eso importara. Como si se estuviera llevando a cabo un debate, no una masacre. Si Sebastián intentaba persuadir a su padre de acostarse, se llevaba un buen grito. Si no, se limitaba a ejercer de testigo de la cascada de insultos contra su madre.

El resto del tiempo, cuando no se preguntaba cómo había acabado así, Tita intentaba que su hijo tuviese una vida normal. Solía llevarlo al Orrantia a ver películas de Cantinflas. O comedias americanas. En la enorme sala, a oscuras de la humanidad, ellos dos se divertían como dos niños en su escondite. En esa época, se podía fumar en los cines y

Tita solía encenderse un pitillo, ya que en casa no podía porque no tenía claro qué podía enfadar a Antonio. Solo respirar ya parecía una falta grave. Antes de una función de vermú, sentados en el mezanine, casi a solas, Sebastián le preguntó a su madre:

—¿Por qué fumas?

—No sé. Me gusta.

—A ver. ¿Me invitas una pitada?

—¡No!

—Si no es bueno, ¿por qué lo haces?

—Porque soy grande.

—¿Los grandes pueden hacer cosas malas?

Ella pensó en Antonio y apagó el cigarrillo pisándolo fuerte, como a una cucaracha.

—Ya está. Olvídalo.

Después de esa función —o quizá después de otra, mi abuela no lo recordaba bien—, madre e hijo pasaron frente a uno de los bares del barrio, un local que ponía salsa a todo volumen durante todo el día. Como de costumbre, en su interior se amontonaban los vagos del barrio emitiendo risotadas junto a montañas de cervezas vacías. Uno de ellos bromeaba obscenamente con una chica que tenía sentada sobre las rodillas. Tita apenas pasó frente a la puerta, pero alcanzó a reparar en la vulgaridad de esa chica. Tenía un escote a punto de reventar e incluso le faltaba algún diente. Lamentablemente, la puerta era muy grande y le dio tiempo para reconocer las rodillas donde se sentaba. Tita también se había sentado en esas rodillas. Vivía con ellas.

Se paralizó un instante en la vereda. Luego, pensó en Sebastián y continuó su camino. No supo, ni preguntó, si los dos hombres de su vida se habían visto mutuamente.

Tita no había sido criada para divorciarse. Esa palabra nunca se había pronunciado en su casa. Hasta donde le había enseñado su madre, una mujer debía aguantar a su esposo, comprenderlo, salvarlo. Ella intentaba cumplir esa misión incluso por las noches, sola en la cama, oyendo las risotadas que llegaban desde la sala. Incluso cuando sentía él olor químico de esos extraños cigarros flotando sobre el desayuno. O cuando encontraba a su esposo tumbado en el suelo al despertar.

Lo que no sabía era cuánto de todo eso veía Sebastián. Una madre tiende a considerar a su hijo demasiado pequeño, incluso si tiene cincuenta años. Y esta madre en particular carecía de herramientas para hablar de lo que ocurría. Ni siquiera conocía las palabras para nombrarlo. Pasaba por la vida rogando que fuese una película, que se encendiesen las luces y bajasen los créditos finales.

Y habría preferido que fuese una para adultos.

Que Sebastián estuviese fuera de la sala, comiendo canchita y comprando Coca-Cola, sin saber nada de lo que ocurría en la pantalla.

3

Con frecuencia, miraba de lejos al vecino del sombrero vaquero, el que había conocido a mi padre. Solía deambular sin destino aparente por la calle y por el parque del Olivar, vestía siempre demasiado veraniego para la estación y siempre llevaba algo sobre la cabeza. A veces, se calzaba una boina a la francesa. Otras, un gorro de lana de cantante reggae. Solo una vez pasó bajo la ventana de mi casa con la cabeza descubierta. Entonces le descubrí una melena larga y canosa, amarrada sobre la cabeza en un caótico moño. Y deduje que no tenía la costumbre de lavársela muy a menudo.

Cuando el Vaquero venía por la vereda, yo solía cruzar la calle. O meterme en la primera tienda que encontraba abierta, aunque fuese de ropa interior femenina. Me aterraba volverme a encontrar con él para recibir una nueva ráfaga de insultos y amenazas.

Hasta donde pude entender, él nunca me vio. O fingió no verme. En una ocasión, entró detrás de mí a una bodega y pidió cigarrillos mientras yo, casi aplastado contra un rincón, fingía mirar con interés las bolsas de papas fritas. Mientras golpeaba la base del paquete contra el mostrador y lo abría, comentó:

—¿No huele mal aquí?

Pero ni siquiera me atreví a voltear para saber si me miraba, si era yo lo que olía mal.

Algo teníamos en común, después de todo: yo también salía mucho solo. Incapaz de trabar amistad con los nietos de las amigas de mi abuela, poco hábil para las relaciones sociales y quizá también poco deseable como conocido, dados los escándalos de la prensa, no me llegaban precisamente muchas invitaciones. Pasaba el día ayudando a Mama Tita con sus necesidades médicas y las labores domésticas.

No me estoy quejando. Para mi propia sorpresa, no sufría ninguna ansiedad por retomar mi vida real. Al contrario. Tenía la sensación de haber llegado a mi vida real. De estrenarla.

Al menos en parte, mi aislamiento se debía a las noticias, que no paraban de gotear en los medios, contra la comunidad de vida apostólica de la que había formado parte papá. Había un libro que recopilaba denuncias de decenas de víctimas, incluso se había montado una obra de teatro. Al parecer, nadie había ido preso porque los casos habían prescrito o carecían de pruebas... O quizá porque las víctimas se habían marchado del país. En cambio, los acusados, como el ahora arzobispo de Trujillo, contraatacaban con denuncias penales por difamación, injurias y delitos contra el honor. Los periodistas e investigadores se sentaban en el banquillo. Todo eso me hacía sentir incómodo, como si fuera el cómplice de algo malo.

Cuando arreciaba una racha de noticias al respecto, si la abuela no se sentía mal, yo salía a tomar el aire. En esos casos, si la hora coincidía, bajaba hacia el óvalo Gutiérrez y asistía a misa en la parroquia de María Reina, un momento que me permitía reflexionar sobre todas las historias que había ido escuchando en boca de mi abuela, sus viejas conocidas y el padre Gaspar. Si no podía alcanzar ninguna misa, mi distracción favorita consistía en cruzar el parque en dirección contraria y caminar por la avenida Arequipa hasta llegar al cine Pacífico. En días tranquilos, incluso me veía dos películas seguidas y disfrutaba de escuchar hablar inglés a los actores.

Una de esas tardes, en realidad, ya de noche, después de una película de acción y ciencia ficción, me quedé paseando por el parque Kennedy, entre los juegos infantiles, las cafeterías y los puestos de venta ambulante. A esa hora, el centro de Miraflores es un hormiguero de turistas y simples distraídos.

Entré en una rotonda que funciona como mercadillo y me detuve frente a un puesto, o más bien, una mesa con un mantel de falso terciopelo negro que vendía artesanías estilo *hippie*: pipas de vidrio soplado, ceniceros de cerámica, collares de cuentas. Curioseé entre las baratijas. Llevaba mucho tiempo sin comprar nada. Ni siquiera ropa. Gastaba en la lavadora de la abuela mis únicas cinco camisetas. Consumía solo aplicaciones y juegos de teléfono. Me hizo gracia una pulsera de tela trenzada con los colores verde, rojo y amarillo de Etiopía. Nunca me ha interesado la filosofía rasta. Pero me gustaron los colores. Pensé que incluso necesitaba algo de color en mi vida. Pero cuando alcé la cara para preguntar el precio, me topé de frente con mi vecino. Aunque el sol había caído ya, él seguía llevando su sombrero vaquero, calzado casi hasta taparle los ojos.

—Deja eso en su sitio —dijo con cara de pocos amigos.

—Quiero comprarlo —respondí.

No pensaba que alguien se negase a recibir dinero y menos aún él, que parecía necesitarlo. Sin embargo, el orgullo puede ser más fuerte que la necesidad.

—Que dejes, te digo. Yo no te vendo a ti.

Lo dijo con la agresividad suficiente para llamar la atención del vendedor de al lado, un gordito de barba que alzó las cejas para clavarme una mirada burlona. El Vaquero estaba disfrutando de la oportunidad de humillarme y no tenía sentido prolongar su diversión. Abandoné la pulsera en su sitio. Me dispuse a recoger del suelo los pedazos de mi amor propio y marcharme.

Durante nuestro breve intercambio, se había colocado frente al puesto otro chico, más o menos de mi edad. Ahora mismo, si intento describirlo, no soy capaz de decir cómo iba vestido. Polo blanco, jeans, zapatillas, quizá. Tan normal que se hacía invisible. Y silencioso como un caracol. No sé cómo, en medio de mi vergüenza y mi rabia, alcancé a verlo con el rabillo del ojo. Se metía en el bolsillo una billetera de cuero y una libreta. Y sin abrir la boca, nos daba la espalda y pasaba al siguiente puesto.

—Tus cosas —le dije al Vaquero, que ocupado en odiarme, no había reparado en su verdadero problema—. Te están robando.

—¿No me oyes cuando te hablo, huevón? ¡Lárgate!

—¡Oye! —grité, esta vez hacia el ladrón.

No sé por qué lo hice. De haberlo pensado bien, habría dejado en paz al ladrón con su botín. Me lo habría tomado como una justa venganza contra el Vaquero. Pero no tenía tiempo de pensarlo bien. Reaccioné por impulso, guiado por el instinto moral que me inculcaron mis padres. Por la certeza de que hay que obrar correctamente y denunciar a quienes no lo hacen. Eso me habían enseñado. Eso llevaba tan metido en mi naturaleza que me salía sin pensar.

—¡Oye, tú! —volví a gritar.

Con evidente oficio, el otro se deslizaba entre la gente. Se confundía entre las cabezas. Desaparecía en la masa. Ante el estupor del Vaquero, eché a correr. Choqué contra un par de clientes, pero no perdí el rastro del ladrón. Veía su nuca, escurriéndose en la multitud.

—¡Devuelve la billetera, ratero!

Al llegar al borde de la rotonda, él arrojó su carga ostensiblemente hacia un lado. La billetera y la libreta cayeron entre las plantas del parque, a cuatro metros de la farola más cercana, y me tomó varios segundos recuperarlas. Cuando levanté la cabeza, el ladrón ya se había disuelto en el aire, como un fantasma.

Solo mientras regresaba al puesto del Vaquero, comencé a sentirme estúpido. Probablemente, el vendedor aceptaría su mercadería de vuelta y aprovecharía la ocasión para denigrarme más. Quizá me acusaría de robarla yo mismo. Quizá me reprocharía haber tardado tanto en recuperarla. En todo caso, no pensaba quedarme con sus cosas. Eso habría sido aún más estúpido. Opté por pasar frente a su mesa, sin siquiera mirarlo a él, depositar displicentemente los objetos recuperados sobre el terciopelo negro y seguir de largo.

Ya había avanzado dos metros cuando escuché su voz.

—¡Sebastián!

Me llamó como mi padre. Algo en mí retrocedió décadas atrás, a un momento en el que el Vaquero aún no era un vendedor ambulante, mi padre aún no tenía un pasado y todo aún podía salir mejor. No respondí, pero me quedé helado en el sitio. Volví la cabeza. Noté que él no me veía a mí, sino a un momento de su adolescencia.

—No te olvides tu pulsera —dijo, señalando con el mentón la tira trenzada de colores etíopes que yo había estado mirando antes.

A partir de entonces, dejé de escaparme del Vaquero. Si se aparecía en mi camino por la avenida Libertadores, o en Pardo y Aliaga, yo ya no cruzaba la calle. Y él tampoco fingía no verme. Si no le quedaba más remedio y tenía que pasar a mi lado, incluso alzaba las cejas en un saludo imperceptible para nadie más. Al fin y al cabo, yo llevaba en la muñeca mi bandera de la paz tricolor. Él no podía dejar de reconocerla.

También me lo encontraba cuando él cruzaba la avenida Camino Real y se ponía a andar por el parque Roosevelt. Si yo bajaba a buscar un café con wifi en Miguel Dasso, podía verlo por ahí, con aire de esperar a alguien cerca de la calle peatonal arbolada que bajaba hacia el colegio Belén. En ese lugar, la actitud del Vaquero era distinta. Parecía impaciente, alerta. Y al verme asomar la nariz, me daba la espalda y se alejaba a gran velocidad, sin dedicarme siquiera su magro saludo de cejas.

No se puede decir que yo tuviese una agenda muy recargada. Mi vida era un paréntesis. Un estacionamiento temporal. Así que un día, más que nada por matar el rato, me quedé mirando al Vaquero. No tenía ninguna intención de vigilarlo, aunque sí me preguntaba si se encontraría con una novia furtiva. O si sencillamente, orinaría entre los cuidados árboles del parque, solo por fastidiar a los jardineros municipales. Hay gente que hace esas cosas.

Ese día, el Vaquero llevaba gorra de béisbol. El pelo le emergía por el agujero posterior en forma de cola de caballo. Yo me aposté en el interior de la cafetería del hotel de la esquina. Los cristales oscuros de la terraza me permitían verlo sin ser visto.

Mientras me bebía un capuchino, vi aparecer en *skateboard* a un chico como de mi edad, un rubio con ropa de surf de marcas y un reloj tan grande que podía verlo desde mi sitio, al otro lado del parque. El chico se acercó al Vaquero, pero no se detuvo junto a él. Le hizo una seña y siguió de largo, rodando sobre su *skate* hacia la calle peatonal. El Vaquero dejó pasar un momento, miró a todas partes y lo siguió.

Dejé el dinero del capuchino en la mesa. Salí tras ellos.

Rodeada de muros de casas y edificios, pero guarecida de los balcones por la arboleda, la peatonal resultaba una calle muy discreta. Dos amantes habrían podido besarse en ella a plena luz del día sin temor a ser descubiertos. Cualquier intercambio podía hacerse a salvo de miradas curiosas siempre que se hiciese con rapidez. Y el Vaquero lo tenía perfectamente claro. Tanto que, cuando yo crucé la plaza y llegué hasta la calle en cuestión, él ya se fumaba sus compras apoyado con pereza contra un muro. A lo lejos, el rubio doblaba la esquina en su *skateboard*, sin mirar atrás.

Yo no necesitaba más información. Había visto esas miradas antes, en Brooklyn, en la calle Lafayette o entre los *hipsters* de Williamsburg. Conocía esos movimientos, esos rituales. Hay gestos que trascienden fronteras.

No forcé mi siguiente encuentro con el Vaquero. Mantuve mis rutinas, en espera de que la ocasión se presentase sola. De vez en cuando, sostenía conversaciones imaginarias conmigo mismo, tratando de prefigurar la que me esperaba. Aunque en el fondo de mí, sabía que perdía el tiempo y que nada de lo que yo pensaba terminaría produciéndose de ese modo. Mis diálogos ficticios eran solo otra manera de llenar las horas muertas. El tiempo vacío le llena a uno la cabeza. Y nunca de cosas buenas.

Tres o cuatro días después, antes de lo esperado, me crucé con el Vaquero en la avenida Arequipa, durante una de mis escapadas al cine Pacífico. Él iba en la misma dirección que yo, llevando un costal con sus artesanías. Esta vez, me acerqué a él con confianza, incluso con complicidad, como si nos conociéramos de verdad.

—Oye, ¿me puedes vender algo?

No me miró con desprecio. Ni con alegría. Lo que había en sus ojos era pura flojera.

—Ya te di una pulsera. —Dio por cerrada nuestra conversación.

—No me refiero a eso.

En realidad, yo mismo no sabía a qué me refería. No sabía mucho de drogas. Y, por último, aun era posible que le hubiese vendido caramelos al chico del *skateboard*. O que no le hubiese vendido nada. En todo caso, él me dirigió una mirada de reojo y disimuló su alarma.

—Estoy empezando a hacer mochilas de tela. ¿Quieres una?

—Tú sabes lo que quiero.

—Yo ni siquiera sé por qué me hablas —dijo, apretando el paso con su carga a cuestas.

Ya iba a desaparecer entre las bicicletas y los autos, cuando volví a ponerme a su costado. Ahora, no fingí cercanía. Solo le eché en cara mi sentimiento más verdadero y poderoso: la rabia.

—¿Y tú te atreves a insultar a mi viejo? —le grité ahí, en medio de la calle—. ¿Tú te crees mejor que él? ¡Solo eres un traficante de mierda! ¿Qué has hecho tú por alguien? ¿Aunque sea por ti, huevonazo?

Enrojeció. Se paralizó. Durante un instante pareció que dejaría su costal en el suelo y me daría un par de cachetadas. Yo me puse en guardia. No le tenía miedo. Al fin y al cabo, no parecía fuerte. Nuestros breves contactos habían ido rompiendo su misterio, por lo tanto, volviéndolo más vulnerable ante mis ojos.

Tras unos segundos que parecieron horas, él soltó algo entre un suspiro y un bufido de animal cansado. Movió los labios, pero ninguna palabra brotó de ellos. Yo quise pensar, pretenciosamente, que había dado en el clavo y que él no tenía nada que responder. Como para confirmarlo, él bajó la mirada hacia el suelo, casi por debajo del asfalto, y siguió de largo. Pasó a través de mí como si fuera un fantasma. Pero en ese momento, en esa calle, el único fantasma era él.

Esa tarde tuve sesión doble en el cine. Una película de ciencia ficción y otra de guerra. O quizá vi un musical. O una comedia romántica. Las películas de esos meses se me confunden en la cabeza, como una serie de televisión vista en desorden. Y, sobre todo, las de esa tarde, que no conseguían acallar mis dudas: ¿Por qué le había dicho eso al Vaquero? ¿Qué sentido tenía atacarlo a estas alturas? Además, ¿qué carajo hacía en Lima? ¿Por qué no volvía a mi vida de verdad?

Salí del cine de noche. Entre las luces y el ruido del fin de semana, parecía de día. Avancé rodeado de restaurantes luminosos atestados con *valet parkings* y clientes bien vestidos. La alegría de ese barrio de gente blanca y divertida acentuaba mi melancolía. El mundo no debería tener derecho a ser feliz cuando uno no lo está.

La calle Libertadores era más tranquila que el resto del distrito. Conforme me acercaba a casa, las voces, los cláxones, las luces se iban apagando, adecuándose a mi atmósfera interior. Pero a pocos metros de la casa, mientras sacaba las llaves, algo raro movió el aire a mi alrededor.

En la puerta me esperaba una sombra.

Estaba semioculta entre los árboles de la vereda y saltó hacia mí en cuanto me acerqué. Pensé que era un ladrón y me preparé para defenderme. No habría sido capaz de pelear con un asaltante. Jamás me había peleado, ni siquiera en el colegio. Pero era demasiado tarde para escapar y al menos debía mostrar valor mientras él acababa conmigo.

Solo cuando llegó hasta la altura del poste de luz reconocí al Vaquero. Me había desconcertado porque no llevaba ningún sombrero y su melena suelta le caía alrededor de la cabeza, dándole cierto aspecto de bestia salvaje. Pero solo era él, con un aire más patético aún que el de la tarde. Al menos una versión más pálida, más demacrada, más triste de él.

Sudaba copiosamente. Se le atragantaban las palabras. Quizá lloraba, aunque resultaba difícil precisarlo en la penumbra. Tal vez se encontraba borracho o drogado, aunque yo no habría sabido determinar la diferencia entre una cosa y otra. Extendió hacia mí una garra temblorosa con las uñas sucias. Repitió, una y otra vez, como un mantra:

—Tu viejo no me hizo nada. De verdad. No me hizo nada. Tu viejo no me hizo nada...

154

Cuando mi padre llegó a vivir a la calle Libertadores, ambos eran púberes. Él y la calle.

Él tenía trece años y una pelusa incipiente, más parecida a una mugrecita que a un vello, comenzaba a sombrear su labio superior. Lucía camisetas de grupos de heavy metal —Iron Maiden, Megadeth— cuya violencia contrastaba con el aspecto aún tierno de su dueño. Y sus axilas, cuando se agitaba, ya olían a adulto.

Del mismo modo, la calle iba perdiendo la inocencia. Había nacido como una hilera de primorosas residencias estilo inglés, con cierto aire de cuento infantil, junto a un parque con estanques de peces y patitos. Pero sus techos iban llenándose de cercos eléctricos y dobermans, para rechazar a los ladrones. Y en la esquina de Pardo y Aliaga, el primer edificio de diez pisos ya anunciaba un futuro de demoliciones y especulación inmobiliaria.

De todos modos, para la gente bien, el tiempo corría lento. A comienzos de los ochenta, las parejas limeñas de ese barrio aún no se separaban demasiado. O al menos, no lo contaban. El pequeño Sebastián Verástegui se sentía como un bicho raro, incapaz de explicar a los demás por qué vivía con sus abuelos. Por qué casi nunca veían a su padre por su casa. Y por qué todos en su familia cargaban sobre sus espaldas una nube gris y lluviosa.

De hecho, ni siquiera le resultaba fácil explicárselo a sí mismo.

Cada día, a la hora de desayunar, el abuelo bajaba ya con la corbata y los gemelos puestos, como si durmiese con ellos, y se sentaba en la mesa del comedor a leer el diario *El Comercio*. El periódico tenía un formato tan grande que lo escondía por entero, pero cada vez que pasaba la página, su mirada atravesaba a su hija y a su nieto con un reproche glacial. Como si se repitiese a sí mismo, entre artículo y artículo, todo lo que había fracasado en su vida para acabar recibiendo a esos refugiados. Para colmo, el periódico tenía varias secciones, así que la condena se hacía eterna.

Al menos no había muchas discusiones. El abuelo apenas pasaba tiempo en casa. La abuela solo rompía su silencio para ofrecer galletas de animalitos y chocolates Sublime. Y Tita no protestaba por nada, porque si algo no le gustaba, ya no le quedaba a dónde ir. Ella ya había tenido la oportunidad de tomar sus propias decisiones y había fracasado. Su vuelta a casa representaba también un regreso a la protección del útero familiar, donde no le correspondía ningún poder de mando.

El padre de Sebastián, Antonio, se aparecía algunos fines de semana, previa llamada telefónica, y se llevaba al chico en autobús al circuito de playas o a la feria del Hogar. Otras veces llamaba para recogerlo, pero no llegaba. En esas ocasiones Sebastián permanecía esperándolo en la sala con su camiseta de Slayer, jugando el rudimentario tenis del sistema de videojuegos Atari. Debía ser el juego más monótono del mundo. La pelotita iba de un lado a otro, rebotando entre dos rayas hasta la desesperación.

Dos horas después de la supuesta hora de recogida, su madre bajaba a ver cómo estaba y él se enfadaba con ella.

—¡Déjame en paz! ¡Estoy bien!

—Tu papá debe haber tenido un contratiempo...

—¡Me da igual! ¡Estoy jugando!

Y la pelotita seguía rebotando en la pantalla, sin parar.

Un domingo, cuando Sebastián ya tenía catorce años y amenazaba con dejarse una melena metalera, su padre lo fue a recoger en carro. Aunque ese destartalado Volkswagen casi merecía más el nombre de cafetera. Hacía falta calcular con cuidado la posición y el golpe de la puerta para cerrar. Y ya en marcha, el motor soltaba explosiones un tanto atemorizantes.

De todos modos, Antonio se sentía orgulloso de conducir un carro propio, incluso ese cacharro destartalado. Era el mayor triunfo que había podido enseñarle a su hijo en mucho tiempo. Y traía otro más.

—Te voy a llevar a mi casa —anunció sonriendo, mientras volvía a encender el motor, que se había ahogado ante un semáforo.

Sebastián bajó la mirada hacia la palanca de cambios. Junto al freno de mano, descansaba una petaca de ron. Pero no le dio importancia.

Bajaron por Javier Prado, donde terminaba el mundo conocido por Sebastián, y se internaron en Marina y luego en Fawcett, una horrible avenida llena de fábricas en el camino al aeropuerto. Cruzaron un río seco lleno de basura. Aunque nunca salieron del conglomerado urbano, técnicamente el padre de Sebastián vivía en otra provincia: El Callao.

—En mi barrio hay vecinos de tu edad —explicó Antonio—. Para que juegues al fútbol.

Sebastián no dijo nada. Se quedó mirando las casas a medio construir, los charcos en las calles, el humo negro de los escapes de los microbuses.

Llegaron a un callejón bullanguero, donde los vecinos se hablaban a gritos, bebían cervezas en las puertas y escuchaban boleros de Héctor Lavoe a todo volumen. Sebastián nunca había estado en un lugar así.

La casa de Antonio apenas tenía un par de habitaciones con paredes sin revocar. Los suelos desnudos se veían rajados por cinceles de obrero.

La única mesa del comedor, donde descansaba también un televisor en blanco y negro, tenía un mantel de plástico y un jarrón con flores del mismo material.

Pero para Sebastián lo más extraño no era nada de la decoración. Lo más inesperado fue encontrar a una mujer.

—Ella es Miluska —la presentó su padre, y la saludó con un beso en la boca—. ¿Qué tal, flaca? ¿Nos extrañaste?

Miluska —zapatos sayonara verdes, short ajustado, pelo freezado—, le estampó a Sebastián un beso apretado, como los que se le dan a un niño pequeño.

—¡Ay, qué churro eres! —Se entusiasmó. Le pellizcó los cachetes con sus uñas largas y pintadas de rosa. No sabía que encontrarla ahí daba al traste con la última ilusión infantil que Sebastián albergaba: la reunificación de sus padres. Por absurda que fuese esa aspiración, Sebastián la había guardado en su pecho, bajo los muñecos de ultratumba y las guitarras deformadas de sus camisetas, soñando con poder abandonar la casa de sus abuelos y regresar a *su* casa. A la casa de los suyos. Así que, en el preciso instante en que se dejaba amasar los cachetes, Sebastián comenzó a despedir su niñez.

Tras las presentaciones, fueron a tomar helados de una carretilla. Por el camino, a Sebastián le llamó la atención la cantidad de peluquerías y talleres mecánicos que había en ese barrio. Y carros sin llantas, cuyos ejes yacían sobre ladrillos. Y comercios ambulantes. Y niños sin zapatos.

—¿Qué es ese olor, papá?

—Emoliente.

—¿Y qué es eso?

Miluska se rio:

—¿Nunca has tomado emoliente? ¿Dónde vives, hijito? ¿En Londres?

Esa noche, de vuelta en Londres, o en su versión peruana llamada San Isidro, donde la gente tenía piel blanca y apellidos europeos, y hablaba con sus hijos en inglés, la madre de Sebastián y sus abuelos lo acribillaron con preguntas. En un interrogatorio de estilo policial a cargo de las mujeres, con el abuelo en el papel de comandante que no preguntaba pero supervisaba cada información, Sebastián tuvo que describir con lujo de detalles el barrio de su padre, la casa y a Miluska. Y cada descripción era recibida por los adultos con miradas entrecruzadas y ceños fruncidos. La abuela se preocupó:

—¿Será seguro ir a ese barrio?

El abuelo se burló:

—Lo que no es seguro es tener a ese padre...

Pero Tita, dándole un codazo a su padre, cerró el tema:

—Al menos, Antonio parece estable.

Y nadie se atrevió a contradecirla en ese punto. Sebastián ni siquiera se atrevió a preguntar qué significaba eso exactamente.

Las visitas de Sebastián a la casa de su padre en El Callao se volvieron una rutina tensa, salpicada de reproches y sobreentendidos. Conforme se acercaban los sábados, día en que el viejo Volkswagen atronaba la calle Libertadores con sus explosiones y carraspeos, se multiplicaban las llamadas telefónicas entre Tita y Antonio, llamadas que Sebastián reconocía porque eran las que nadie le permitía escuchar. Para hacerlas, Tita lo echaba de la sala y dejaba a la abuela haciendo guardia en la puerta.

Sebastián sabía que sus padres mantenían una sorda lucha por alguna razón. Pero la lucha ocurría del otro lado de un foso que no era capaz de atravesar.

El Vaquero pasó toda la noche contándome esta historia, sentados en la misma vereda donde treinta años antes había estacionado el Volkswagen descacharrado de mi abuelo y frente a la misma casa donde mi amargado bisabuelo se había dedicado a hacerle la vida imposible a su familia. En esos lejanos años, el pequeño Sebastián le había contado a su amigo de vecindario estas historias, las que nunca me contaría a mí y quizá ni siquiera a mi madre. Esta era la vida que él había dejado sepultada a seis mil kilómetros de distancia. O, según quise pensar, la confesión que había dejado guardada en la memoria de este inadaptado, como en una caja fuerte, esperando que llegase yo con la combinación para abrirla.

—¿Se llamaba Miluska? —pregunté—. ¿Qué clase de nombre es ese?

—En esa época, un nombre de ruca —se rio el Vaquero—. Si una chica se llamaba así, tenías que invitarle a beber crema de ron. Y luego, tirártela.

—Como si llevaran una etiqueta.

—Así mismo.

—¿Y cómo te llamas tú?

El Vaquero se puso incómodo. Podía contarme toda la historia secreta de mi familia. Sus peleas. Sus ruinas. Pero decirme su nombre le parecía inapropiado. Un exceso de confianza. Miró al suelo y cubrió a medias su respuesta con una tos cargada de gargajos:

—Tony. Yo me llamo Tony.

Como a las tres de la mañana, el patrullero del serenazgo pasó varias veces frente a nosotros. Sin duda, encontraban altamente sospechoso que dos hombres se sentasen en la calle a esas horas para hablar de historias familiares. Los antiestéticos dobermans de los años ochenta, que a menudo enloquecían y ladraban a cualquier transeúnte, habían sido remplazados por pulcros policías municipales que saludaban amablemente a los vecinos. Y al verlos, Tony se puso nervioso y se largó sin despedirse, y sin terminar su historia, ni explicarme cómo llegó él a ella.

A la mañana siguiente, mi abuela tenía el semblante tranquilo y ganas de tomar el aire, de modo que la monté en su silla de ruedas y me la llevé a uno de sus paseos favoritos: los parques del barrio.

Los parques eran pequeños bosques cercados por edificios de lujo que de día se abrían al público o, más bien, a un ejército de nanas con uniformes blancos que pastoreaban a los niños y los mantenían entretenidos. Esa mañana, como de costumbre, también nos cruzamos con algunos entrenadores de perros y con otra silla de ruedas ocupada por un anciano que no parecía capaz de caminar, ni siquiera de hablar, sino tan solo de recibir los rayos del sol en silencio.

Era un día entre semana, los adultos se habían ido a trabajar, los *runners* habían abandonado el lugar para volver después de las horas de oficina y solo quedaban los mayores, los menores y las mascotas con sus respectivos vigilantes.

—Mama Tita, ¿te dice algo el nombre de Tony?

La abuela se apretó en su silla. Arrugó la cara como quien exprime un trapo.

—¿Qué Tony?

—Un amigo de mi papá... Cuando eran chicos. Vecino del barrio.

Un pastor alemán pasó corriendo a nuestro lado persiguiendo una pelota. Movía la cola, feliz como un niño y babeaba, como el otro viejo de la silla de ruedas. Seguí la mirada de mi abuela hasta ese señor. Su presencia la había perturbado, como una amenaza.

—¿Mama Tita?

Ella volvió a la realidad. O quizá nunca la había abandonado. Y ese era el problema. Al menos, el problema de esta mañana.

—Hace frío acá —se quejó.

—Te he traído una manta.

—No es una buena manta.

Como para confirmar sus palabras, estornudó. Un rocío de babas se posó sobre su blusa.

—¿Quieres volver?

Su silencio significó que sí. De regreso a casa, atravesamos el parque Roosevelt. Recordé al Vaquero fumando un cigarrillo en una esquina, vendiendo pulseras *hippies*, deambulando por la noche entre los patrulleros, y le insistí a mi abuela:

—No me has dicho nada de Tony.

—Nunca hubo ningún Tony —dijo ella con sequedad.

El buen humor se había evaporado definitivamente de su voz.

El padre de Sebastián continuó recogiendo a su hijo los sábados mientras su Volkswagen fue capaz de arrancar. Y cuando el tubo de escape se le soltó en plena Vía Expresa, y ya no hubo manera humana de mantener vivo ese armatoste, Sebastián comenzó a hacer el viaje al Callao solo, montado en tres microbuses diferentes, una decisión que alarmó aún más a su familia sanisidrina, no solo por su afirmación de aprecio hacia el otro lado de la familia, ese lado inapropiado, oscuro, incluso traidor, sino por las sencillas razones de comodidad y seguridad.

—¿Tres microbuses? —Se sorprendía su abuela—. Te apretarán por todas partes. Vas a acabar apachurrado.

—Tienes que meterte la billetera en los huevos —aconsejaba su abuelo, aunque con poca autoridad, porque jamás había usado el transporte público—. Es el único sitio donde los ladrones no meterán la mano.

—Y nunca salgas de ahí de noche —rogaba su madre—. Júrame que no lo harás.

Sebastián lo juró y cumplió, pero Mama Tita acabaría lamentando su orden, porque si los almuerzos se prolongaban o el transporte no llegaba, algo que ocurría con cierta frecuencia, al chico no le quedaba más remedio que dormir en casa de su padre, en el sofá, y regresar el domingo a su otra realidad.

Su familia no era la única que alzaba la ceja ante la parte chalaca de la vida de Sebastián. En el colegio, Sebastián apenas hablaba de ella. Sabía que carecía de prestigio social. Ante sus compañeros, intentaba mantener la conversación en los límites de los deportes, las tetas, los automóviles y otras cuestiones sin espinas.

Conforme sus visitas al Callao se hicieron más frecuentes, Sebastián comenzó a conocer a chicos en ese barrio, todos con tez de color indeterminado y colegio con números en vez de nombres, hijos de vecinos y amigos de Miluska, o incluso hijos de clientes de su padre, que, aunque ya no ejercía como abogado, todas las mañanas deambulaba por la fiscalía y el Poder Judicial ofreciendo sus servicios para rellenar formularios, iniciar trámites y navegar por el denso océano de la burocracia peruana.

Jugando fútbol con ellos —o merodeando por el barrio, incluso alguna vez robando golosinas de un supermercado—, Sebastián descubrió que, entre estos chicos, tampoco estaba bien visto provenir de San Isidro o estudiar en el Reina del Mundo.

La piel láctea de la que sus compañeros del colegio se sentían orgullosos era motivo de escarnio entre las nuevas amistades de su padre. Cuando Sebastián revelaba ante ellos su origen, lo llamaban *pituco* y se burlaban de su forma de hablar, su ropa y sus gustos musicales en inglés. Lo peor de todo era que a veces ni siquiera entendía las burlas.

Poco a poco fue aprendiendo a comportarse en cada uno de sus dos mundos, aunque nunca consiguió adaptarse del todo. Siempre se sintió como un doble impostor, incapaz de encajar en alguno de los grupos a los que pertenecía.

En realidad, algunas cosas sí se mantenían inalterables en ambos universos. Pero solo las peores cosas. Al parecer, nada más que el dolor cruzaba los muros. La alegría, como los mosquitos, solo sobrevivía en el agua estancada.

Durante uno de sus sábados en El Callao, Antonio salió a comprar una lata de barniz para los muebles, que ya lloraban de viejos. A Sebastián le dio pereza acompañar a su padre, y se quedó a ver televisión y a tomar el lonche con Miluska. Pusieron *Sábado Gigante* para entretenerse con los artistas aficionados y consagrados. Cantaron juntos algún tema de Pandora. Y, por un momento, mientras se reían de una aspirante a cantante que lo hacía francamente mal, Sebastián pensó que podía llevarse con esa mujer como con una hermana mayor.

Fue justo después de ese momento, mientras Miluska le servía un pan con mantequilla y una taza de Milo, cuando Sebastián se fijó en las marcas moradas de sus brazos. Había cinco o seis, como manchas de tinta. Una de ellas rodeaba el bíceps derecho en forma de brazalete. Otras tres, daban al antebrazo izquierdo el aspecto de una piel de leopardo.

—¿Qué te ha pasado ahí? —Señaló Sebastián.

—Me he caído —respondió ella—. Soy un poco torpe.

Y le hizo un remolino en el pelo con sus uñas largas, tratando de mantenerlo niño. O quizá de mantenerse niña ella misma.

Antonio regresó ya de noche, con la lata de barniz y cuatro amigos o vecinos, todos hombres. Compraron pollos a la brasa en una tienda cercana, trajeron cervezas de la bodega y se quedaron a ver un partido de fútbol, mientras Miluska les rellenaba los vasos y lavaba los platos.

Sebastián habría preferido seguir a solas con ella y acostarse temprano, sobre todo porque todos estos tipos fumaban cigarrillos baratos Premier y llenaban de un humo apestoso lo que más tarde sería su dormitorio. De todos modos, trató de cumplir con el papel de hijo viril hincha del Sport Boys. Se había vuelto un experto en cumplir papeles para ahorrarse líos.

Ya durante el partido, Sebastián tuvo la sensación de que un aire raro se había instalado en la casa, más apestoso aún que la humareda de Premier. Tenía que ver con la mirada de su padre.

Como a la mitad del segundo tiempo, Antonio se había quedado mirando a Miluska y había dejado de llamarla con su acostumbrado «flaca», no para cambiarle de nombre, sino simplemente para dejar de llamarla.

Al final, el Sport Boys perdió, provocando un suspiro amargado entre todos los asistentes. Cuando para colmo los invitados descubrieron que tampoco quedaban cervezas, no tardaron en marcharse. Antonio no intentó retenerlos. Con algunas bromas residuales, los fue empujando hacia la salida. Y en cuestión de minutos, sin ducha ni más preámbulos, ya había mandado a su hijo al sofá y cerrado la puerta de su dormitorio.

De madrugada, Sebastián oyó el rumor. Antonio y Miluska peleaban en susurros, así que no podía escuchar por qué discutían. Pero sí captaba el tono. De vez en cuando, el sonido seco de un golpe. Un portazo. Una lámpara al caer. El frío del aire congelándose a su alrededor.

Al día siguiente, de vuelta en San Isidro, Sebastián no informó de los sucesos del Callao. Y no es que Tita no preguntase, como cada vez que él volvía:

—¿Qué tal ha ido?

—Bien.

—¿Qué han hecho?

—Comer.

—¿Te divertiste?

—Sí.

—¿Tu padre estaba bien?

—Perfecto.

—¿Te ha comido la lengua el ratón?

—Sí.

Sebastián solo se sentó frente al televisor, conectó el Atari y se puso a jugar al tenis.

La pelotita virtual rebotaba y rebotaba, y por alguna razón eso parecía un consuelo.

La siguiente vez que vi a Tony, el Vaquero, se encontraba tumbado en el suelo del Olivar, cubierto por el frío rocío de la madrugada, pero vestido como siempre, como si tomase el sol en la playa. Yo había salido a correr, porque necesitaba moverme para que el cuerpo no se me apoltronase. Y él había amanecido tirado en el parque, ignorado por la gente que salía a trabajar, como una bolsa de basura humana.

Recién como a las ocho y media, una empleada que llevaba niños al colegio había creído que se trataba de un cadáver y, alarmada, había llamado a la guardia municipal. Para entonces, yo llevaba corriendo diez minutos con Luis Fonsi en los audífonos. Diez minutos después, pasé por el rincón del parque más cerca del óvalo Gutiérrez, que es uno de sus puntos más tranquilos, pero esa mañana estaba ocupado por una escena anómala: dos serenos, un hombre y una mujer, pinchaban a Tony en el suelo con un palo, como si fuera un perro muerto.

—Señor, no puede estar aquí —decía la mujer, con una voz más cercana a la súplica que a la autoridad.

Desde el césped, Tony le respondía:

—¡Déjenme, carajo! ¿Es suyo este parque acaso?

—Sal de acá, pues, gringo. —El sereno varón lo trataba con más familiaridad, como a un viejo conocido de las rondas de madrugada—. ¿Por qué no te aturdes en tu propia casa? ¿O te buscas un trabajo? Te das pena a ti mismo, hermano.

—Vete a la mierda. ¡Cholo de mierda!

—Y a mucha honra. No me cambiaría por ti. Tú eres todo gringo y mírate.

La mujer le dirigió a su compañero una mirada de reproche. El sereno se limitó a reírse. Yo, que había reconocido una versión cascada y ronca de la voz de Tony, me acerqué.

—Buenos días...

—Buenos días, joven —saludó la mujer, una mulata joven, seguramente nueva, con evidentes ganas de hacer bien su trabajo—. Mejor no se acerque. No sabemos si el señor es peligroso.

El otro sereno se rio sin disimulo. Tenía unos treinta años, pero el cinismo de un viejo que ha visto demasiado mundo.

—¿Peligroso? ¿Este? Para sí mismo, nomás...

—Es mi tío —afirmé con toda la seguridad de la que fui capaz y entonces sí se puso serio el hombre, a la vez que el Vaquero, aún tirado en el suelo, me dirigió una mirada sorprendida desde sus ojos rojos y vidriosos—. Estamos todos buscándote en la casa, tío Tony. Vamos de una vez. Mi abuela se va a enojar.

Los serenos no llevaban armas ni se involucraban en temas violentos. Al tener una familia, además, Tony se convertía en un vecino del barrio y, por lo tanto, en un votante del municipio, lo más cercano a un cliente que tienen los serenos. La voz del hombre se amansó, se dulcificó, y toda la situación se transformó en un intercambio amable, como si me devolviesen a mi gato que se había trepado a un árbol.

—No es la primera vez que encontramos a su tío por acá —dijo el sereno.

—Lo sé. Yo tampoco.

—¿Ha pensado llevarlo a un psicólogo? —preguntó la mujer, pero no como reproche a nuestra supuesta familia, sino por genuina compasión.

—Muchas veces —respondí, y volviéndome hacia mi «tío» comencé a recogerlo del suelo—. A ver, vamos a desayunar. ¿Cómo puedes pesar tanto estando tan flaco?

—Vete a la conchatumadre —respondió.

—Trate con respeto a su sobrino —le advirtió la mujer—, que debe quererlo mucho para no dejarlo aquí mojándose.

Tony nos miró a todos con aire de resignación. Y, finalmente, dejo de ser un peso muerto y colaboró con su propia puesta en marcha. Durante los primeros pasos, trató de zafarse de mi abrazo, pero estuvo a punto de caerse y tuve que sostenerlo del codo, disimuladamente, para ayudarlo a avanzar sin humillarlo.

Apestaba a alcohol, sudor y tierra. Quizá incluso a caca de perro.

Me dijo:

—Cuando demos la vuelta a la esquina, me dejas en paz, que no soy tu mascota, carajo.

—Dame tu dirección. Te llevaré a tu casa.

—Ni cagando.

—Si te vuelven a encontrar tirado en el camino, los serenos sabrán que no soy tu sobrino. Y yo le vi al hombre cara de querer entregarte a la policía. Solo para entretenerse.

Ofuscado, malhumorado, a regañadientes, el Vaquero tuvo que admitir que yo tenía razón.

Caminamos abrazados hasta una quinta. Para mi sorpresa, se trataba de una de las más bonitas de la misma Libertadores, donde yo vivía. Un bloque precioso de casitas con aspecto de campiña europea y una rampa de bajada para los garajes. Un caminito a cada lado llevaba a cinco puertas, todas flanqueadas de árboles y geranios. No eran lujosas ni muy grandes, pero sí eran las casas más encantadoras del barrio.

El Vaquero vivía en la última puerta, donde las plantas comenzaban a secarse y la fachada no estaba especialmente blanca. A pesar de su aspecto, la fachada seguía siendo lo mejor de la casa. Cuando el Vaquero consiguió controlar el temblor de sus manos e introducir una llave en la cerradura, pasamos a un interior siniestrado y sucio, donde los suelos presentaban humedades, las paredes se desconchaban y sobre la única vieja mesa de la sala se amontonaban platos sucios, ceniceros rebosantes y trapos viejos. De los únicos dos dormitorios que daban a la sala emergía un intenso olor a orines.

Yo sentí que había llegado al basurero con el metro cuadrado más caro de la ciudad. Él ofreció:

—Voy a hacer café. ¿Quieres?

No dije nada, pero lo acompañé a la pequeña cocina, cuyo estado era aún más lamentable que el del resto de la casa. El motor de la refrigeradora sonaba como un autobús de los años setenta. Cuando lo abrió, vi que solo tenía yogures abiertos, latas de cerveza y, por alguna razón, un paquete de café. La cafetera italiana se encontraba junto a las hornillas y ni siquiera la lavó antes de llenarla y colocarla sobre el fuego.

—No tengo leche. ¿Azúcar?

Revolvió entre despensas y cajones, pero no encontró el azúcar. Tampoco le dio tiempo de buscar demasiado, porque tuvo que salir al baño corriendo. Yo me ocupé de quitar el café del fuego antes de que explotase, encontrar una taza no muy desportillada y lavarla con jabón de manos. Para cuando terminé, el Vaquero aún no había regresado a la cocina.

—¿Tony?

No hubo respuesta.

—Te llevo el café. ¿Okey?

Silencio.

Puse la taza en un plato y crucé la sala. Uno de los dormitorios no era más que un desván con una bicicleta vieja, un par de computadoras desarmadas y partes de otros aparatos que no pude identificar. El otro estaba a oscuras, pero la luz de la sala permitía distinguir un bulto removiéndose en la cama, como un animal sedado en su jaula.

El olor a humedad y guardado era tan penetrante que tuve que abrir las ventanas para poder sentarme junto a la cabecera. Tony recibió la taza sin levantarse de la cama y bebió el café a sorbos. Conforme lo hacía, un poco de color pintó sus mejillas. A lo largo del intenso silencio posterior, empezó a verse menos como un muerto. Solo parecía un enfermo terminal.

—Mi abuela dice que no existes —le comenté.

Él tosió un poco. Tardé en comprender que eso era su risa.

—Sí existo —se limitó a asegurar.

—Dice que no recuerda a ningún Tony amigo de papá. Él tampoco me ha hablado nunca de ti.

Evité admitir que tampoco había hablado nunca de nadie más. Solo añadí:

—Y tú, la verdad, no tienes la credibilidad de un banco, ¿sabes? ¿De dónde has sacado todo lo que me dijiste la otra noche? ¿Quién te lo contó? ¿Te lo has inventado?

Dejó su taza en la mesa de noche. Tosió de nuevo. Esta vez, sí era una tos.

—Claro que existo. Aunque solo sea como un mal recuerdo. Un recuerdo que nadie quiere, pero un recuerdo real.

Y entonces, empezó a hablar.

Por supuesto, él tenía sus propios malos recuerdos.

Igual de indeseables que él mismo. Igual de reales también.

En los primeros días de su llegada al barrio, Sebastián apenas se dejaba ver. Otros chicos, como Tony, salían a la calle a jugar fútbol, tocar timbres y correr, o simplemente mataperrear por los parques. Sebastián apenas los observaba semioculto entre las cortinas del segundo piso, un centinela mudo de la vida adolescente. Los pocos que habían reparado en su presencia lo llamaban «el rarito de la ventana».

Sin embargo, desde que comenzaron sus excursiones a El Callao, Sebastián comenzó a dejarse ver más por San Isidro. Y es que sus amigos del otro extremo de la ciudad le contaban historias, le enseñaban algunos trucos y lo reclutaban para pequeñas fechorías callejeras. De vuelta en el apacible San Isidro, con toda esa experiencia, Sebastián estaba entrenado para convertirse en el Indiana Jones del barrio. Paso a paso, ante la admiración de sus compañeros del barrio decente, su timidez se fue convirtiendo en arrojo, incluso en temeridad.

Fue Sebastián quien le enseñó a Tony a reventar una rata blanca, ese pequeño cartucho de dinamita con el que se celebraban las Navidades en la calle. Los que él se traía del Callao eran enormes, el doble de grandes que los que vendían en las bodegas del barrio. Y se atrevía a encender la mecha en su propia mano o incluso a colocarlos en la puerta de algún vecino. Como en esa época había atentados terroristas con bombas, volar una casa con pólvora resultaba aun más aterrador que hoy en día.

—¿Vas a ponerla en el felpudo de la señora Carrión?

—La pondré en las macetas de la ventana. Ahí sonará más.

—Mejor no.

—Esa vieja es una mierda. Si la pelota de fútbol se pasa a su jardín, la confisca.

—Ya, pero...

—¿Qué pasa? ¿Te da miedo? Maricón de mierda...

—¿Qué miedo me va a dar, huevón? Ponla. Esa vieja se lo merece.

Sebastián también comenzó a importar del puerto revistas porno: primero las inocentes *Playboy*, que apenas enseñaban unos pechos rubios y limpios. Luego las más atrevidas *Hustler*, con imágenes satíricas y tríos disfrazados. Finalmente, revistas brasileñas en blanco y negro, con escenas explícitas de sexo grupal entre gente fea.

Aunque extremos en sus detalles, esos comportamientos no dejaban de ser normales en esencia.

Desde antes de la llegada de Sebastián, sus vecinos tenían montado un pequeño mercado negro de fuegos de artificio y fotos de mujeres desnudas. En cambio, si algo hizo especialmente popular a Sebastián fue su disposición a pelear. No es que tuviese que liarse a trompadas nunca de verdad. Pero se había curtido como testigo de las reyertas con navaja después de cada derrota del Sport Boys. Así que aquí, en su vida en la otra punta de la ciudad, cada vez que surgía algún conato de bronca durante un partido de fútbol, o en una fiesta, Sebastián se adelantaba con gestos tan simiescos, palabrotas tan gruesas y el pecho tan crecido que nadie se atrevía a enfrentarlo. Sus enemigos tan solo le gritaban un rato mientras se alejaban, disimulando su terror.

Ahora bien, incluso él tenía algunos límites. Hay que decir que las drogas nunca las tocó. Quizá por la experiencia de su padre. O quizá porque la droga de su vida chalaca era la pasta básica, una sustancia barata y pestilente despreciada en un lugar como San Isidro. El caso es que nadie le vio consumir ninguna sustancia ilegal. La marihuana, luego la cocaína, finalmente los ácidos, o incluso el tranquilizante para gatos, Ketalar, son cosas que los vecinos del Olivar tendrían que descubrir por su cuenta.

Lo que de verdad le gustaba a Sebastián era el vandalismo. El ataque, de ser posible, en masa. Logró formar un grupo de seis o siete, los más avezados de Libertadores, que vagabundeaba por ahí y por Miraflores buscando aventuras. Les metían mano a las empleadas domésticas, si las encontraban solas. O robaban las pelotas de fútbol de los niños del parque. Un par de veces saquearon camionetas de reparto a domicilio mientras los conductores entregaban un pedido. En esos casos, ni siquiera se quedaban con los botines de sus asaltos. Los abandonaban en medio de la avenida Angamos y echaban a buscar nuevas víctimas. Al fin y al cabo, no necesitaban panetones o conservas finas, ni habrían podido explicar en sus casas de dónde los habían sacado. Sebastián era el líder de un clan extraño: los pirañas de la clase alta, que no robaban para subsistir, sino por deporte.

Quizá simplemente se había acostumbrado a la violencia, como el país se había acostumbrado a la escasez, los atentados, los apagones y los cortes de agua. O tal vez, por el contrario, sí era sensible y su comportamiento representaba justamente una revancha contra la realidad. Después de todo, en su otra vida las cosas tampoco se estaban tranquilizando.

Su padre ya no disimulaba sus agresiones contra Miluska. La acusaba de mirar a otros hombres. O de desaparecer de la casa durante horas. O de no haber cocinado la carapulcra como a él le gustaba. O de nada. A veces, solo llegaba y le arreaba una bofetada sin razón aparente. Alguna vez, medio borracho con sus amigos del fútbol y sin estar de mal humor, simplemente como un chiste, Antonio le recomendó a uno:

—Pégale a tu mujer. ¡Pégale! Si tú no sabes por qué le pegas, tranquilo: ella sí sabe.

Y todos echaron a reír. Incluso Miluska, que estaba delante. Así que quizá, aunque Sebastián no supiese por qué le pegaba su padre, ella sí lo tuviese claro, efectivamente. En todo caso, esa noche, cuando se marcharon las visitas, ella también recibió lo suyo. Sebastián escuchó todo desde el baño y trató de demorarse para no tener que presenciarlo con sus propios ojos.

—¿Por qué no me respetas?

—Antonio, te quiero...

—¡Mentira! ¡Y ahora me mientes!

Otra de esas noches de paliza, Sebastián no pudo más. No quería escuchar los gritos, los golpes, las recriminaciones. No se sentía capaz de detener a su padre. Ni siquiera sabía si él tenía razón. Si Miluska efectivamente coqueteaba descaradamente con otros hombres y Antonio se veía obligado a defender su dignidad por la fuerza, ¿no es eso lo que hay que hacer cuando alguien te traiciona? El caso es que esa noche Sebastián no quiso hacerse de nuevo las mismas preguntas. Ni escuchar el sonido de los huesos pegando contra el cemento.

Se levantó de la cama.

Se puso los zapatos.

Y salió de casa, hacia la madrugada chalaca.

Durante los primeros metros encontró el callejón sumido en el silencio. A lo lejos retumbaban los bajos de algún salsódromo cercano, pero no se cruzó con nadie. El silencio y la frescura de la noche aliviaban el agobio de su sofá. Siguió entre las paredes grafiteadas con mensajes entre los vecinos —«Calla, conchatumadre», «No tienes huevos», «Brenda está tremenda»—, como un buzón a cielo abierto. Fantaseó con encontrarse a alguno de sus medio amigos del barrio. Quién sabe, a lo mejor fuese una costumbre del Callao deambular por los callejones mientras los padres arreglan sus matrimonios a trancazos.

Solo al llegar a la boca del callejón escuchó a alguien hablarle. Una mezcla de súplica de mendigo y orden de ladrón:

—Gringuito, colabora para mi familia.

Y sintió el pinchazo en el estómago, como una inyección antirrábica, pero más gruesa y menos saludable.

No fue un ataque especialmente grave. Sebastián no tenía nada que pudieran robarle y el asaltante, sin duda un adicto con síndrome de abstinencia, acabó llevándose solo sus zapatillas como premio de consuelo. Tampoco le dejó una herida de gravedad, aunque la navaja —o pico de botella o lo que fuera— sí le produjo un raspón en la piel del vientre, raspón que quedó rápidamente rodeado de una aureola púrpura y verde. En cualquier caso, un minuto después del asalto, Sebastián llamaba a la puerta que minutos antes había cerrado a sus espaldas.

La Miluska que le abrió se veía más maltrecha que él mismo. Tenía un ojo morado y el otro rojo, quién sabe si por las bofetadas o por las lágrimas. Aun así, recibió a Sebastián con un abrazo, le calentó un té, le prestó unas sayonaras para calzarse y le pasó agua oxigenada por la herida.

Mientras ella lo cuidaba, Antonio solo lo regañaba por escaparse. El padre de Sebastián parecía más molesto por haber interrumpido su sesión de golpes que por haber descuidado al chico.

Al final, los perjuicios directos del pequeño robo habían sido bastante manejables. No dejaban nada serio que lamentar. Los daños indirectos, que serían los graves de verdad, llegarían después.

Regresar a San Isidro sin zapatillas y con una herida resultaba más difícil de esconder que de costumbre. Por la tarde, sentados todos en la cocina, Tita acribilló con preguntas a su hijo, que después de intentar aferrarse a su silencio, se vio obligado a explicar lo que había ocurrido. A partir de ahí, una cosa fue llevando a otra.

—¿Qué hacías solo en la calle de noche?

—Había salido...

—¿Por qué habías salido?

—No quería estar en la casa...

—¿Pero dónde estaba tu padre a todo esto? ¿Qué estaba haciendo?

Sebastián no tuvo mas remedio que confesar lo que había visto esa y todas las noches anteriores.

Conforme avanzaba el relato, su familia sanisidrina se llenaba de furia, pero también de alivio. El abuelo, porque confirmaba sus peores advertencias sobre Antonio y se sentía afirmado como jefe de familia. La abuela, porque después de eso su nieto ya no regresaría a ese barrio de maleantes y bataclanas. Y Tita, porque comprendía que acababa de ganar a su hijo, que ya no tendría que competir por él, que incluso Antonio debería reconocer que no representaba una imagen paterna aceptable.

Por lo menos, Antonio era capaz de entender que no podría reclamar a Sebastián. No convencería a ningún juez de confiarle la custodia del niño después de lo ocurrido, ni siquiera por un día al mes, y ni siquiera podría pagarle al abogado. Él mismo tenía prohibido ejercer como hombre de leyes. Si quería seguir viendo a su hijo, su única oportunidad era dejar que el tiempo pasase y que Tita se calmase, quizá tratar de presentarse un día en el futuro como un nuevo hombre, ahora sí, responsable de sus actos. Pero esperar con paciencia táctica no era su especialidad.

Tony, el amigo del barrio de Sebastián, no usaba sombrero vaquero por entonces, pero sí consumía marihuana. Así que los recuerdos de esos años a veces se le confundían y confundidos seguirían hasta mucho después. Sin embargo, nunca olvidaría la única vez que vio al padre de Sebastián. De hecho, nadie en el barrio la olvidaría, porque todos estaban ahí esa tarde de sábado, algunos volviendo de compras, otros perdían el tiempo en la vereda, el mismo Tony y otros dos competían por quién cantaba la letra más larga con eructos.

Al principio, Antonio no llamó la atención. Nadie lo conocía ahí. Y no se tambaleaba, ni balbuceaba, ni hacía ninguna de las dos cosas que los borrachos hacen en las películas. Al contrario, su voz sonó muy clara cuando se puso a gritar en la vereda el nombre de su hijo:

—¡Sebastiáááán! ¡Sebastiáááán! ¡Sal, carajo! ¡Tu padre quiere verte!

Pero después de los primeros gritos, su aspecto ojeroso y su camisa barata quedarían impresos en la memoria de los vecinos por décadas.

Ese día, Sebastián volvió a ser el *rarito* de la ventana, oculto entre las cortinas, esperando que su padre se borrase solo o cayese en una alcantarilla, cualquier cosa antes que el bochorno que estaba montando. Porque no se redujo a unos gritos destemplados. Luego llegaron los timbrazos, interminables, y los golpes que parecían querer tirar la puerta.

—¡Sebastiáááán! ¿No vas a abrirle a tu padre? ¿Ya eres como tu familia? ¿Ya eres uno de ellos?

En esa época aún no había serenos. Los policías tardaban en llegar y no consideraban que las trifulcas familiares entrasen en sus obligaciones. Pero el abuelo, por supuesto, estaba lleno de trucos legales y cuando Antonio comenzó a romper a pedradas los cristales, e incluso metió la mano por entre los vidrios rotos y arrancó el palo de la cortina para acabar con las ventanas, el abuelo llamó para denunciar a un loco por allanamiento de morada.

Cuando los agentes se llevaron a Antonio, Sebastián seguía solo en la ventana. Podía oír a su madre llorando en alguna habitación. Y a su abuelo haciendo llamadas, mientras escuchaba que decía:

—¡Que se pudra en una cárcel!

A su abuela no podía oírla, lo cual daba igual, porque a ella nunca la oía.

Lo único que se preguntó, justo cuando su padre desaparecía en el interior de un patrullero, bajo las luces de colores, es quién lo oiría a él, a quién podía contarle las cosas que le pasaban. Evidentemente, decírselas a su familia solo servía para empeorarlo todo. Pero quizá algún día se las contaría a Tony, el drogadicto del barrio, porque parecía buen tipo y, sobre todo, porque sería el primero en olvidarlas.

4

La avenida Brasil trazaba el límite de mi mundo.
De mi lado, en el universo conocido, quedaban San
Isidro, Magdalena, Miraflores, Barranco, esos barrios *penthouse* y con vista al mar. Del otro, una
Lima inmensa, anónima e inescrutable que claramente nadie de mi familia había pisado, donde
ninguno vivía. A lo largo de esa frontera, la geografía era irregular: casas prósperas se mezclaban con
pollerías chirriantes. Edificios de oficinas, con negocios ruinosos. Tras bajar del autobús, recorrí
cinco cuadras de ese arroz con mango urbano, entre bocinazos y transeúntes apresurados, hasta un
pequeño edificio gris, mimético, parejo hasta en la
mugre, que parecía construido para ser invisible.

Toqué el timbre. Me abrieron la puerta sin preguntar.

Me identifiqué ante el recepcionista, que hizo
una llamada telefónica y luego me guio por pasillos limpios y sobrios, apenas decorados con algunos
crucifijos e imágenes de vírgenes. Durante el camino solo nos cruzamos con hombres vestidos igual
que el edificio, con ropa sin estilo, que podría haber

llevado cualquier otra persona en cualquier otra circunstancia.

En Brooklyn yo había asistido a un colegio religioso pero mixto. Y jamás había visitado una cárcel. De modo que me resultaba llamativo un lugar sin más presencia que la masculina, sobre todo, tratándose de esa masculinidad sin ostentaciones de los curas y, más aún, considerando la alta edad promedio del lugar. Esos abuelos calvos, con el poco pelo ya blanco, las camisas de cuadros y los pelos en las orejas, me daban la impresión de haber entrado en un asilo para asexuales.

Llegamos a un salón con la pared forrada de libros, algunos sillones y una mesa. Varios señores leían y mi guía se dirigió a uno que estaba de espaldas, cuya nuca reconocí rápidamente:

—Gaspar, te buscan.

El cura que me presentaba, y que al parecer cumplía funciones de portero, no había sido simpático conmigo en ningún momento. Ni siquiera preguntó mi nombre. En su voz al anunciarme vibraba casi un tono de reproche. Pero lo atribuí a la más que segura falta de visitas a ese lugar. Tirado ahí durante décadas, el cura debía haber perdido las cualidades sociales que posee la gente que tiene familias o novias.

En cambio, Gaspar aún se veía capacitado para la alegría.

—¡Jimmy! —celebró mi aparición, y de repente lo recordé en el aeropuerto. Lo sentí más viejo.

Quizá por el lugar. O quizá por una aceleración personal del tiempo. Apenas había pasado un mes desde mi llegada, pero daba la impresión de haber sido una década, porque además del presente, yo estaba viviendo el pasado de mi padre.

—Hola, padre.

—¿Qué haces acá? Yo podía haber ido a tu casa.

—Quería hablar a solas. Lejos de mi abuela.

Gaspar dirigió su mirada al otro cura, que entonces se me ocurrió que podía ser solo un hermano o quizá simplemente un conserje. Ahí nadie llevaba sotana, aunque todos guardaban ese aire sacerdotal inconfundible, como de niños grandes y severos.

—Gracias —le dijo—. Ya me quedo yo con mi visita.

Y aunque el recepcionista gruñó y se mostró reticente a marcharse, terminó por desaparecer.

—¿Quieres un Milo? —ofreció Gaspar, para luego sonrojarse y disculparse con un gesto—. A veces, olvido que ya no eres un niño. Quizá prefieres una cerveza.

—Me gusta el Milo.

El padre sonrió. Parecía aliviado de no tener que ofrecerme alcohol.

Regresamos por el pasillo hasta una cocina, donde había una mesa redonda, y sirvió mi pedido. Él se puso un café.

—Tita está bien, ¿verdad?

—Si llamas a eso estar bien... —Me encogí de hombros.

—Ya serás viejo. —Se rio—. Y darás gracias a Dios por abrir los ojos en la mañana.

—No vengo a hablar de ella.

—Comprendo.

—Vengo a hablar de un amigo de mi padre. Tony.

No llegué a ver la reacción de Gaspar ante ese nombre. Porque repentinamente, sin venir a cuento, otro cura —o lo que fuera— ingresó a la cocina.

—¿Qué tal? ¿Cómo va todo? ¡Tenemos visita!

Este se veía más grueso y casual, con zapatillas y un buzo deportivo. También más bonachón y simpático que el otro. Incluso se presentó, me estrechó la mano y, sin esperar invitación, se sentó a la mesa. Yo guardé silencio mientras él comentaba la actualidad política y luego el fútbol.

—Los futbolistas y los políticos peruanos se parecen, ¿no creen? Salen mucho en la tele, pero no hacen nada bien. Aunque a los futbolistas, al menos, no les pagamos el sueldo todos los demás...

Cuando se agotó de hablar solo, yo seguía callado. Gaspar había mantenido todo el tiempo una sonrisa de ángel.

El recién llegado intentó ponerle gasolina a la conversación con los últimos recursos: el clima y las catástrofes naturales. Pero, finalmente, captó la indirecta y se despidió con amabilidad. Mientras él salía por la puerta, yo reparé en que no se había servido nada. Tampoco había llevado a la cocina ningún trasto para lavar. Sospeché que solo se había presentado ante nosotros movido por las ganas de conversar.

—¿Has dicho Tony? —retomó la conversación el padre Gaspar, esforzándose por rememorar—. Mmmhh... No recuerdo a ningún amigo de Sebastián con ese nombre...

—No era del colegio. Es del barrio. Y Mama Tita tampoco lo recuerda. O eso dice. Pero él parece haber conocido bien a papá.

—Ajá.

Su rostro se volvió impasible como el de una estatua. No supe interpretar si su silencio manifestaba ignorancia o secreto.

—Está metido en drogas.

—Ajá... —Esta vez, Gaspar alzó una ceja expectante, esperando lo peor.

—Y quiero ayudarlo a salir de eso.

Gaspar dio un largo trago de café, mientras estudiaba su respuesta.

—Es... algo muy generoso de tu parte. Ya nadie se preocupa por los demás.

—Tony está harto. No le gusta su vida. Pero es como vivir en una jaula. Si nadie le abre desde afuera, no podrá salir.

—Y has venido acá porque...

—Supongo que ustedes tienen algún tipo de programa para eso, ¿no? Alguna asistencia espiritual. En Nueva York he visto a la Iglesia hacer esas cosas. A un chico de mi colegio lo salvaron y...

—Tenemos esos programas. Claro que sí. Pero ese Tony debe querer.

—Él quiere.

—Y debe *creer*. Dios te ayuda si te quieres ayudar a ti mismo.

Traté de imaginar a Tony rezando, arrodillado en una iglesia. O contando las piezas de un rosario. Mi imaginación hizo un cortocircuito. De todos modos, yo sí creía. Y eso era lo más importante.

—Él tiene fe. A su manera. Yo lo ayudaré.

En mi vida real —¿o tal vez a esas alturas ya debería llamarla «mi vida anterior»?— yo colaboraba con diversas actividades de la concatedral de Saint Joseph: retiros espirituales para jóvenes, jornadas deportivas... alguna vez, me había tocado echar una mano en unas sesiones para adictos en recuperación, la mayoría de ellos *homeless* enganchados a alcohol barato. Yo no hacía nada importante: animaba algunas dinámicas grupales y supervisaba a los participantes durante los descansos. Quizá por eso me estaba presentando donde el padre Gaspar. Para dar algo de contenido a mi existencia limeña. O algo más de contenido, aparte de cuidar a mi abuela. Quizá ayudar a la gente fuese mi vocación. Mis amistades americanas eran sanas y sinceras, pero en Lima noté con sorpresa que no echaba de menos a nadie. Jamás había tenido una novia. Probablemente, lo que me gustaba era la gente con problemas, para poder ayudarla, para sentir que servía de algo. De repente, me pregunté si acabaría en un edificio como ese, con pelos en las orejas y camisa de cuadros.

—Voy a darte un nombre y unas señas —interrumpió mis pensamientos Gaspar, garrapateando algo en una libreta, porque claro, él anotaba las cosas en una libreta de papel, no en una terminal digital—. Pásale estos datos a tu amigo...

—No es mi amigo, en realidad...

—El amigo de tu papá. Pásale los datos. Pero no lo lleves tú como si fueras su nana. Debe buscarlo él mismo. Si lo arrastras tú, asistirá para complacerte y no volverá. Será una pérdida de tiempo para todos, especialmente para él.

Arrancó la hoja de la libreta y me la pasó. La guardé en mi bolsillo. Sentí que Gaspar quería decir algo, pero se contenía.

En una esquina apartada de mi campo de visión, algo se movió. Desplacé la mirada hacia allá. Desde la puerta de la cocina nos observaba otro cura, uno delgado y con lentes. Pero en cuanto sintió que lo observaba, se echó para atrás y desapareció por la penumbra de los pasillos. Reparé en que estaba anocheciendo. La tiniebla se colaba por las ventanas, inundándolo todo a su paso.

En sus últimos años del colegio Reina del Mundo mi padre sufrió una transformación sorprendente. El Sebastián tímido y aplicado, incluso algo infantil, que había comenzado la secundaria se fue convirtiendo en un gamberro de cuidado, un agitador con pasión por el riesgo, un adicto a los problemas con la autoridad.

Su primer encuentro con el padre Gaspar se debió precisamente a una amonestación. El lunes por la mañana, durante la formación para izar la bandera, Sebastián cantó el himno nacional con pedos o con sonidos flatulentos hechos con la boca, lo que hizo reír a algunos de sus compañeros, no precisamente a los más listos. El tutor de la clase ya llevaba varias semanas tolerando los alborotos de ese chico y vio llegada la hora de dar el siguiente paso en la escala de las advertencias. Lo mandó al despacho del director.

Minutos después de romper filas, un Gaspar más joven que el que yo conocí, rebosante de energía y mando de tropa, recibía a la versión adolescente de mi padre sentado en un sillón negro, entre libros sobre pedagogía y bajo una imagen de santo Tomás de Aquino, el patrono de los estudiantes y profesores. El director no se mostró especialmente ofendido ni preocupado por la actitud del estudiante. Al contrario. Parecía divertido.

—Así que has inventado un nuevo estilo musical, ¿verdad?

Como director, Gaspar tenía un estilo cómplice y simpático. Trataba de ganarse a los alumnos en vez de castigarlos. Consideraba que los adolescentes se debatían entre mantener su infancia o comenzar a asumir responsabilidades más adultas, y confiaba en tratarlos como iguales, para reforzar su madurez. Eso proponían las nuevas corrientes en educación y él quería mantenerse a tono con sus tiempos. Es cierto que no tenía evidencia empírica de que eso funcionase, al menos no en todos los casos. Pero tampoco de lo contrario. Al fin y al cabo, los educadores rigurosos también tenían estudiantes rebeldes.

—Solo me estaba divirtiendo —respondió un Sebastián altivo—. ¿No puedo divertirme?

—Claro que puedes. La cuestión es: ¿tienes que hacerlo durante la formación? ¿O puedes hacerlo, digamos, en el recreo, cuando todos los demás se divierten también?

—En el recreo no puedo cantar el himno.

Gaspar esbozó una sonrisa. Por estrategia, se mostraba calmado. Por experiencia, sabía que el chico lo estaba midiendo y que desquiciar al director le habría producido un intenso placer. Se propuso recordarle sencillamente que ese joven desafiante e irreverente, por mucho que le riesen las gracias los más indisciplinados, no era él en realidad.

Tenía sobre su mesa un expediente con bordes de metal, de los que se usaban en otros tiempos para manejar carpetas en los muebles archivadores. Lo abrió, se caló los lentes y comentó:

—He estado revisando tus resultados de años anteriores. Siempre has sido un buen alumno. Un chico tranquilo y hasta deportista. Todo el mundo puede cometer un error. Pero hay que reconocerlo y mejorar. —Alzó la vista hacia Sebastián—. ¿O prefieres que me ponga riguroso? ¿Quieres que te suspenda un mes y ordené que te pongan un cero en conducta? ¿Eso te haría feliz? ¿Irías donde tus compañeros a hacerte el valiente? Si prefieres, hacemos eso. Será tu decisión en cualquier caso.

Sebastián estudió los pros y los contras.

—Voy a mejorar —dijo, sorbiéndose un poco los mocos, como para contradecir su declaración ahí mismo.

Gaspar lo dejó marchar sin más debate. No esperaba que cambiara radicalmente su conducta, por supuesto. Solo estaba estableciendo contacto.

Durante los siguientes meses, en las reuniones con docentes de cuarto de media llegaron a sus oídos las peripecias de Sebastián. Se informó al director cuando ese díscolo jovencito se escapó a fumar a las canchas de fútbol, una práctica más o menos habitual. Y cuando se ausentó de clases todo un día escondido en los baños, marcando un récord escolar de «tiradas de pera». Casi se rio al saber que había pintado penes y tetas con acuarelas en las paredes del taller de arte, una forma desesperada y pueril de llamar la atención. Pero cuando Sebastián llamó «conchatumadre» al profesor de Filosofía, Gaspar comprendió que la política de tolerancia no estaba funcionando. Ahora tendría que intervenir y tomar una medida más drástica, a saber, suspensión del alumno por una semana, que sería comunicada a sus padres en una reunión de asistencia obligatoria.

Tita llevaba un tiempo esperando esa llamada. Por intermedio del abuelo, había conseguido un trabajo como secretaria que la mantenía mucho tiempo fuera de casa. De todos modos, era consciente del cambio de costumbres de su hijo. Sufría en carne propia el mal humor de Sebastián. Y sus rechazos cuando ella intentaba rescatarlo de su aislamiento en el Atari o el *walkman*. Había percibido en su aliento el tabaco y luego los caramelos Halls de menta que acaso escondiesen algo peor. Quería creer que se trataba de una fase normal. ¿Acaso ella misma no había tenido sus momentos rebeldes?

Pero eso precisamente la aterraba.

Que Sebastián terminase como ella.

—Hola, Sebastián. Señora Verástegui, buenas tardes... —saludó el padre Gaspar el día de la cita. Ella no negó ser la señora Verástegui. Había dejado de usar su apellido de casada, pero su hijo lo llevaría siempre y, por lo tanto, en su mundo, ella tendría colgado eternamente ese testimonio del fracaso.

—¿Esperamos al señor Verástegui?

—No puede venir... por razones de trabajo.

Solo con esa explicación, acompañada de una mirada huidiza, Gaspar empezó a sospechar lo que ocurría en esa familia.

—Pasen, por favor. ¿Un café?

Tita acudía a ese despacho con la esperanza de encontrar una guía, una ayuda, un manual para criar hijos, un arte en el que se sentía poco capaz. No era tonta. Entendía que ser llamada por el director en persona era un pésimo augurio. No obstante, imaginaba que la cita obedecía a una razón más general. El descenso en las notas de Sebastián había sido patente y había estado a punto de costarle la repetición del tercer año. Quizá, el director se planteaba hacerlo repetir cuarto para que se encontrase más cómodo en su nivel académico. Esa expectativa, que ya resultaba bastante mala, seguía siendo mejor que la verdad.

—Sebastián, ¿le has explicado a la señora Verástegui por qué la he llamado?

El alumno frunció el ceño, listo para ofrecer la denuncia de una dramática injusticia:

—Porque el profesor de Filosofía se la ha agarrado conmigo. Me odia. Todos los días...

—Bien —interrumpió Gaspar, con sus maneras tranquilas pero firmes—. Quizá haya que poner a tu madre en antecedentes, ¿verdad?

A continuación, el director enumeró las fechorías y faltas de ese chico, incluyendo dos robos de relojes de sus compañeros en los vestuarios durante Educación Física; un plato del comedor arrojado como un *frisbee* en el patio, y una pelea a la salida que había dejado a un chico de tercero con la nariz sangrante. Este era Sebastián en realidad. Este era durante el día. Ante el prontuario de su hijo, Tita temió lo peor. A lo mejor, Sebastián no se estaba convirtiendo en ella. Se estaba convirtiendo en su padre. Y de solo pensarlo, las lágrimas quisieron estallarle en los ojos.

—¿Está usted bien? —preguntó Gaspar, a pesar de que ella intentó disimular la emoción tragando saliva, bajando la mirada, retirando el agua salada de sus comisuras justo antes de que le arrasasen el maquillaje.

—Sí, perfectamente.

—Sebastián, ¿puedes dejarnos solos un momento?

Como muchos adolescentes, Sebastián estaba tan obsesionado consigo mismo que ni siquiera notó el estado de nervios de su madre. Gaspar entendió que esa mujer encerraba una profunda batalla interior, pero que exteriorizarla ahí, frente a su hijo, la haría ver débil. Y Sebastián olfateaba la flaqueza con demasiada facilidad.

—¿Puedo comprarme una gaseosa?

—Cómprate lo que quieras —respondió Tita, ofreciéndole un billete sin mirarlo a la cara, esperando que desapareciese del despacho de una vez.

Lo que ocurrió a continuación entre Tita y Gaspar, bajo la mirada piadosa de santo Tomás de Aquino, estuvo amparado por el secreto de confesión. Aun así, pasados ya casi cuarenta años, y considerando todos los pecados mortales que vendrían después, el viejo Gaspar accedió a contármelo aquella noche, en el comedor de su residencia para curas jubilados, mientras los ojos insistentes de sus colegas —algunos con presbicia, otros con cataratas— se posaban sobre nosotros desde la puerta.

Tita se derrumbó, básicamente. No había hablado con nadie de lo que ocurría en su familia. Incluso con sus mejores amigas apenas lo había insinuado, porque esas vergüenzas, indignas de casas decentes, nunca se pronunciaban con todas sus letras. Así que, ahora, en el despacho del director, ante el oído confiable de un representante de Dios, dejó explotar el dique. Y del dique brotó la frustración de su padre, la violencia de su exesposo, el descontrol de su hijo y su propio fracaso como esposa, trabajadora y madre. El dolor y la rabia salieron de su boca como dientes arrancados. Y, al fin, el director del colegio, que sospechaba que la furia adolescente siempre esconde sufrimientos reprimidos, comprendió exactamente a qué se enfrentaba.

Cuando terminó de llorar y hablar, Tita se sentía seca por dentro. Recibió el clínex que le ofrecía el padre y preguntó:

—¿Va a expulsar a Sebastián del colegio?

Gaspar suspiró hondamente. Acababa de tomar una decisión. Respondió:

—No. No hay que expulsarlo. Solo hay que darle una oportunidad. Y sé quién puede hacerlo.

—Ojalá lo hubiese expulsado —me dijo Gaspar, muchos años después de esa reunión en su despacho, sentados los dos en su cocina, y lo repitió unos días después en su biblioteca, y alguna otra vez en su sencilla habitación del tercer piso, mientras él buscaba en sus cajones alguna foto escolar de mi padre, que finalmente, no pudo encontrar.

—¿Habría sido diferente? —pregunté.

Él suspiró y miró por la ventana, hacia algún punto de la congestionada avenida Brasil.

—Me lo he preguntado todos los días desde entonces. Uno nunca sabe qué habría pasado, ¿verdad? Dios no nos deja asomarnos a una vida paralela para saber lo que nos hemos perdido en esta.

Para nuestro tercer encuentro en su residencia —aquel moridero para sacerdotes—, Tony el Vaquero ya había aceptado asistir a unas sesiones parroquiales de alivio espiritual, lo más cercano a Alcohólicos Anónimos que la Iglesia podía ofrecer y, a cambio, me había contado multitud de anécdotas sobre sus andanzas con mi padre aterrorizando al barrio. La inesperada aparición de ese antiguo vecino, con su turbulento testimonio, había animado a Gaspar a romper los silencios levantados durante décadas a base de complicidad familiar y secretos de confesión.

En realidad, al antiguo director del colegio ya no le quedaba mucho que esconderme. Al contrario, puesto entre la espada y la pared, su objetivo era aclarar las cosas: desmentir que mi padre fuese como Tony, una oveja descarriada incapaz de hacerse con las riendas de su propia vida. De hecho, el día en que fui a contarle que Tony había aceptado la ayuda espiritual y, el tercero, cuando le llevé un queso andino para agradecerle su apoyo, Gaspar me contó la historia de los últimos años escolares de mi padre. Quería demostrarme que él había sido mucho mejor que el Vaquero, más cabal y más valiente, y que todo lo que vino después fue un triste desvío en el camino de su salvación.

—Sebastián era inteligente —repitió Gaspar varias veces—. Justamente eso lo hacía sensible. Los sensibles son capaces de las mejores y de las peores cosas.

Por cierto, en esas tres reuniones con Gaspar, se repitió la misma misteriosa situación: las miradas furtivas de los curas de la residencia, deslizándose como serpientes a nuestro alrededor, zumbando como abejorros por el aire.

Yo no tardaría en comprender a qué se debía la presencia de esos incómodos centinelas.

De vuelta en mi casa tras la tercera visita al padre Gaspar, me encontré a Mama Tita fuera de sí, observándome desde su silla de ruedas como si quisiera arrojármela a la cabeza. En sus ojos brillaba una emoción que yo nunca había detectado en ellos y que retorcía su actitud habitualmente dulce. Tardé varios segundos en descubrir que se trataba de una rabia sorda y dura. Mama Tita me reprochó alguna afrenta que yo no era capaz de entender:

—¿Dónde has estado?

Jamás me había hecho esa pregunta antes. No era pregunta para alguien de mi edad. Ni una persona de su edad y en sus condiciones podía pretender cuidarme. Era yo quien la cuidaba a ella. De todos modos, le respondí, seguro de que la calmaría saber que había estado con alguien de confianza:

—He ido a ver al padre Gaspar.

Eso fue como echarle un fósforo encendido a un rastro de gasolina. Mama Tita salivó como una fiera y me habló tan fuerte que una fina lluvia de saliva acompañó sus palabras.

—¿Por qué?

—¿Cómo que por qué, Mama Tita? ¿No es nuestro amigo? ¿No es como de la familia?

—¿Qué sabrás tú de esta familia? ¡Nunca has formado parte de ella!

—¡Mama Tita!

Lo siguiente fue un reguero de lamentos y protestas. Todo intento de calmarla resultó inútil, incluso contraproducente. Mama Tita se dejó servir la cena porque no tenía la capacidad para freírse un huevo y calentarse arroz ella misma. Pero no por eso intentó apaciguar las aguas. Mientras yo le daba las cucharadas para que no tuviera que hacerlo con su mano tembleque, no perdió una sola oportunidad de incordiar:

—¿Por qué estás en Lima de todos modos? ¿No tenías que ir a la universidad? ¿Eh? ¿No tienes una vida en Estados Unidos?

Era cierto: ¿no tenía yo una vida en Estados Unidos? La tenía, pero ya no creía que fuese una vida real. A esas alturas más bien la veía como una vieja película, una mal escrita, con agujeros en el guion y giros sin explicar.

—He venido a ayudarte. Ya iré después a la universidad.

—¡Yo no necesito tu ayuda! —chilló, apartando el plato, casi hasta volcarlo.

Claro que ella necesitaba mi ayuda. Y no solo para cocinar y comer. También para encender la televisión, para ir al baño —aunque por su dignidad, yo la dejaba sola ahí adentro—, para ponerse el pijama y para acostarse. Para tener conversación. Para lo único que no necesitaba ninguna ayuda era para humillarme, algo que nunca había hecho antes, pero que ahora parecía su empeño principal, la razón de su vida.

—¡Au! ¿No puedes tener más cuidado? —Volvió a la carga, una hora después, mientras yo intentaba colocarla entre las sábanas.

—Perdona, Mama Tita, solo quería acomodarte.

—No sirves para esto. Debería dejarme de tacañerías y pagarme una enfermera. Una profesional.

Me dolían esas palabras. Me dolía que fuesen repentinas, gratuitas, inexplicables. Pero Mama Tita guardó las más dolorosas para el final, cuando yo ya iba a apagar la luz. No pensaba quedarme a ver las noticias con ella y aguantar más desplantes. Aun así, intenté despedirme del modo más cariñoso posible:

—¿Necesitas algo más, Mama Tita? ¿Te enciendo la tele?

Silencio.

—Si no necesitas más, me voy a dormir.

Nada deseaba en la vida más que eso. Y nada esperaba menos que las últimas declaraciones del día de mi abuela, esas palabras como cuchillos volando hacia mi yugular:

—Lo que necesito es que regreses a Estados Unidos. Ya no quiero que estés aquí.

Cuando tuvo enfrente a Gabriel Furiase, Sebastián hizo lo mismo que hacía con todos los profesores: calarlo. Medir hasta dónde podía llegar con él.

Eso ocurrió el primer martes de quinto de secundaria. Para entonces, Sebastián se sentía indestructible. Contra todo pronóstico, y a pesar de un par de suspensiones, había aprobado cuarto. La única aparente amonestación que le había caído era un cambio de sección, quizá para alejar a la manzana podrida del barril. En su nueva aula tardaría más en hacer nuevos compinches y compañeros de trastadas.

Por lo demás, era libre. Sabía que nadie repetía el último año escolar. Si hasta esa edad no eras capaz de cuidar de ti mismo, el colegio te daba por perdido y te lanzaba a buscarte la vida en el mundo real. De modo que, según sus propios cálculos, Sebastián podía continuar como hasta entonces sin miedo a verse confinado de por vida en la educación secundaria. Ya ni siquiera veía a los profesores como autoridades represoras, sino como sus entretenimientos: unos juguetes que podía romper.

Furiase, sin embargo, no era un profesor normal. Sobre él corrían todo tipo de mitos e historias. Enseñaba Religión, Filosofía, Educación Cívica y todos aquellos cursos que implicasen reflexión y debate. En ellos, se había ganado fama de extravagante. Sus respuestas afiladas y rápidas se habían vuelto legendarias, e incluso se le atribuían bromas pesadas, aunque ningún alumno parecía haberlas atestiguado personalmente, sino siempre haber recibido la información por medio del amigo de un amigo. Al menos hasta ahí sabía Sebastián, que, de todos modos, nunca preguntaba mucho por el cuerpo docente.

En cambio, Furiase sí se había informado sobre su nuevo estudiante. El padre Gaspar le había pedido prestar especial atención a ese chico díscolo que compensaba sus problemas familiares con una desesperada necesidad de llamar la atención de sus compañeros. Furiase era, de hecho, la verdadera razón del cambio de sección. El director del colegio confiaba en el profesor de Religión, en sus originales métodos y su famoso carisma para recuperar al chico inteligente y sensato que Sebastián había sido alguna vez.

Así que ese primer martes del año, cuando el profesor de Religión cruzó la puerta de 5-A, los dos tenían ya un duelo pendiente.

Furiase atravesó la tarima vestido completamente de negro, con una barba corta que comenzaba a encanecer y unos ojos tan azules que parecían traslúcidos. En medio de un grave silencio, midiendo el efecto de su aparición entre los alumnos, tomó su lugar en el escritorio del profesor.

Nada más sentarse, sintió la primera ofensiva del combate que le esperaba: un filoso pinchazo en las posaderas. Como anuncio de las hostilidades, Sebastián le había dejado una tachuela en la silla y la punta metálica se le hundió al profesor en las carnes.

Incluso, de no haber sospechado de nadie, Furiase habría podido descubrir a su atacante con solo mirar los rostros de los alumnos. Sebastián y otros dos gamberros, sentados en las últimas filas, lo observaban con una mezcla de expectativa y diversión, esperando el momento de verlo saltar de dolor o de susto.

Para no darles gusto, la reacción del profesor fue justo la contraria, una exhibición de temple y autocontrol.

—Hoy vamos a hablar del dolor —anunció, sin siquiera presentarse, mientras se levantaba de la silla, inmutable, y se encaminaba hacia la última fila—. Ya han visto a Jesucristo, ¿verdad? En la cruz, quiero decir. Las manos y los pies atravesados por clavos. La cabeza perforada por una corona de espinas. Deben saber que los soldados romanos les rompían las rodillas a martillazos a los crucificados, para que no pudieran sostenerse. En este caso, además, según ustedes deben recordar, un soldado le atravesó a Cristo el costado con una lanza. ¿Y qué hizo él con todo ese dolor?

Furiase dejó la pregunta flotar entre los estudiantes. Uno de ellos le cuchicheó al de su costado una respuesta burlona:

—Se lo regaló al Alianza Lima, para cuando pierda los partidos...

—Gracias por su chiste estúpido, Zavala —continuó Furiase, dejando claro que conocía los nombres de los alumnos, incluso antes de entrar en su clase, y que lo escuchaba todo, igual que Dios—. Pero estoy esperando respuestas inteligentes. ¿Hay alguien aquí que se crea inteligente? ¿No? ¿Nadie se concede aunque sea el beneficio de la duda? ¿Nadie ha pensado en esta clase «a lo mejor soy un poquito inteligente»?

Y después de esas palabras se plantó frente a Sebastián, mirándolo fijamente a los ojos, atravesándolo con sus iris azules.

—Qué raro —proclamó—. Habría jurado que en esta clase hay gente que se cree inteligente. Supongo que me equivoqué. En ese caso, tendré que decirles la respuesta yo mismo.

Dejó pasar un nuevo silencio, la última oportunidad para una respuesta, pero los alumnos no habrían hablado aunque la supieran. Podían sentir que se trataba de una pregunta capciosa, que recibiría una réplica irónica hasta la humillación.

Cuando sintió que tenía toda la atención de la clase, Furiase ofreció la solución al enigma:

—Jesús le dedicó todo ese dolor a Dios.

El profesor no había bajado la mirada de los ojos de Sebastián, que comenzaba a sentirse descubierto y esperaba su castigo de un momento a otro. Tenía claro que ese discurso estaba relacionado con él y que pronto sabría de qué manera. Así que escuchó atentamente la continuación de las palabras que Furiase pronunció con tono de sermón:

—Cuando reímos, cuando hacemos chistecitos, cuando miramos revistas porno, nos olvidamos de Dios. Es normal. Nos avergüenza no estar a su altura. Tenemos miedo de no ser lo suficientemente buenos. ¿Cómo sabremos quién lo es? ¿Cuál es la medida de los mejores?

La clase se mantuvo en silencio, ahora ya no tanto por expectativa, sino por incomprensión ante este discurso inexplicable. La mayoría de los profesores comenzaban sus cursos por la lista de lecturas del año. O hacían bromas para caer bien. Furiase, sin embargo, mantenía la vista clavada en Sebastián. Ni siquiera la desvió cuando se sacó discretamente la tachuela del bolsillo y la depositó sobre el pupitre, justo entre las manos de ese chico irreverente, que ahora lo observaba atónito y perplejo.

—El dolor —concluyó Furiase—. Encarnándose en Cristo, Dios nos enseñó que no le interesan los payasos, los graciositos, los que buscan el aplauso fácil de los bobos, sino los que soportan el dolor. Para entregárselo a Él. Porque esos son los valientes.

Aún se mantuvo ahí, en silencio, consumiendo la hora de clase como si no tuviera más lección que dar. Solo cuando Sebastián se puso muy rojo y bajó la mirada, Furiase le dio la espalda y ordenó:

—Abran sus libros en la página ocho.

Entonces, dio comienzo a la clase.

Aunque impactado por esa obertura, Sebastián no iba a dejarse amilanar. Tenía una reputación que mantener. Al fin y al cabo, los demás profesores eran piezas fáciles. Bastaba con montar un poco de lío para que lo castigasen en un rincón. Furiase, al parecer, representaba un desafío mayor y, por lo tanto, más apetecible.

Un par de semanas después, al entrar en 5-A, Furiase se encontró con una caricatura de sí mismo, dibujada en la pizarra con tiza, rodeada de penes desnudos que eyaculaban intensamente sobre él. El trazo era bastante torpe. En realidad, podía tratarse de Furiase como de casi cualquier persona. Los garabatos de la cara podían representar la incipiente barba de profesor o un acné agudo o unas marcas de viruela. Consciente de su imprecisión y para evitar confusiones, el artista había escrito el nombre del profesor sobre su cabeza, entre dos chorros de semen.

Furiase contempló la obra pictórica sin alterarse. Ni siquiera la borró. Mientras los alumnos contenían el aliento en espera de su explosión de furia, él continuó su camino hasta el escritorio, depositó su maletín y se volvió hacia el grupo con una calma que bordeaba la indiferencia:

—Alguien se cree muy valiente por pintar eso ahí. Pero tira la piedra y esconde la mano. Lo realmente valiente sería levantarse ahora mismo y decir «yo lo hice». ¿No creen?

Un rumor se extendió por la clase, mezcla de sorna, comentario e incluso con un matiz de reprobación, por parte de los alumnos más civilizados. Furiase les dejó procesar sus palabras y luego continuó:

—Yo no necesito que me alaben. Y me da igual que me dibujen pichulas. Pero admiraré al que ha hecho eso si se atreve a confesarlo ahora mismo. No lo castigaré. No comunicaré este episodio a la dirección. Solo quiero ver a un valiente de verdad. No me interesan los mojigatos, los pánfilos, los hipócritas. ¡Me interesan los que tienen huevos!

La mención a los huevos fue recibida con una risilla nerviosa de los alumnos, pero nadie confesó. Resultaba difícil creer que Furiase sintiese alguna admiración por el autor de su retrato. Más bien, tenía pinta de estar tendiéndole una trampa. Él caminó hasta el final del salón y se colocó justo detrás de Sebastián, en el punto en el que el alumno no podía voltear a verlo.

—Lo que acabamos de ver, pues, es el ejemplo de un cobarde. De alguien que trata de mostrarse muy atrevido, pero cuando tiene la oportunidad de serlo de verdad, se corre. Se escapa. No engaña a los demás. Todos saben que no tiene agallas, pero se entretienen con él y, cuando sea descubierto, se entretendrán viéndolo caer. Está solo. Tan solo que ni siquiera sabe que lo está. Apenas se engaña a sí mismo. ¿Y por qué se engaña? Porque tiene miedo de verse tal y como es. Es tan cobarde, tan maricón, que ni siquiera se atreve a decírselo. Y cree que pintando de maricones a los demás, los distraerá para que no lo vean a él. Pobrecito. Da tanta lástima que ni siquiera vale la pena castigarlo.

Y continuó su clase sin borrar de la pizarra el dibujo, que después de cierto rato parecía mirar a Sebastián con ojos burlones.

Sebastián no tenía interés en las profundidades filosóficas de los discursos de Furiase. Pero sí notaba que este profesor le llevaba la delantera. Cada vez que intentaba desquiciarlo, Furiase daba vuelta a la tuerca y lo desestabilizaba a él, haciéndole sentir que lo conocía perfectamente, que sabía las cosas que él hacía antes que él mismo.

De cualquier modo, no era eso lo que más desconcertaba al adolescente. Lo peor era que Furiase lo trataba con respeto.

Un ejemplo: Furiase solía hablar en sus clases de Dios, de la naturaleza divina y de su intervención en las vidas de las personas. Y disfrutaba proponer debates entre los estudiantes. Durante una de las primeras lecciones formuló una pregunta esencial para explicar esas cosas, la primera pregunta que se hacía cualquiera que se acercarse al tema.

—Díganme, jóvenes, ustedes han ido a misa cientos de veces. Se han bautizado. Han hecho la primera comunión. Han consagrado momentos importantes de su vida a Dios. Pero ¿son conscientes de ello? ¿O lo han hecho sin pensar, por costumbre familiar? ¿Existe Dios, para empezar? No podemos verlo ni oírlo. No nos dicta desde el cielo lo que debemos hacer. Entonces, ¿qué pruebas tenemos de que Dios existe? ¿Cómo podemos demostrar su existencia?

Atrincherado en su rincón del aula, Sebastián respondió en voz baja, solo para su círculo de rebeldes y chicos problema:

—Dios no existe —Y acompañó su afirmación con muecas groseras y nada teológicas que causaron las risas, siempre obedientes, de sus amigos.

—¡Verástegui! —anunció el profesor, desde el otro extremo de la sala, como si tuviese una cámara oculta apuntando hacia él—. Veo que tiene usted una respuesta. Nos encantaría escucharla.

Sebastián no pensaba dejar pasar la oportunidad de un desafío. Y había tomado nota de la admiración del profesor por los valientes. Además, no veía clara la diferencia entre un valiente y un descarado. A la mayoría de sus compañeros les daba más miedo responder una pregunta que soltar un insulto en público. Pero él empezaba a sospechar que con este profesor necesitaría métodos más creativos para sembrar el caos. Así que no le tembló la mano ni la voz para ponerse de pie y repetir su teoría:

—Dios no existe.

Sus compañeros soltaron un largo ruido blanco, un bufido de expectativa. Veían la sangre acercarse al río.

Como de costumbre, Furiase pareció tenerlo todo bajo control. No se mostró escandalizado. Si acaso, divertido.

—¿Puede demostrar lo que dice, Verástegui?

—Claro que sí. Vemos las pruebas todos los días, por todas partes. Hay gente que hace cosas malas, ¿no? Hay gente que se porta mal. O vende drogas. O mata a otra gente. Si Dios existiese, no lo permitiría.

Para esos chicos, en ese colegio, cuestionar a un profesor representaba una indisciplina mayor que dibujarlo en la pizarra rodeado de penes. El dibujo expresaba una travesura infantil y, por lo tanto, corregible. El cuestionamiento manifestaba una sublevación adulta, el fin de la dependencia y, por ello, revestía mucho más peligro. El aula entera guardó silencio en espera de que Furiase castigase esa osadía. Por eso, a todos sorprendió brutalmente que la recibiese con unos aplausos, primero lentos y pausados, luego por completo entusiastas.

Al principio, todos pensaron que se trataba de aplausos sarcásticos. Pero cuando tomó la palabra, el profesor confirmó su admiración:

—Fascinante, Verástegui. ¡Después de todo, sí hay alguien que piensa aquí! Me alegra. Hasta ahora pensaba que venía a dictar clase en una jaula de pericos que solo sabían repetir mis palabras sin entenderlas. Felicidades por usar la cabeza. Vamos a dedicar esta hora al interesante debate que usted acaba de plantear.

Por supuesto, Furiase sí creía en Dios. Su argumento durante el resto de la clase fue que Dios había creado a las personas —a los hombres, porque él siempre decía «hombres»— a su imagen y semejanza. Y precisamente por eso les había concedido la libertad. Durante su limitada e imperfecta vida, los hombres pueden optar entre satisfacer sus placeres animales o trascender a su condición espiritual. Dios solo los observa y después de la muerte castiga a los primeros con el infierno y premia a los segundos con el cielo.

—Para que el Bien tenga mérito —enfatizó— hace falta que exista el Mal. Hace falta que optemos por la Virtud, no que la hagamos automáticamente, como la digestión. Y a los ojos de Dios, los mejores no son los que se limitan a comportarse correctamente, sino los que dedican su vida y sus energías a combatir el mal.

A diferencia de la mayoría de sus compañeros, que bostezaban mientras Furiase desarrollaba su razonamiento, Sebastián logró seguirlo. Normalmente se distraía en las clases. Su cabeza volaba hacia aventuras más excitantes. Por primera vez le resultó atractivo escuchar. Y eso le hizo sentir inteligente, agudo, perspicaz. Quizá, después de todo, sí podía ser estudioso. Quizá incluso le gustase.

Comenzó a aficionarse a esas clases, a su histriónico profesor y al juego de la provocación de las ideas. Nunca habría pensado que pudiese interesarle el curso de Religión, pero ahí estaba, repasando las lecturas para la casa y esperando con más ganas la clase de Furiase que el recreo. Participaba en las discusiones de cada tema y, generalmente, el profesor recibía sus opiniones con genuino interés. Para el mes de mayo ya era uno de los primeros, al menos en esa clase, y ese refuerzo de la motivación repercutía en algunos otros cursos, sobre todo de Letras.

Poco después de la entrega de notas del primer bimestre, Furiase dictó una lección muy sensible para Sebastián. Dedicó su clase a examinar la idea de Dios como padre.

—Pensemos en nuestros propios progenitores, los que nos dieron la vida —propuso, ensimismado como de costumbre, bebiendo sus propias palabras—. ¿Qué esperamos de ellos? ¿Qué hace que sean buenos o malos padres?

Sebastián se sintió incómodo, de un modo que nunca había experimentado en una clase. Pensó en su propio padre, la noche en que apareció en la avenida Libertadores. O cuando sacudía a Miluska en su casa del Callao. Esta vez, Sebastián no quiso participar del debate. Se limitó a escuchar las respuestas de los demás: «Que nos mantenga». «Que nos apoye». «Que nos mande al colegio». «Que nos lleve a misa».

—¿Eso es todo lo que se les ocurre? —se burlaba el profesor, notablemente aburrido—. ¿De dónde sacan ustedes sus valores morales? ¿De los dibujos animados?

Dirigió hacia Sebastián una mirada de esperanza, una súplica por una idea más atrevida. Sebastián bajó la mirada, pero el profesor lo llamó por su nombre:

—¿Y usted qué piensa, Verástegui? Hoy lo noto muy callado. ¿Qué es un buen padre? ¿Qué debería hacer Dios para serlo?

En su mente Sebastián reformuló la cuestión. «¿Qué debería ser mi propio padre?», se preguntó. «¿Qué echo de menos?».

Finalmente, dijo en voz alta:

—Debería ser un modelo. Debería enseñarle a su hijo cómo actuar. Pero no con palabras, sino haciendo las cosas bien.

No sabía si era la respuesta correcta, o si había alguna respuesta correcta a esa pregunta. Pero cuando miró a Furiase encontró una sonrisa aflorando en su barba y una mirada dulce que le decía que, una vez más, había dado en el clavo.

La cuarta vez que toqué el timbre de la avenida Brasil, la puerta no se abrió para mí.

—Hola. ¿El padre Gaspar?

—Ah, sí...

La voz del otro lado me reconoció en el intercomunicador, pero no respondió. No me invitó a pasar. No recibí instrucciones de cómo actuar.

Esperé varios minutos ahí, en la escalerita de la entrada, viendo a los carros agredirse a claxonazos en la pista. Y cuando iba a tocar de nuevo, el padre Gaspar salió por la puerta. Entre el esmog y la luz gris del atardecer, se veía más frágil y viejo que nunca.

—Pensé que no estaba —saludé.

—Vamos a tomar un café —respondió sin saludar.

Parecía llevar prisa. Y durante el camino hacia un café de la avenida Javier Prado, miró hacia atrás varias veces. Atribuí su nerviosismo a que tenía nuevas historias que contarme: más relatos, entresacados de sus antiguas conversaciones con Furiase o con mi padre, y aderezados con sus propias suposiciones. Más detalles, quizá comprometedores, sobre esa vida de la que nunca me habían hablado.

Sin embargo, esta vez yo tenía algunas cosas que contar. Para eso había buscado al padre Gaspar. Y una vez que le sirvieron su café, y a mí un jugo de granadilla, me correspondía iniciar la conversación:

—He venido a despedirme.

Nunca fui bueno para dar rodeos. Y por lo visto, él tampoco era bueno para entender las frases directas, porque no comprendió a qué me refería.

—Claro. No vas a volver a la residencia. Normal. Pero puedo ir yo a tu casa. ¿No crees? Como hacíamos antes. No hace falta... cortar la comunicación.

Noté un punto de apremio en su voz, algo parecido a la angustia. O a la necesidad de redención.

—Me voy de Lima —expliqué—. Vuelvo a casa.

De repente, *casa* me sonaba a un lugar muy lejano. Y muy poco hogareño.

Él se atragantó con el café. Tuvo que limpiarse con una servilleta antes de preguntar:

—Pero ¿y tu abuela? ¿Quién va a cuidarla?

Esa era su primera preocupación. No mi padre. Ni yo. Mi abuela. En cierto sentido, me tranquilizaba que alguien se inquietase por ella.

—No lo sé. Es ella la que me ha pedido que me largue.

—¿Te ha botado?

Me encogí de hombros.

—Ni siquiera sé por qué. El último día que vine, al volver a su casa, ya estaba rara. Y desde entonces solo ha insistido en que vuelva a ver a papá. Me parece que lo ha hablado con él, aunque por teléfono, él no lo admite.

«Tampoco lo niega», evité añadir.

El padre Gaspar pidió otro café y de inmediato añadió a la comanda un whisky. Necesitó un trago de cada vaso antes de retomar nuestra conversación. Finalmente, admitió:

—Es culpa mía. Lo siento.

Se me escapó una risa, ácida en sus primeras notas, melancólica al final.

—Usted no tiene nada que ver. La abuela chochea. Estas cosas pasan. Con la edad.

—Si tuviera veinte años, ella diría lo mismo. Sabe de tus visitas a la residencia. Mis compañeros la han llamado asustados y ella se ha asustado también.

—No era un secreto que yo iba a verlo.

El padre suspiró hondamente. Dejó un billete sobre la mesa y se levantó.

—Debía serlo. Aunque quizá en realidad debas volver a Nueva York. Quizá aquí ya no sea posible escapar del pasado. El pasado se lo come todo. Es un monstruo.

—¿A dónde va?

—No puedo ayudarte, James. Cada segundo que paso a tu lado es peor para ti. Lo siento.

—¡No se vaya!

—Lo siento...

Esas últimas palabras sonaron más como un siseo que como una disculpa. Mientras se marchaba entre las mesas, el padre Gaspar tenía la cara roja y el gesto congestionado.

Caminé de vuelta a la avenida Libertadores, cincuenta minutos con las palabras del padre Gaspar zumbando en mi cabeza: «El pasado se lo come todo como un monstruo».

En cada una de mis visitas al padre, sus ancianos compañeros solo habían visto la repetición de las visitas de mi padre, o a mi padre, o las visitas de otros chicos a otros curas, y releían los titulares de los periódicos, revivían las denuncias, el dolor y la rabia. Escuchaban de nuevo la alarma de un tiempo que amenazaba con regresar, de un depredador que acecha en la oscuridad del presente, listo para devorarlo.

¿Pero mi abuela?

¿Mi abuela también temía? ¿No creía ella que todas eran habladurías de envidiosos? ¿De verdad veía la vida de su hijo repitiéndose en mí?

Para cuando llegué a su casa, ya no me sentía confuso. Estaba furioso. Atravesado de decepción. Ansioso por echarle en cara sus dudas sobre mí. Por decirle «soy otra persona». «Este es otro tiempo». «Mi vida es solo mía».

—¿Mama Tita?

El silencio de la casa y su oscuridad, esa penumbra que anuncia la llegada de una noche sin luna, debieron advertirme lo que ocurría. Solo hay una cosa que paraliza el tiempo. Solo hay un hecho que deja a sus protagonistas en el pasado para siempre.

—Mama Tita, ¿estás ahí?

¿Y dónde iba a estar? Ni siquiera podía moverse sola. Devolverme a Nueva York equivalía a encerrarse en un mundo del que jamás podría escapar.

—¡Mama Tita!

Encendí luces. Abrí ventanas. Intenté que corriesen la luz y el aire para limpiar la atmósfera de sus partes podridas. Grité su nombre, primero enfadado, luego asustado, finalmente con pena.

La encontré en el último lugar donde busqué. Al menos ahí estaba su cuerpo fallido: sentado en su silla de ruedas en el baño, intentando llegar al *water* o lavarse la boca del sabor metálico que a veces le daban las medicinas. Ahí estaban sus recuerdos y sus miedos, marcados en cada dolencia de esa anatomía. Sus crucifijos. Sus vírgenes. Ahí, en esa silla detenida en un cuarto de baño del tamaño de un ascensor, estaban sus ojos, sus uñas y sus arrugas.

Pero ella ya no estaba con todas esas cosas.

ESPÍRITU SANTO

1

Antes de viajar a Lima yo no había tomado muchos aviones. De vez en cuando algún vuelo local para ir de vacaciones a Miami o California. Pero no recordaba nada de la vista desde la altura. Ahora, mientras el avión se acercaba al aeropuerto, en las ventanas se asomaban los bloques de edificios, los islotes del río y el llano amarillento de Nueva York. Traté de considerar ese paisaje como mío. Traté de sentir que regresaba a mi lugar. A pesar de mis esfuerzos, el paisaje me resultó tan ajeno como una selva tropical.

—¡Jimmmmmmyyyyy!

Mi madre casi me asfixió en un abrazo cuando salí de migraciones. Papá se mantuvo atrás de ella y cuando llegó su turno, los dos vacilamos entre la mano y el beso, para acabar dándonos un abrazo lleno de dudas.

Mi vuelo había tocado tierra casi a la hora de cenar y mis padres me llevaron directo a la pizzería Grimaldi's. Precisamente se trataba del lugar donde mi vida se había quedado suspendida. No sé si fue una casualidad o un sutil llamado a retomarla. Un cierre de paréntesis.

—He estado hablando con el padre Samuel —dijo papá, entre dos bocados de una pizza con pimientos y cebolla—. Dice que puedes trabajar en la iglesia mientras empieza el año universitario. Hay mucho trabajo que hacer. La administración es una locura. Y el edificio es viejo y está lleno de goteras y pequeñas reparaciones que...

Se detuvo al ver que yo no decía nada. Ni tocaba mi pizza. Mi Dr. Pepper me parecía de repente una bebida para niños, vergonzosa de tomar a mi edad.

—¿Qué pasa? —preguntó.

—Nada —respondí, incapaz de ocultar que ocurría algo.

Él se puso severo.

—Has perdido casi un año después de terminar el colegio. Será mejor encarrilar tu vida cuanto antes.

Mamá le puso cara de «sé paciente, el chico acaba de volver». Pero tampoco dijo nada.

La verdad, yo seguía sin decidir mi vocación. De hecho, me sentía más inseguro que nunca antes. Solo que ahora el tiempo se agotaba. Con cada palabra de mi padre, todo lo vivido en ese año iba quedando más atrás y más borroso, como el recuerdo de una película en blanco y negro. Yo no tenía claro eso de pasar las páginas de la vida demasiado rápido. Sentía que debíamos echar un vistazo juntos a esas páginas, al menos mirar los dibujos, como hacíamos cuando yo era pequeño y me acostaban con un libro.

—¿Por qué no fuiste al entierro de Mama Tita? —pregunté—. Era tu madre.

En Lima yo había tenido que ocuparme de los gastos y trámites. Y lo había hecho prácticamente solo. El padre Gaspar me había indicado a quién recurrir y había pedido a la funeraria que fuesen amables conmigo, porque los sacerdotes siempre tienen contactos en el mundo de los muertos. Pero no por eso me había permitido visitarlo o se había aparecido en mi casa. No quería dar pie a nuevos rumores.

Lo más cercano a un amigo había sido Tony, el Vaquero, que de vez en cuando me había llevado una cerveza, pero él tampoco se había quedado a beberla conmigo, para no sufrir tentaciones en medio de su rehabilitación. Cuando enterramos a la abuela en un nicho de los Jardines de La Paz, los sepultureros me dijeron que ella había comprado dos nichos más, para su hijo y para mí. Y mientras el ataúd bajaba hacia el agujero, yo abracé a sus ancianas amigas con mucha fuerza, porque necesitaba abrazar a alguien, a quien fuera.

—Tú fuiste en representación de la familia —dijo mi padre, evitando mi mirada. Para eso eres un hombre ya.

Pero yo no quería ser un hombre. Yo quería entender.

—¿Hablaste con Mama Tita a menudo mientras yo estaba en Lima?

Mamá intentó desviar el tema:

—Nos habría gustado hablar más contigo —dijo sin acritud, en plan risueño—. ¡Nunca nos llamabas! Imaginábamos que te estabas divirtiendo.

—No me has respondido, papá.

Nunca le había hablado así. Ahora que lo pienso, nunca habíamos hablado. De nada. No habíamos profundizado mucho más allá de la decoración de Navidad o mis espaguetis favoritos.

—Hablábamos un par de veces por semana —admitió él—, pero no me decía nada. Que comías bien. Que te portabas bien. En los últimos días empezó a decir que ya habías hecho suficiente, que no quería apartarte más tiempo de nosotros. Y de tu vida.

—¿Eso es todo lo que te dijo?

—Sí. ¿Por qué? ¿Hay algo más?

Okey. Ese era mi momento. Quería soltarlo todo. Quería preguntarlo todo. Quería que no hubiese más secretos entre nosotros. Había llegado la hora de acabar con ellos.

—... No. Claro que no.

Mi madre pidió otra botella de chardonnay, aunque estaba claro que solo ella bebería.

Nuestras pizzas se habían convertido en cadáveres inertes que yacían sobre la mesa.

Tradicionalmente celebrábamos mis cumpleaños en la sala de reuniones de la concatedral, rodeados de amigos. Siempre habían sido fiestas divertidas, con torta y Coca-Cola. Una vez papá se había disfrazado de Batman y nos había regalado murciélagos de plástico a todos los chicos. Aún guardo uno de esos murciélagos entre mis cosas de niño. Conforme fui creciendo, la comida y los juegos también se volvieron más adultos —sándwiches y dardos, hot dogs y futbolín—, pero nunca perdimos la costumbre de celebrar del mismo modo, en el mismo lugar.

Mi cumpleaños número 18 no podría seguir la tradición, porque mis amigos sí se habían ido a la universidad. Mientras mi vida entraba en suspensión inanimada, la del resto del mundo continuaba. Ninguno de mis compañeros de barrio o escuela vivía a menos de tres horas de Brooklyn, y en mitad de la semana nadie iba a interrumpir sus clases. Recibí algunos mensajes de WhatsApp, pero no me alegré especialmente por ninguno.

No quería ese cumpleaños. No quería ser adulto.

En vez de la fiesta, mi padre me llevó a pescar. La pesca le gustaba mucho más a él que a mí, pero no tenía una idea mejor que ofrecerme y yo tampoco. Yo vivía como pasmado, dejando que los minutos pasasen a mi alrededor, esperando que algo ocurriese, sin saber bien qué.

Nos despertamos a las 6:00 a. m. y condujimos por el estado de Nueva York, río arriba por el Hudson, hacia uno de sus lugares favoritos, Bass Creek. No sé si se llamaba así o papá le había puesto ese nombre. En todo caso, él lo consideraba el único brazo de río sin latas ni plásticos que quedaba en América del Norte.

Después de estacionarnos, preparamos las cañas, nos pusimos unos chalecos que a papá le encantaban, llenos de bolsillos para los aparejos, y pasamos la primera media hora buscando el lugar ideal para quedarnos y esperar que picase una lubina.

Papá siempre decía que lo que le fascinaba de la pesca era la tranquilidad. De pie en la orilla, rodeado de un bosque de pinos o con medio cuerpo dentro del agua, decía que encontraba la posición perfecta para meditar o simplemente para poner la mente en blanco. Yo ahora sospecho que lo que le gustaba era el silencio. Cada minuto con la boca cerrada era un tiempo ganado a las cosas de las que no quería hablar.

Durante un buen rato no picó nada. Volvimos a arrojar los anzuelos en tres puntos diferentes de la orilla y acabamos pegándonos a unas pequeñas caídas de agua que formaban una especie de rápidos en el río. El chapoteo del agua convertía ese punto en el más agitado de la zona.

—¿Sabes, papá? En Lima conocí a un amigo tuyo.

—¿Ah, sí?

No mostró interés. Ni nervios. Tan solo la ligera molestia de siempre cuando alguien le hablaba mientras pescaba. Pero qué diablos, era mi cumpleaños. Me había ganado ese derecho.

—Se llama Tony. ¿Lo recuerdas?

Papá tiró un poco de la caña, tensando el hilo.

—¿Del colegio?

—Del barrio.

—Creo que sí. Había un Tony. Pelo castaño...

—Ahora ya tiene muchas canas, pero debe haber sido castaño, sí.

—No lo conocí mucho.

De repente, sin razón aparente, caí en la cuenta de que en Lima nadie lo llamaba «papá». O «señor Verástegui». Ahí era «Sebastián», una persona que al parecer llevaba un buen tiempo muerta.

—¿Y a quién sí conociste? Nadie parecía saber mucho de ti.

Papá se encogió de hombros. Recogió su carnada y volvió a la orilla. Se sentó tranquilamente a cambiar el anzuelo.

—No sé. Había un Dani. Y un Juan Carlos. Ha pasado mucho tiempo desde entonces. ¿Dónde estarán todos esos? Dame tu caña.

Cambió también mi anzuelo y mi carnada. La operación le tomó un largo rato, durante el cual solo oímos el correr del agua y el viento entre las hojas. Cosas que pasaban y se marchaban a toda prisa lejos de nosotros.

Le pregunté:

—¿Y tu padre? ¿Él te llevaba a pescar?

Terminó de preparar las cañas y me entregó la mía. Esta vez, protegido con sus botas de agua, se adelantó en la orilla hasta que el agua le cubrió los pies.

—Nunca —contestó—. Pero no lo conocí mucho. Se fue de casa cuando yo era menor que tú. No volví a saber de él. Ya te lo había contado, ¿no?

—Sí. Ya lo habías hecho.

Me hizo señas para que me moviese hacia un lado, de espaldas a la corriente.

—Ponte por acá. Yo diría que esta vez no vamos a fallar.

Obedecí. La fuerza del agua en ese punto era intensa y me costaba trabajo mantener aferrada la caña. Quizá para evitar más preguntas sobre él, papá empezó a preguntar sobre mí:

—¿Has decidido ya qué quieres hacer? Me refiero a tu carrera.

—No es fácil. ¿Tú siempre quisiste ser administrador?

Me observó como calculando si mi pregunta había sido irónica o seria.

—Yo era administrador antes de estudiar. Estudié para seguir siéndolo.

—¿En Lima?

—¿No estamos hablando de ti?

—Sí, por eso te pregunto. Quiero saber cómo fue tu caso para ver si hago lo mismo.

Algo tiró de su hilo. Con el control de un experto, soltó un poco y luego tiró rápidamente de la caña. Pero el pez había sido más listo. Había mordido y escapado a toda velocidad. Papá soltó lo más parecido a una maldición que yo le había oído nunca. Algo como «miércoles» o «caricho», una de esas palabras que se dicen para no decir la palabra que se piensa en realidad. Mientras reponía la carnada una vez más y regresaba a su puesto, me contestó:

—Ya te lo he dicho también. Yo quería ser sacerdote: primero, me ilusionaba la parte aventurera. Ser un misionero en tierras desconocidas. Evangelizar. Después comprendí que esa no era mi vocación, pero pensé que me gustaba la vida de párroco: hacer misas, impartir comuniones. Participar en las pequeñas vidas de las personas puede ser tan importante como enseñar el catolicismo a un país entero. Vine a Estados Unidos a estudiar teología y pagué mis estudios y alojamiento trabajando en la concatedral. Pero al final comprendí que yo no estaba llamado por Dios.

—¿Cómo supiste eso?

—Tu corazón lo sabe. Y no puedes ganarle una discusión a tu corazón.

Ahora me daba la espalda. Su voz apenas resultaba audible entre los ruidos de la naturaleza. Yo había sacado la caña del agua y me apoyaba en ella, como en un bastón, pero él ni siquiera se había dado cuenta.

—¿Y si yo quisiera ser cura?

Él hizo un esfuerzo por no escucharme. Se mantuvo inmóvil entre la corriente.

—¿Y si quisiera entrar en el seminario? —insistí.

—¿Aquí? ¿O en Lima?

—Aquí, claro, yo vivo aquí...

—Entonces, yo no tendría problema. Aunque tu madre se pondrá triste. Se muere por tener nietos.

Iba a preguntar qué pasaría si quisiera meterme al seminario en Lima, pero entonces el hilo de papá se sacudió con fuerza, casi hasta tumbarlo. Él tiró y soltó hilo. Peleó contra su presa y contra la corriente. Hizo gala de toda su experiencia. Y finalmente, extrajo del agua una lubina rayada, que se sacudía ferozmente contra su captor.

—¡La canasta! ¡Trae la canasta!

Obedecí. Como si luchase contra un monstruo gigante, papá intentó desenganchar al pescado y arrojarlo en la canasta sin perderlo. La mejor arma del animal era su escurridiza piel. Saltaba y se sacudía como una fiera. Pero papá sabía perfectamente cómo dominarlo y someterlo. Lo agarró por la cola con una mano, mientras con la otra recuperaba su anzuelo. Sus manos y la cabeza del pescado se llenaron de sangre, pero nunca dudó de sus movimientos. En cuestión de minutos la lubina estaba en la canasta, papá tenía una sonrisa triunfal y yo sabía que nuestra conversación había terminado. Si había empezado alguna vez.

Pocos días después de la expedición de pesca, me emborraché por primera vez. Eran los días del 4 de julio y mi amigo Nick había vuelto de Syracuse para pasar las fiestas con su familia. Era un buen tipo ese Nick. Me llevó a una destilería de cervezas artesanales cerca del centro de Brooklyn. Y yo pensé: «¿Por qué no? Soy un adulto».

Media hora después, él con una cerveza roja y yo con una negra y espesa, Nick me estaba hablando de mujeres.

—En la universidad hay de todo, *man*, rubias, afroamericanas, asiáticas, y todas están tan calientes como los chicos. Es increíble. *Awesome*.

—Suena bien —contesté. No tenía ninguna historia que contar, ni siquiera una fantasía erótica, nada con qué responder.

—¿Y tú, Jimmy? ¿Qué estás haciendo? ¿Viviendo con tus papás?

Noté el retintín de burla en su voz. Pero me temo que eso era justo lo que yo estaba haciendo.

—Todavía no he decidido a dónde ir. Estuve en el Perú, con mi abuela.

—¿Perú? Bueno, no está mal. En todas partes hay chicas.

Sí. Supongo que sí.

Como para confirmar su teoría, en ese mismo local nos encontramos con tres chicas. Una de ellas, la más gordita, se sentó a mi lado en la barra y después de unos minutos ya charlábamos animadamente. Para no parecer un tonto, yo bebí dos cervezas más y un tequila. Y ella —eso lo recuerdo— pidió algo naranja que venía en un vaso largo.

Después fuimos a otro bar. Y a otro más. De repente, las chicas ya no eran tres, sino un número indeterminado que iba y venía a mi alrededor. En algún momento de la noche, la gordita regresó a donde estaba yo. Entonces traté de besarla. Pero vomité.

A partir de ahí todo es confuso. Supongo que me limpié un poco en un baño. Y que alguien me metió en un taxi. O quizá me llevó en su carro. No recuerdo que hubiese nadie en estado de conducir pero ¿quién soy yo para asegurarlo?

Sí tengo más claro lo que pasó a mi regreso a casa: mientras me tambaleaba en dirección a mi dormitorio, choqué contra el televisor y tumbé la lámpara de pie. Y mi madre apareció, alarmada por el escándalo.

—¡Jimmy! ¿Qué te ha pasado? ¡Tú nunca...! ¡Yo nunca te había visto así!

Entonces lo dije.

No recuerdo cuántas veces ni si venía al caso. Solo lo dije ahí porque no podía decirlo en otra circunstancia. Ningún otro momento era propicio.

—Papá es un violador...

—¿Qué has dicho?

—Papá viola niños y adolescentes. Los toca. Y les hace cochinadas. En Perú lo saben. Por eso no va.

—No puedo creer que tú...

—¿Te lo ha hecho a ti?

Mamá no respondió. Las aletas de su nariz se expandían y se contraían como un corazón latiendo con furia. De todos modos, esa no era la respuesta que me interesaba. Había otra que me preocupaba más:

—Mamá, ¿me lo ha hecho a mí?

2

Como Lima está rodeada por un desierto, las cosas se llenan de polvo muy rápido. Y como la humedad alcanza el noventa y nueve por ciento, también se llenan de moho. La casa de la abuela apenas había permanecido vacía un par de semanas, pero cuando volví ya tenía aspecto y olor de cripta. Recorrí los pasillos, subí las escaleras y no necesité pensar en Mama Tita para sentir que avanzaba entre fantasmas.

Me instalé en el dormitorio de la abuela, el más grande. Y antes incluso de comer o dormir, comencé mi trabajo: desmantelarlo todo. Descolgué crucifijos de madera, retiré vírgenes de porcelana, arramblé con catecismos apolillados y pelotas de fútbol que llevaban siglos desinfladas... En el Perú todas las personas se buscan la vida a cada segundo, en cada oportunidad. Y el mismo taxista que me llevó desde el Jorge Chávez me había ofrecido venderme cajas de cartón de una empresa de transportes del aeropuerto. Así que al día siguiente de mi llegada, ya estaba yo empaquetando lo que la abuela había guardado durante toda su vida.

Es curioso cómo el tiempo lo va cargando a uno de pesos muertos. Pequeñas cosas que atestiguan lo que fue una persona en un momento dado. Nuestra biografía se puede contar como la lista de un mercadillo.

Mirando todas esas cosas pude hacerme un gráfico mental de toda la historia que me habían contado de mi familia. Imaginé la ropa que llevaba Mama Tita el día en que abandonó a su esposo. Escuché, en una vieja grabadora que corría demasiado lento, los casetes con la música de juventud de mi padre: Poison, Guns N'Roses, la mayoría de los grupos se limitaban a gritar y hacer solos virtuosos de guitarra. Su sonido distorsionado y glam no encajaba con el chico repeinado que era mi padre en las fotos. Por lo visto, Mama Tita solo había guardado las imágenes en que papá se veía decente.

Entre los cachivaches de la casa, encontré un anuario del Reina del Mundo, promoción de 1990. En la primera página figuraba la foto de un joven padre Gaspar junto a un artículo con su firma sobre lo que Dios esperaba de los exalumnos del colegio: amor hacia el prójimo y sacrificios por una sociedad mejor. En la página treinta y seis, encontré una foto tamaño carnet de mi papá, sonriendo a la cámara, ya con el aspecto pulcro de las fotos de la abuela. Parecía contento, abierto al futuro, y en su cara no se reflejaba ninguna malicia. Debajo de su imagen, ponía:

Sebastián Verástegui
Apasionado, rebelde y curioso.
¡Siempre con ganas de ir más allá!

Nada más encontrar el anuario, se me ocurrió enseñárselo a Tony, el Vaquero. Pensé que le traería grandes recuerdos y que sería una buena oportunidad de anunciarle mi regreso.

Tony nunca me había dado un número de teléfono. De hecho, yo nunca le había visto un aparato, ni siquiera un iPod. Así que lo busqué al viejo estilo: toqué el timbre de su quinta decenas de veces, y volví a tocar por la noche y al día siguiente. Pero él nunca abrió.

Durante mi último intento, otro vecino entró en la quinta y yo aproveché la puerta abierta para colarme hasta el departamento del fondo. Las cortinas estaban cerradas y no se veía nada. Eso sí, las manchas de la pintura habían desaparecido. Ahora la fachada relucía con el mismo aire inglés de las demás viviendas de la quinta. Alguien estaba remozando la casa del Vaquero.

El vecino que me había abierto sin querer, me miraba con desconfianza desde su propia puerta y me dijo:

—Aquí ya no se venden drogas, ¿okey? Aquí viven familias.

—El que vivía aquí era de mi familia —mentí—. ¿A dónde fue?

El vecino se encogió de hombros.

—Ni lo sé ni me interesa. Llevábamos años tratando de que se largase. Y al fin lo hizo. No pienso buscarlo.

Entró en su casa y cerró la puerta con fuerza, dando a entender que yo también tenía que largarme. Como indirecta añadida, me había dejado la reja de la salida abierta.

También intenté comunicarme con el padre Gaspar. Tampoco tuve éxito. Siempre que lo llamaba me saltaba un contestador advirtiendo que se número estaba apagado o fuera de cobertura. De modo que, al día siguiente de fracasar con Tony, siempre con el anuario escolar en la mano, fui a la residencia de la avenida Brasil a buscar a mi otro amigo. Durante el trayecto en autobús volví a ver la foto de mi padre ofreciéndose sonriente al futuro. Apasionado. Rebelde. Curioso.

En la residencia me dejaron entrar. En la recepción encontré al mismo conserje de mi primera visita, quien conservaba la misma cara de berrinche. Ni siquiera me dio tiempo de preguntarle nada antes de responder de mala gana:

—El padre Gaspar ya no vive aquí.

Yo recordé al padre Gaspar del anuario, la foto en que su expresión aún no se llenaba de ceniza.

—¿Me puede usted dar su nueva dirección? ¿O su teléfono?

—No. No puedo. Para eso debes pedir autorización al superior de la congregación.

No hizo falta pedirlo. Sabía que, por mucho que llamase, escribiese y suplicase, nadie me proporcionaría esa información.

De repente me había quedado solo. Todas las viejas voces se habían silenciado. Y no quedaba nadie para responder mis dudas.

Así que seguí con lo mío: la casa de la abuela. Vacié habitaciones. Enrollé alfombras. Fregué y enceré pisos. Mientras más trabajaba, menos tiempo me quedaba para pensar.

Después de unos días, la casa seguía oliendo un poco a sepultura, pero se veía vacía y limpia de su propio pasado. Conseguí el contacto de una institución benéfica, los Traperos de Emaús, que se llevaban ropa, muebles y todo lo viejo que se mantuviese en buen estado para repartirlo entre los pobres. Los Traperos mandaron todo un camión y aun así tuvieron que hacer tres viajes en dos días. Supongo que los muertos son los mejores donantes. Pero sus donaciones ya no tienen mérito moral. Si pretenden anotarse puntos para ir al cielo, es demasiado tarde.

Cuando el camión emprendió su último viaje, volví a recorrer toda esa casa, ahora convertida en un cascarón vacío.

Solo había conservado un colchón, porque no necesitaba más.

Un colchón y el anuario del Reina del Mundo.

Me acosté en mi único mueble. Encendí la luz de una bombilla, ahora desnuda y sin pantalla.

No tenía ni idea de cómo se pagaban los servicios de esa casa. Debían estar domiciliados en alguna cuenta bancaria de la abuela que no tardaría en quedar tan yerma como la misma casa. Tomé nota mental para averiguar eso.

Antes de dormir eché un vistazo a las noticias en redes sociales. A lo largo de los días, casi sin querer, me había puesto a seguir las cuentas de las personas que hablaban del caso de la comunidad: periodistas denunciados, curas ofendidos, columnistas. Pero esta vez, en una de ellas, encontré algo que no había visto hasta entonces: una víctima.

Hasta ese momento, nunca había visto el rostro de ningún supuesto atacado. Solo antiguas fotos fijas de los denunciados, cuyo líder, Gabriel Furiase, residía fuera del país, en una casa de retiro de algún pueblo cerca de Madrid. Él se negaba a ofrecer declaraciones al respecto, así que ni siquiera era posible conocer su aspecto o su voz dos décadas después de ocurridos los hechos. El resto de las personas que uno veía hablar de estos hechos nunca habían formado parte de ellos: periodistas, columnistas, curas ajenos a la comunidad que defendían a sus congéneres.

Pero ahora, frente a la cámara, vi a un joven, bueno, a un señor, en fin, a un tipo de edad entre la mía y la de mi padre, treinta y tantos años seguramente. Se llamaba Daniel Lastra. Parecía seguro de sí mismo, aunque tras su rostro de firmeza yo podía adivinar un fondo de rabia. Estaba diciendo:

—Solo quisiéramos que la comunidad pidiese perdón sinceramente. A muchos de nosotros nos arruinaron la vida. Nunca volvimos a ser los mismos. Y todo lo que vemos es negación y odio y mentiras. El arzobispo de Trujillo acusa a la gente que dice la verdad y no a los que cometen crímenes. ¿Es cristiano eso?

Apagué el teléfono y la luz. Traté de dormir. Me revolví entre la única sábana, incapaz de conciliar el sueño.

Después de dos horas de insomnio, volví a encender la luz.

Abrí el anuario: ese libro de hojas amarillentas y rostros aún lozanos, sin arrugas, sin pasado.

Pasé las páginas distraídamente. Sabía a dónde ir. A esas alturas, conocía cada milímetro de ese anuario, cada nombre, cada oración, cada jornada mariana y rifa para las misiones del mundo, cada equipo campeón interescolar de fulbito.

Llegué a la foto que buscaba. La imagen de un adulto entre dos monaguillos adolescentes, cada uno de sus brazos sobre los hombros de uno de ellos.

Uno de los chicos tenía una mirada más o menos provocadora. Era mi padre o lo sería algún día.

El otro parecía más inocente, más dulce.

El adulto que los abrazaba y miraba a la cámara con gesto de seguridad, casi de desafío, era Gabriel Furiase.

—El doctor Maeso te recibirá ahora.

La secretaria era una mujer pequeñita, casi invisible, una ardilla refugiada tras el escritorio como en el hueco de un árbol. Pero al entrar en el consultorio con mi mochila a cuestas, yo me sentía más pequeño aún.

Nunca había ido a una terapia. Mi padre despreciaba a los psicólogos como engañabobos profesionales. Durante mi año sabático después de terminar el colegio, mi madre me había sugerido ir a uno, y papá se había negado rotundamente. Según él, la psicología no era más que la versión comunista y atea de una labor que les corresponde a los sacerdotes. «No existe el subconsciente», dijo esa vez, en un inesperado arrebato intelectual. «Existe el alma y si un especialista no entiende algo tan simple, no puede ayudar a nadie, por muchos títulos que tenga».

A pesar de todo, ahí estaba yo ahora, en el despacho de un hombre que trataba a los cerebros como a ratas de laboratorio.

Una vez adentro, me sorprendió la comodidad

de esa habitación: un butacón, un sofá, una alfombra mullida. Tan diferente de un consultorio médico. Ni siquiera tenía escritorio.

—Hola, James. Siéntate donde quieras.

Tampoco el doctor se veía como un doctor. Mangas de camisa, pantalón informal, mocasines... Se vestía más como para ir al cine. La mano que me ofreció impregnó en la mía un aroma a colonia fina. Y mientras yo me sentaba en el sofá, se me ocurrió que él vestía como para ir al cine con una chica, en una primera cita.

—Cuéntame. ¿En qué puedo ayudarte?

La primera pregunta. La más difícil. No podía explicarle con claridad lo que hacía ahí. No encontraba las palabras.

—Eeeh... Yo...

Él me dirigió una mirada tranquilizadora de profesional. Como diciendo: «No te angusties. Pase lo que pase, he visto cosas peores». Me calmé. Dejé de sentirme como quien se enfrenta a un examen oral. Pensé que le había pagado una hora a esa secretaria. Y que nada me impedía aprovecharla. Además, me daba curiosidad el trabajo de este hombre. Así que conseguí articular:

—Estoy paralizado. Quiero decir, en mi vida. No sé dónde quiero vivir. No sé en qué trabajar. No veo a mi familia...

Estaba improvisando, pero no mintiendo. Él les dio vueltas a mis palabras durante largos instantes. Yo nunca había visto a nadie escuchar así,

251

paladeando las palabras como platos *gourmet*. Finalmente, preguntó:

—¿Cuándo empezaste a sentirte así?

Al menos esa pregunta era más fácil. Me sorprendí a mí mismo soltando la lengua como si hablase con un amigo. O como si hablase conmigo mismo. Conté sobre mi año sabático después de terminar el colegio. La enfermedad de la abuela. Mi viaje al Perú.

No llegué a contarle mis descubrimientos sobre la vida de mi padre. Aún no había llegado el momento para eso.

—¿Y nunca habías venido al Perú antes? —preguntó el doctor Maeso—. ¿Por qué tardaste tanto?

Al final, todas las respuestas me llevaban por el mismo camino: papá.

—Mi padre nunca me trajo. Tampoco vino solo. Sigue sin venir.

Una nueva pausa me hizo ver que procesaba con gran atención lo que yo decía. Yo seguía pensando en él como un doctor normal, de los que miran un hueso roto y dicen qué hacer para curarlo. Pero este no hacía diagnósticos. Solo formulaba preguntas.

—¿Por qué no viene?

—No le gusta el Perú. Eso dice. No le gusta la gente. Ni el clima. Ni siquiera le gusta la comida.

Bajé la mirada al decir eso. Me costaba hablar de mi padre sin mentir. Incluso me costaba hablar *con* mi padre sin mentir.

—¿Y qué te ha parecido venir a su país? ¿Es como esperabas?

—No. Para nada.

Los únicos adornos del despacho eran una pequeña estantería y un reloj de pared. De repente, el doctor Maeso miró el reloj y el tono de su voz cambió. No puedo decir de qué manera, pero sus palabras sonaban a despedida.

—Bien, tendremos que profundizar un poco en las relaciones con tu padre. Él representa tu lazo con este país que no conoces ni entiendes, pero en el que quieres estar, porque aquí sigues. Y, sin embargo, ese lazo original está debilitado. Borroso. Tenemos que reconstruirlo.

—Está bien —respondí, abriendo mi mochila—. Porque yo también venía a hablar de mi padre.

Él me devolvió otra sonrisa de superioridad profesional mientras se ponía de pie.

—Muchos de los problemas de las personas se originan en sus relaciones con padres o madres. Esas personas nos enseñan a vivir, pero también nos transmiten sus bloqueos e inseguridades. Es muy frecuente que...

—No me entiende. No vengo a hablar de mí. Solo de mi padre.

El reloj daba las 4:45. Ni siquiera me había concedido una hora entera. O por otra parte, a diferencia de un traumatólogo, me había auscultado durante más de quince minutos y aún no tenía una cura. Me sentí estafado mientras sacaba de la mochila mi anuario del Reina del Mundo. Lo sentí más pesado que antes. Más grueso. Y espeso.

—Creo que no te sigo —dijo el doctor.

Se sorprendió al descubrir el anuario. Debía tener ese libro bastante olvidado, aunque supongo que lo habría ojeado a lo largo de su vida en busca de recuerdos. Algunos bonitos. Otros más tormentosos.

Abrí el anuario. Pasé las oraciones, los discursos ante la virgen, las fotos de los trofeos deportivos. Al fin encontré la foto de los monaguillos flanqueando al profesor. Se la enseñé.

La leyenda de la foto tenía tres nombres: el de Furiase, el de mi padre y otro que coincidía con el de la puerta del consultorio: Luis Carlos Maeso.

De hecho, el psicólogo mantenía la misma cara que había tenido en el colegio. La misma mirada inocente.

—¿Y qué haces ahí todo el día?

En la pantalla del Skype, mamá se veía enmarcada, limitada. Como un cuadro viviente de mamá o como un pez en su pecera.

—Bueno, ya sabes... he regalado los muebles, porque estaba demasiado viejos para venderlos, y pienso pintar la casa.

—¿Tú solo?

Noté su extrañeza. Ella me consideraba su pequeño intelectual, demasiado inteligente para las labores manuales. Una madre siempre tiene una opinión demasiado buena de su hijo. Me reí.

—Necesitaré ayuda, porque es enorme. Estoy buscando a un pintor barato. Pero dicen que muchos cobran la primera parte y te abandonan. No sé a quién pedir ayuda.

—¿Tan grande es la casa? ¿Más grande que la nuestra?

Yo ya le había hablado de eso, pero evidentemente lo había olvidado. Estaba bebiendo su chardonnay de siempre. De hecho, estaba bebiendo más que nunca. A lo mejor tenía razones para hacerlo.

Después de mi primera —y hasta el momento última— borrachera, aquella noche en Brooklyn, todo había cambiado de repente en mi familia. Al despertar, al día siguiente, papá ya no estaba en casa. Mamá dijo que había tenido una urgencia, que lo habían llamado para acudir inmediatamente a una iglesia en Washington DC y se quedaría unos días por allá. Si pienso en eso ahora, lo encuentro bastante extraño. Para las emergencias que puede tener un templo se llama a un gasfitero, a un electricista, o quizá, por último, a un exorcista. Pero no a un administrador. De todos modos, entre la modorra y el insufrible dolor de cabeza, no se me ocurrió nada de eso. Más bien recordé avergonzado mis palabras de la noche anterior.

«Papá viola niños».

En el espesor de mi resaca, comprendí que no sabía la edad de las víctimas de las que hablaba la prensa peruana. Sonaba todo como si fueran niños, pero yo no sabía —aún no sé— hasta qué edad exacta se considera que uno es niño. Mi madre sigue pensando en mí como uno; uno que necesita que ella lo proteja. Pero para ir a la cárcel, ya soy lo suficientemente adulto. En el cortocircuito de mi cabeza, se mezclaban todas estas consideraciones a gran velocidad, como los flashes de un *photocall*.

Durante el desayuno —que tomé más bien a la hora del almuerzo—, mamá no sacó el tema. Ninguno de los temas. Y en los días siguientes, el mundo siguió igual. Solo que papá ya no existía. Aparte de su desaparición física, se había reducido a una sombra en nuestra conversación. Mamá decía hablar con él y me transmitía sus saludos. Al parecer siempre llamaba justo cuando yo no estaba.

El primer martes después de la borrachera, por la tarde, asistí a la concatedral de Saint Joseph a rezar. Necesitaba un poco de soledad para aclarar mis ideas. Como si me encontrase con viejos amigos, recorrí las imágenes de santos que se alineaban por las paredes. Llevaba un buen tiempo sin hablar con ellos. Decidí acudir directamente con el jefe.

Me arrodillé frente a una imagen de Cristo y le pedí que me dijera qué hacer. A dónde ir. Nadie más iba a orientarme, eso estaba claro. Solo me quedaba dirigirme a la imagen de yeso de un hombre ensangrentado, escoger alguna de las voces que zumbaban en mi cabeza y tener fe en que esa voz proviniese directamente de él. En la cruz, antes de morir, Cristo se había quejado de que su padre lo había abandonado. Ahora, mientras oraba arrodillado frente a él, yo me pregunté si el mío había estado conmigo alguna vez. Hace falta haber acompañado a alguien para gozar de la facultad de abandonarlo.

Lo más extraño es que, precisamente esa vez, recibí una respuesta: lo más cercano a una señal divina que me ha tocado vivir.

Al salir de la concatedral no tenía ganas de volver a casa, así que decidí tomar el camino más largo, rodeando innecesariamente el templo. Caleteando entre las calles para hacer tiempo, descubrí un Ford Kuga igual al de papá. Me acerqué. Y reconocí el guardabarros rayado y el número de matrícula. Era el de papá.

Me aposté en una esquina, medio oculto detrás de un árbol. Tuve que esperar más de dos horas. Pero al fin apareció mi padre, salía de su trabajo de siempre, no de un trabajo inesperado de Washington, y caminaba tranquilamente por la vereda. Demasiado tranquilamente para alguien que se encuentra en otro estado.

No me atreví a salirle al paso. No sabía qué decirle. Solo lo vi subir al carro y alejarse.

Deseé que hubiese hecho escala en la concatedral antes de volver a casa. Pero no estuvo con nosotros a la hora de la cena. Ni a las nueve ni a las once de la noche. A esa hora, mamá y yo habíamos terminado de lavar los platos y visto el *reality show* de aspirantes a estrellas de la música, y cuando nos levantamos del sofá para ir a acostarnos, yo sabía que no tendría sueño, no en muchas horas al menos, y pregunté:

—¿Has tenido noticias de papá?

—Llamó por la tarde —respondió—. Hace mucho calor en DC.

Pero yo sabía que de haber tenido noticias verdaderas ya me las habría comentado. Mamá consideraba interesante cualquier detalle sobre su familia: nuestra hora para tomar el desayuno o la calidad de las verduras del almuerzo le parecían aspectos fascinantes de la vida.

—¿Cuándo va a volver?

Ella sonrió. Casi parecía una sonrisa de verdad.

—Pronto. Yo también lo extraño.

No sé cuánto tiempo exactamente significa «pronto». Sé que papá no volvió durante la semana siguiente y que para entonces mamá ya no me presionaba hablando de mi futuro, ni de casi nada más. En cierto modo ella también hacía su vida donde yo no podía verla. Y su vida consistía en beber. Jamás lo hacía en mi presencia, pero yo sentía el peso de las botellas vacías al bajar la basura. O las encontraba medio llenas detrás de los útiles de limpieza. O las adivinaba en la mirada vidriosa de mi madre, en sus chistes bobos y en su humor perezoso. Incluso en el olor de su boca a caramelos de menta, esas golosinas que ella comía a puñados para tapar el aliento a alcohol.

Una vez me atreví a decirle:

—Mamá, ¿no estás bebiendo demasiado?

—No sé de qué hablas. ¡Una copita de vez en cuando no le hace daño a nadie!

Decía esto último con entusiasmo, como si estuviésemos bromeando. Yo no insistía porque uno no es el padre de su madre y porque en el fondo cualquier verdad se me hacía peligrosa. En mi casa, cada vez que se pronunciaba algo cierto, las consecuencias se hacían insoportables: la familia se resquebrajaba. La vida se volvía más difícil. Y hacía falta volver a nuestras mentiras y nuestros silencios para recobrar la calma.

Al fin mi padre llamó por teléfono una noche, mientras mamá comenzaba a roncar frente al televisor. Cuando ella contestó su rostro pasó del cansancio a la alegría, de ahí a la frustración y, finalmente, a la preocupación, antes de volverse hacia mí:

—¿Diga?... sí... sí... James, es para ti.

Lo anunció sin emoción apenas, como si me llamase la compañía telefónica para ofrecerme una línea nueva. Cogí el teléfono:

—¿Diga?

—Jimmy...

—¡Papá! ¿Dónde estás?

—Ya sabes... trabajando. Escucha... tengo que pedirte algo. Es importante.

—Sí...

Quería ayudarlo. Me sentía culpable por haber dicho lo que había dicho estando borracho. Quizá papá no había tenido nada que ver con todo eso. Quizá, como decía la abuela, eran habladurías de envidiosos. Quizá él había sufrido mucho con esa injusticia y yo solo metía el dedo en una llaga muy vieja, que él creía cerrada.

—Hay que hacer cosas en Lima. Hay que cerrar la casa de la abuela y venderla. Firmar papeles. Leer el testamento. Pagar las deudas a la funeraria. En fin, la abuela se murió dejándolo todo hecho un lío... Y tú ya eres mayor de edad legalmente.

Casi parecía enfadado con ella por morirse. De hecho, apenas había mostrado dolor por su muerte.

Al fin y al cabo, antes estaba enfadado con ella por vivir. La culpaba por algo. Y ella lo culpaba a él. Yo era, a fin de cuentas, el único descendiente sin pecado original.

—Haré lo que sea necesario, papá.

—Buen chico. Te he dejado un poder con un notario de Brooklyn. Anota la dirección...

Cuando colgó ni siquiera me había preguntado cómo estaba. Hablaba como si nos hubiéramos visto esa misma mañana. Estoy seguro de que intentó mostrar algún tipo de cariño, alguna preocupación, y no le salieron las palabras. Porque eso es lo que me pasó a mí.

El caso es que unos días después yo aterrizaba en el aeropuerto Jorge Chávez de nuevo y la humedad volvía a devorarme como si cayese en un barril de gelatina, y el pasado volvía a atraparme en sus tentáculos, como un pulpo enorme con un olor muy fuerte.

Desde mi llegada no volví a hablar con papá. Tampoco tuve claro si había vuelto con mamá o no. Yo solamente hablaba con ella a través del Skype, presenciaba cómo se ahogaba en chardonnay y trataba de animarla contándole anécdotas triviales sobre una ciudad que ella nunca había pisado, el lugar donde residían sus pesadillas.

—Sí, mamá. Esta casa es más grande que la nuestra. Da mucho trabajo.

—Espero que no estés solo trabajando. ¿Has hecho amigos?

—He conocido a un psicólogo. Se llama Luis Carlos Maeso.

—Me gusta ese apellido. Suena a buena persona. Y me gusta que no estés solo. La soledad es muy fea, ¿sabes? Estar sola hace que una tenga ideas tristes.

—Lo sé, mamá. No sabes cuánto lo sé.

El consultorio de Luis Carlos Maeso se hallaba en un edificio de la avenida Pezet, cerca del club de golf de San Isidro. En otros pisos había dentistas, pediatras y abogados, de modo que mucha gente pasaba por ahí a lo largo del día.

Gente que necesitaba arreglar sus problemas.

Como yo.

Antes de llegar deambulé por la calle Coronel Portillo, entre el seto del club y los altos edificios con vistas. Si hubiese nacido en Lima, me habría gustado vivir en uno de esos edificios, rodeado de embajadas. Aunque quizá fuese un poco ruidoso. El tráfico limeño, incluso en ese barrio acomodado, era infernal: una nube de humo y ruido que no amainaba nunca.

Por fin me decidí. Doblé a la izquierda en el grifo y continué hasta el edificio de Pezet. La puerta de la calle permanecía abierta durante el día, a cargo de un conserje. Pero yo no tenía un aspecto que pudiera alarmarlo. Ni la ropa pobre ni el color de piel oscura que suelen atraer su atención. Yo era el tipo de persona que puede pasar. Que siempre puede pasar en Lima.

Subí hasta el quinto piso y entré al recibidor donde atendía la mujer ardilla. Solo había una persona esperando, una mujer como de la edad de mi madre, que esquivó mi mirada y mi saludo. Parecía sentirse un poco avergonzada de ser vista en la consulta de un loquero.

—¿Tienes cita? —preguntó la secretaria.

Su voz sonaba amable. Pero su mirada denotaba cierta hostilidad.

—No. Es personal.

El doctor Maeso llegó quince minutos después, sonriendo mientras daba los buenos días. Su entusiasmo se congeló al verme, aunque no dijo nada. Hizo pasar a la señora avergonzada y solo entonces se dirigió hacia mí:

—Me temo que no puedo ayudarte. Ya te lo dije.

Yo contesté con gran amabilidad, como un perfecto acosador psicótico con una dentadura de publicidad:

—Seguro que se le han olvidado cosas. Pero a lo mejor recuerda algo mientras yo esté aquí. No tengo prisa. Gracias por adelantado.

Y ahí seguía yo tres cuartos de hora después, cuando salió la señora avergonzada con aspecto de alivio. Y quince minutos después, cuando entró el adolescente con anteojos. Y una hora después, cuando entró el señor calvo de gesto triste. En cada ocasión, al descubrirme ahí, Maeso dirigió a su secretaria miradas desesperadas y ella se encogió de hombros.

En algún momento de la tarde, subió el conserje y se me acercó con talante amenazador:

—Joven, le voy a pedir que me acompañe, por favor.

—Encantado. Bajaré con usted, pero para eso tendrá que arrastrarme y golpearme. Y montaré tanta alharaca que todos los vecinos se enterarán de mi visita. Inténtelo. Pero piense que solo estoy aquí sentado tranquilamente, sin molestar a nadie. Y decida qué prefiere.

Intercambió miradas con la secretaria. Esta vez, los dos se encogieron de hombros.

Me quedé en mi sitio hasta que oscureció. Cuando el psicólogo se marchó, se limitó a fingir que no me veía.

Al día siguiente regresé por la mañana, a la hora en que se abría la consulta. Esta vez, el conserje me detuvo en la puerta exterior, sin tocarme pero bloqueándome el paso con firmeza.

—Acá nomás, flaco. La señorita no quiere que subas.

Llamarme «flaco», ya no «joven», era una indicación de que yo había descendido en su valoración de la escala social. Me había pasado de la lista de los clientes a, digamos, la de los vendedores ambulantes: no necesariamente peligrosos, pero siempre molestos.

Me aposté en la vereda de enfrente del edificio, mascando chicles sin azúcar. Vi entrar al psicólogo y le hice un saludito que quedó sin respuesta.

También lo vi asomarse a su ventana, entre cita y cita, con la esperanza de que me hubiese largado. Disfruté de su cara de pesar al constatar que yo no pensaba moverme de ahí.

Ese día era sábado, y a mediodía la exesposa de Maeso llevó a sus hijos al consultorio para que fuesen a almorzar con él. Sé que era su ex porque entró al edificio con los niños y bajó cinco minutos después, sola, síntoma evidente de que no quería quedarse a ver al padre. Y sé que ese padre era Maeso porque, quince minutos después, bajó con los dos pequeños, de cinco y siete años, más o menos.

Los seguí hasta un McDonald's. Durante el camino, el psicólogo conversaba muy animado con los niños, agarrando la mano del menor para que no se lanzase a la pista en un descuido. Parecía un buen padre, empático y cariñoso. Traté de recordar si mi propio padre alguna vez había ido por la calle así conmigo, entre bromas y cariños. Me sorprendió no encontrar un solo recuerdo en el que él fuese más allá de la preocupación administrativa: si yo había comido bien; si había hecho mis tareas; si pensaba volver a casa a una hora decente. Yo siempre había atribuido su distancia a su incapacidad masculina para expresar emociones. Pero si alguien me hubiese preguntado, yo habría jurado que papá era afectuoso y entrañable. O supongo que habría dicho que era «normal».

Maeso no miró hacia atrás y no reparó en mi presencia hasta que ya estaba sentado con una

Coca-Cola —pero sin comer— junto a sus hijos, cada uno armado con una hamburguesa más grande que su propia cabeza. El psicólogo se había agobiado un poco en conseguir una mesa, tratar de que sus hijos precisaran qué pensaban pedir y hacer la cola. Había librado una última batalla contra los pequeños, que habían decidido marcharse a los juegos del local antes de comer. Y cuando finalmente consiguió un instante de tranquilidad, mientras los menores daban dentelladas a sus panes con carne, me descubrió ahí, en la mesa de al lado, mojando unas blandengues papas fritas en salsa de tomate.

Evidentemente, no quería una escena. En forma calmada, con el tono que se usa para un conocido o un mozo del restaurante, me preguntó:

—¿Por qué haces esto?

Los niños me echaron un vistazo distraído y aburrido. Asumieron que ahí tenía lugar una conversación de grandes, de política o algún otro tema aburrido, y volvieron a sus hamburguesas. Yo señalé hacia esos pequeños y contesté con otra pregunta:

—¿Eras de este tamaño cuando conociste a mi papá?

Tardó en contestar lo que le tomó analizar las consecuencias de cualquier respuesta. Imagino que descartó el riesgo físico. Yo no soy muy grande, estábamos en un lugar público y lo único que hacía era comer papas fritas. Respondió:

—Más o menos... supongo.

—¿Y eran amigos?

—Solo al final del colegio. No íbamos a la misma clase. Nos acercamos en la comunidad... ya sabes.

—¿Te quedaste mucho ahí?

—Un par de años. Luego me marché.

Se le notaba nervioso. Le habrían sudado las manos aunque le hubiese preguntado por el menú de postres. Lo que sudaba era la culpa. El recuerdo.

—Te marchaste.

—Eso no era para mí.

—Y dejaste a mi papá ahí. Los dejaste a todos.

Una voz chillona nos interrumpió como un bocinazo:

—Papá, quiero mayo...

El menor estaba todo manchado de mostaza y kétchup. El padre los miró. Me miró a mí. Tuve claro que no se levantaría de ahí mientras yo fuese su vecino de mesa.

—Voy yo —le ofrecí.

Me levanté y tomé varios sobres de mayonesa del mostrador. Regresé a su mesa y se los dejé al niño. El pobre no sabía abrirlos, así que le abrí uno antes de volver a mi lugar. Mis papas seguían ahí. Aún no estaban frías.

—Y si alguien dejara a tus niños ahí —pregunté—, si los dejara solos, ¿lo entenderías? ¿Te parecería bien?

Ahora Maeso quería salir de ahí corriendo, pero se contuvo.

—Mis hijos no van a un colegio religioso...

Acabé las papas. Comencé a hablar con la boca llena.

—Para que no les pase lo mismo, ¿verdad?

Se puso rojo, luego verde, luego morado.

—¿Qué quieres exactamente? —dijo. Ahora sí tenía la voz alterada. Incluso sus hijos lo notaron brevemente, antes de volver a concentrarse en la mayonesa.

—Ya sabes qué quiero. No es tan difícil. Ni tan loco, si lo piensas.

Bajó la mirada. No dijo nada. Parecía esperar a que yo desapareciese de repente. O que la tierra se abriese y lo tragase a él.

—Papi, quiero helado...

Los dos niños habían terminado y tenían la ropa, las manos, la cara, como cuadros abstractos, llenos de manchas de colores.

—Vamos a otro sitio —les dijo su padre—. Les compraré de dos bolas.

—¡Chocolate y chocolate! —gritó el menor. El mayor me miró, como preguntando si yo los acompañaría. Yo miré a su padre y él dijo:

—Ven a mi consultorio. Hoy a las 8:00 p. m. Y luego, desaparece. Por favor.

Casi arrastró a sus dos hijos hacia la salida del McDonald's. Mientras desaparecía por la avenida, observé los restos de las hamburguesas que quedaban en su mesa.

Parecían animales descuartizados.

Con seguridad, la primera vez que se vieron, y la segunda, y la tercera, Luis Carlos Maeso y mi padre llevaban el uniforme comando reglamentario que la dictadura de Velasco había impuesto desde los setenta para que todos los peruanos se viesen como iguales entre sí: camisa blanca, chompa negra y, en su caso, el pantalón gris muy corto, con las rodillas peladas de arrastrarse por el suelo. Ambos eran aún unos niños.

En esos años, de todos modos, papá solo dejó un recuerdo vago en Maeso. Un número más. Uno de esos tipos a los que tiempo después, en las reuniones de promoción, se reconoce sin recordar una sola imagen concreta o una anécdota en común.

Tampoco es que Maeso tuviese muchos amigos. Sus padres se divorciaron cuando él tenía ocho años y él se mudó con su madre y sus dos hermanas mayores. Su padre viajaba mucho debido al trabajo y aunque hubiese vivido a cien metros de su casa, nadie esperaba en esa época que un padre se ocupase de sus hijos más allá de financiar sus necesidades. La influencia femenina en el hogar convirtió a Luis Carlos en un chico ligeramente amanerado, malo para los deportes y bastante tímido, al menos para los parámetros de la manada masculina del colegio.

Por eso, en los últimos años de secundaria, se sintió atraído por el grupo de Gabriel Furiase.

En realidad, al principio, ni siquiera era un grupo. Simplemente, de manera espontánea, los admiradores del intenso profesor de Religión lo seguían después de sus clases para continuar discusiones abiertas o para llamar su atención mediante preguntas que consideraban muy inteligentes:

—¿Es posible ser buena persona sin hacer nada?

—No —respondía Furiase, avanzando sin prisa hacia la sala de profesores—. El mal crece justamente porque las personas buenas no hacen nada. Y eso las vuelve malas.

—¿Es pecado tener sexo con mi novia justo una noche antes de casarnos, cuando ya nos hemos comprometido?

—No es un pecado grave, pero arruinarás tu noche de bodas.

—¿Puede Dios hacer una piedra tan grande que ni él mismo la pueda cargar?

—Dios no hace cojudeces.

En ese improvisado consultorio filosófico ambulante, se iban conociendo los chicos más inquietos, los que sentían cierta vocación por la vida religiosa o —categoría que compartía territorios con las anteriores— los más afeminados. Ya se sabe: Dios los cría y ellos se juntan.

Muchos años después, en la penumbra de su consultorio vacío, contestando mis preguntas, como solían hacer sus pacientes ante las preguntas que él les formulaba, Maeso recordaría esos tiempos con una expresión nostálgica. Evocaría partidos de fútbol con sus compañeros, en los que sí participaba porque se sentía incluido; y salidas de domingo para ir al cine y a tomar chocolate caliente. Sobre todo, rememoraría discusiones adolescentes sobre lo que Dios esperaba de ellos y lo que ellos podían hacer, porque formar parte de ese círculo los hacía sentir superiores a los demás. Elegidos.

—¿Qué harías tú por tu pastor? —preguntaba Furiase, mirándolos con sus ojos azules como si les escarbase los pensamientos—. ¿Qué harías por mí?

—Todo —respondió una vez Maeso.

Esa tarde eran unos seis chicos, quizá mi padre entre ellos, y estaban sentados en una cafetería, acompañando helados con bizcochos y biscotelas junto a Furiase y su gran amigo, Paul Mayer.

—¿Qué es todo? —indagó Furiase.

—No lo sé...

—¿Te quitarías la ropa en medio de la calle y gritarías como un loco?

—¡Sí! —Rio Maeso, en tono de broma.

—A ver... hazlo.

—¿Cómo?

—Sal a la calle desnudo y grita que lo haces por mí. ¿No has dicho que lo harías?

Todos lo miraron con expectación, pero nadie lo tomó como broma. A su alrededor la temperatura fue descendiendo, hasta que el aire se volvió más frío que los helados de sus cucuruchos. Maeso intentó responder algo, pero las palabras no llegaban a su boca.

—Yo... yo...

Y entonces Furiase se echó a reír.

—Hace demasiado frío ahora mismo. ¡Pero otro día te la cobro!

Los demás rieron con él y Maeso se sintió aliviado.

Al levantarse de sus sillas, Paul Mayer se le acercó. Paul sí era cura y enseñaba Religión en el colegio San Agustín, aunque al lado de Furiase siempre actuaba como una especie de secretario. Se le pegó a Maeso mientras los demás hacían las sumas de la cuenta y, en un instante que nadie percibió, le dijo muy bajito, pero con un evidente tono de reprobación:

—No ofrezcas lo que no puedes cumplir. Eso es mentir. Y mentirles a tus amigos es un pecado horrible.

Estaban siempre a prueba. Eso llegaría a entender Maeso. Cada reflexión, cada debate, pero también cada chiste y cada momento de relax, formaban parte de su preparación. Y poco a poco iban entendiendo para qué se preparaban.

Furiase y Mayer habían formado una comunidad de vida cristiana. Decenas de chicos se integraban en ella al terminar el colegio. A los miembros se les reconocía hasta por el aspecto: camisa, pantalón, mocasines y el pelo perfectamente peinado. Un observador externo habría notado también que todos eran blancos y de buenas familias, pero en el interior del grupo nada de eso llamaba la atención.

Aunque Furiase seguía viviendo con su madre en Miraflores, sus favoritos residían en una casa en la playa de Pucusana y la comunidad pronto compró otra en Punta Hermosa. Los aspirantes, entre ellos los chicos del Reina del Mundo, visitaban esas casas los fines de semana para practicar ejercicios espirituales. Y admiraban a sus ocupantes.

—Cuando termine el colegio, viviré aquí —le dijo una vez mi papá a Maeso, durante el trayecto de regreso a Lima, sentados los dos en un autobús.

—No depende de ti. Tienen que escogerte.

—Lo harán —replicó, muy convencido—. Y a ti también. Solo tienes que quererlo de verdad.

Aunque parecían palabras de ánimo, había algo de reproche en ellas. Papá —ese papá que aún no era un padre, ni se planteaba serlo, que solo terminó teniendo un hijo cuando fracasó el plan principal— se estaba poniendo en una posición de superioridad.

Durante los últimos meses del colegio, la relación entre mi padre y sus compañeros de la comunidad se fue convirtiendo en una competencia por la aprobación del líder. Todos querían decir cosas que despertasen su interés. Otro recuerdo nítido que tiene de él Maeso se produjo en la casa de la playa, durante un almuerzo en el que participaron varios alumnos del Reina del Mundo. Ahí, frente a una mesa de pollos fritos, papá expresó una idea que llevaba tiempo meditando y que estaba seguro de que contaría con el beneplácito de Furiase. Maeso había hablado de la fiesta de fin de curso, que esperaba con ilusión. Y papá respondió:

—No deberíamos organizar una fiesta de promoción. Es una frivolidad. ¿Acaso hemos ido al colegio para aprender a bailar y beber? ¿Esa es la manera de celebrar que salimos al mundo adulto?

Maeso ni siquiera se tomó en serio la propuesta. Soltó una carcajada. Pero Furiase se quedó con la música en el oído.

—Esa es una idea muy interesante —sentenció, ante el silencio reverencial de los demás—. La mayoría de la gente solo quiere atontarse con cerveza y chicas. Los hombres que son verdaderamente especiales pueden alzarse por encima de esa vulgaridad de mierda.

Eso le encantaba a Furiase: decir malas palabras. Mostrar que no era ningún mojigato.

Maeso trató de defender la fiesta de fin de año:

—Es la despedida de una etapa de nuestra vida. No está mal divertirnos una noche. Construir buenos recuerdos con nuestros compañeros. Guardaremos esas memorias toda la vida.

Pero Furiase ya había tomado partido, con una violencia inusitada:

—¿Quieres recuerdos para toda la vida con todos los chicos? ¿Qué eres tú, un maricón?

Y una vez que el líder señalaba una presa, los cachorros se lanzaban sobre ella. Los demás comenzaron a hostigar a Maeso:

—¡Ay, yo quiero recuerdos con mis amiguitos! —se mofaron, poniendo voces atipladas y cantarinas, su idea primitiva de la voz de un homosexual.

—¡Y yo quiero que me saquen a bailar!

—¡Y que me regalen una orquídea!

Maeso nunca llegó a entender la lógica de esos razonamientos. Por un lado, Furiase y Mayer motivaban a sus discípulos a quererse unos a otros. Hablaban todo el tiempo del amor que debían mostrarse entre ellos y hacia sus pastores. Por el otro, cualquier expresión de afectividad era objeto de burlas y despreciada como blandengue, mariquita.

En esos tiempos, mientras formaba parte del grupo, Maeso llegó a deducir que el amor estaba bien visto si lo practicaban entre ellos, entre los elegidos. No hacia los demás. Pero mucho más adelante, ya apartado de la comunidad y convertido en un psicólogo, se le ocurrió una explicación muy diferente y terrible: no había una regla clara. Las mismas cosas podían ser objeto de admiración o burla según quién y cuándo las dijese o, peor aún, según el capricho de Furiase. De ese modo, todos los chicos se mantenían en estado de alerta, inseguros de obrar correctamente y pendientes a cada instante de la sentencia de su sumo sacerdote.

Esa noche se quedaron a dormir en la casa de la playa. Sus familias se sentían felices, incluso orgullosas de que sus hijos asistiesen a retiros religiosos en lugar de emborracharse en fiestas y buscar pelea. De hecho, eran precisamente esas familias las que financiaban las aventuras inmobiliarias de la comunidad. Ellas confiaban en estar invirtiendo en una parcela más cerca de Dios.

La mayoría de esos padres de familia quizá no habrían estado tan satisfechos de haber sabido con exactitud lo que se hacía en esos retiros. No es que fuese pecaminoso. O «malo», en un sentido convencional. Es que era inquietante.

La noche en cuestión, con el rumor del mar de fondo, Furiase los hizo sentar en círculo en el suelo, en una sala iluminada solo por velas en el centro, y se puso a leer partes de la Biblia y a citar a pensadores que admiraba, como Primo de Rivera y Ezra Pound, nombres que no decían nada a los asistentes, pero les hacían sentir que compartían un saber para iniciados.

Los textos escogidos describían a la multitud humana como un rebaño atontado y esclavo de sus bajas pasiones. Y apuntaban a la necesidad de una élite de guerreros-poetas-filósofos para conducir a la grey a un futuro mejor. Los presentes apenas eran siete u ocho, aparte de Paul Mayer, y esa escena de intimidad con el maestro les parecía a todos un privilegio.

—Tenemos que ser mitad monjes, mitad soldados —apuntó en un comentario Furiase—. Tenemos que estar dispuestos a entregarnos y a luchar. Y si estamos dispuestos a ello, no tendremos límites.

—¿Qué significa eso de no tener límites? —preguntó Maeso.

Todos se petrificaron. No sabían si era una buena pregunta o una muy estúpida. Furiase dejó que la duda circulase entre ellos más tiempo del estrictamente necesario. Y finalmente, con una voz que solo era un susurro, preguntó:

—Paul, ¿crees que estén preparados para esto?

Paul examinó a los chicos uno a uno. A algunos les dedicó una sonrisa de confianza; a otros les puso cara de duda. Maeso se encontraba entre los segundos. Mi padre lo notó y reprodujo esa mirada, como si él mismo tuviese alguna potestad en el grupo. Como si perteneciese a un nivel superior.

—Podemos intentarlo —decidió al final.

Se puso de pie. Furiase también se levantó. Los dos se pusieron al centro, cerca de las velas, y pidieron a los chicos que se colocasen de espaldas a una pared, como sentados ante un escenario. Con voz solemne, Furiase explicó:

—Hay ciertos poderes que conviene mantener en secreto, al margen de la mirada de la gente estúpida. Pero quizá ustedes ya no formen parte de esa gente. Solo quizá.

Lanzó a su alrededor una mirada suspicaz. En su fuero íntimo, cada chico pensó que él sí estaba listo. Si alguien no lo estaba, sería otro. Maeso se quedó con la imagen de mi padre en ese momento, en éxtasis, igual que todos. Se sentía un poco fuera de lugar, como si observase las cosas desde afuera, y pensó que debía haber algo malo en él. Temió no ser digno del honor que le ofrecían.

A continuación Furiase comenzó a recitar mantras. Sonaban como canciones monocordes, quizá en latín, quizá en arameo. Mientras pronunciaba esos versos misteriosos, colocó su mano en la frente de Paul Mayer, que había cerrado los ojos y recibía la ceremonia en plena sumisión. Las velas proyectaban ambas sombras deformadas, dos formas monstruosas entrelazándose sobre la pared.

—¡Quiero que te entregues! —decía Furiase, entre estrofa y estrofa—. ¡Que me rindas tu voluntad!

Después de unos minutos, Paul Mayer comenzó a perder el equilibrio. Estuvo a punto de caer. Furiase lo detuvo antes de darse con el suelo y lo depositó suavemente ahí, junto a las velas, como acomodándolo para dormir.

—Ahora quiero que seas un perro —dijo.

Su orden sonaba tan incoherente que debía ser una broma. El rumor de una risa nerviosa se extendió entre los discípulos. Sin embargo, ante el asombro de los presentes, Mayer se puso en cuatro patas, apoyado sobre las rodillas y los codos, y comenzó a ladrar. Sacó la lengua y jadeó. Soltó unos gruñidos:

—Grrrrrr... Arf... ¡Arf! Grrrrr...

Maeso estaba atónito y boquiabierto. Se preguntaba si estaban ante un espectáculo donde, en cualquier momento, Furiase y Mayer se echarían a reír. Todos se partirían a carcajadas, se contarían unos chistes, como en las primeras reuniones, y se largarían a dormir de una vez.

No hicieron eso.

—Ahora quiero que seas un pollo...

Mayer se incorporó hasta ponerse en cuclillas, con los brazos recogidos a los lados y los puños cerrados a la altura de los hombros. Sacudió esas malas imitaciones de alas, como intentando alzar el vuelo. Mirando a su alrededor con unos ojos vacíos, de animal inconsciente, cacareó:

—P-p-p, peee, peee, p-p-p...

A continuación, siempre bajo las órdenes de Furiase, Mayer habló en sánscrito. Y recitó una oración en griego que, según Furiase, rezaban los antiguos cristianos en el coliseo, a punto de ser despedazados por las fieras.

Por último, después de ese despliegue de viajes en la materia y el tiempo, Furiase volvió a colocarle una mano en la frente y a pronunciar sus enigmáticos salmos, esta vez con una voz más poderosa, casi alterada. Desde el suelo, Paul Mayer se retorció, se estiró, gimió y, finalmente, despertó, con el aire perdido de quien no sabe dónde se encuentra.

Furiase soltó una bocanada de aire. Sudaba y se veía agotado. Los chicos estaban rígidos. Las velas, ya medio derretidas, proyectaban sobre ellos una luz fantasmal. Nadie dijo una palabra.

Hasta que Maeso rompió el hechizo.

—¿Esto ha sido verdad?

El silencio se ensanchó. Furiase tembló. Su mirada le cayó a Maeso como un relámpago desde las alturas. Y su orden resonó en la oscuridad de los muros con un eco siniestro:

—Ahora, ven tú.

Maeso titubeó.

—Lo siento, no quería sonar... Sí lo creo... Claro que lo c...

—He dicho que vengas.

El aire a su alrededor se había congelado y licuado, hasta adquirir la textura espesa de una raspadilla. El joven se incorporó. Dio tres pasos hasta ocupar el lugar de Mayer, que se había desplazado hacia un rincón. Cuando lo tuvo adelante, Furiase le pareció más alto que nunca y sus ojos azules, más hirientes.

—Ponte de pie en posición de firmes.

Maeso conocía esa posición por el estilo militar de las formaciones de los lunes. Obedeció. Sin saber por qué, cerró los ojos, aunque sentía por todo su cuerpo los ojos de los demás.

En su frente se clavó la garra del profesor como si fuera a arrancarle la cara. Los salmos en lenguas extrañas volaron por la habitación en la voz de

Furiase, como maleficios. Maeso los oyó, temiendo el momento de perder la conciencia y quedar a merced del grupo, abandonado de sí mismo. Apretó las mandíbulas. Gotas de sudor cayeron desde su frente atrapada.

—Entrégate —susurraba a veces Furiase entre sus hechizos—... Déjate ir...

El rito se prolongó durante varios minutos, que a Maeso le parecieron horas. Debía haberse desmayado. Pero se sentía más alerta que nunca en su vida.

Al fin, sintió la mano desgajándose de su frente. Los salmos callaron como cuervos volviendo al nido. Cuando abrió los ojos, las velas seguían casi en el mismo punto. La noche seguía devorándolo todo.

Temió haber estado hipnotizado. Haber sido un perro o un pollo, o algo peor y no recordarlo. Miró a su alrededor, esperando encontrarse con las risas de sus compañeros, pero todos observaban en silencio sepulcral.

—Vuelve a tu lugar —murmuró Furiase.

Por su tono de voz, Maeso supo que había hecho algo mal.

—No confías en mí —escupió el maestro—. No confías en nosotros. En lo que estamos haciendo. No sé si debes formar parte de esto.

Maeso se sintió indigno. Expulsado del paraíso.

—Intentaré hacerlo mejor —prometió.

No sabía qué más decir ni cómo demostrar su

voluntad de integrarse. Habría querido ser un perro. Le habría encantado. Furiase no le quitaba la mirada. Cada vez que Maeso se atrevía a levantar los ojos lo encontraba ahí, desafiándolo. Volvió a oír su voz:

—¿Quién está dispuesto a darlo todo? ¿Quién ofrecería su vida por Dios?

Se adelantó mi padre, Sebastián. Casi saltó hacia el centro del escenario. Llevaba toda la vida esperando esa invitación.

—Yo. Yo daría lo que pidas.

Con un gesto, y sin dejar de mirar a Maeso, Furiase lo invitó a adelantarse. No le puso la mano encima, ni pronunció palabras desconocidas. Cuando lo tuvo al lado, tan solo le ordenó:

—Quítate la camisa.

Sebastián obedeció y arrojó a su sitio la camisa azul y bien planchada, casi de uniforme. Su cuerpo delgado se veía aún más frágil bajo la luz temblorosa.

Furiase hizo otro gesto. Debía tenerlo ensayado, porque sin mediar palabra, Paul Mayer se levantó de su sitio, arrancó una vela del suelo y se la entregó para que no tuviese que agacharse. Furiase alzó la vela casi hasta el techo para que todos la vieran bien.

—Abre los brazos —ordenó.

Se había colocado a espaldas de Sebastián, que miraba de frente a sus compañeros. El joven alzó los brazos como un Cristo.

—No puedes gritar —instruyó Furiase en su oído, pero con suficiente volumen para que lo oyeran los demás—. No puedes ser débil.

El corazón de Maeso quería salirse de su pecho. Los demás guardaban la máxima expectación. Las dos sombras erguidas temblaban en la pared.

Sobre los brazos extendidos de Sebastián, Furiase comenzó a derramar la cera ardiente de la vela. Lentamente. Desde la mano, pasando por el antebrazo, hasta el hombro. Gota a gota. Primero, un brazo. Luego, el otro.

—¿Te duele? —preguntó Furiase.

—No.

La voz del joven sonaba contenida, reprimida.

—¿Quieres llorar?

—No.

Maeso sí quería llorar. Lágrimas ácidas rodaron por sus mejillas. Se limpió disimuladamente, aunque estaba seguro de que Furiase lo veía. Alzó la vista hacia Sebastián y le sorprendió lo que encontró en sus ojos. Ahí no había dolor. Ni humillación. Ni un ápice de lamento o sumisión. Solo orgullo. Fuerza. Superioridad.

Esa noche el corazón de Maeso comenzó a separarse de la comunidad. Continuó asistiendo a los partidos de fútbol y al cine, pero no volvió a los retiros de fin de semana. Los sábados por la noche retomó las fiestas y la vida social con chicas, planes que cada vez le apetecían más que encerrarse con un crucifijo y un montón de hombres. Estaba recuperando el placer de la normalidad. Poco a poco las reuniones de la comunidad fueron perdiendo atractivo. Comenzó a recordarlas como una película antigua, muy lejana de su vida actual. Se preguntó qué era lo bueno de esa película.

En una de sus fiestas, en el club Regatas, conoció a una quinceañera y comenzó a repetir sus encuentros con ella. Ella no hablaba de cosas profundas, como lo que Dios les exigía. Ella solo quería vivir. Y a él eso le pareció maravilloso. Dos semanas después, en la playa del mismo club, le preguntó:

—¿Quieres estar conmigo?

Ella aceptó.

Tener una enamorada —y la primera enamorada— apartó a Maeso aún más de sus antiguos compañeros. Las reuniones para filosofar continuaron espaciándose hasta alcanzar apenas una cada dos meses. Para entonces, el colegio había terminado y Maeso entró en una academia preuniversitaria. Apenas salió a la calle mientras se preparaba para entrar a la carrera de psicología.

Solo después de ingresar a la universidad, con la vida ya encarrilada, Maeso retomó el contacto con los viejos amigos. Un domingo asistió a una playa del sur con un grupo de compañeros del colegio. Fue —al menos eso me juró en su consultorio, después de hablarme durante horas, hasta la madrugada— la última vez que Maeso vio a Sebastián.

Su compañero de promoción había decidido integrarse de lleno a la comunidad. Vivía cerca de la misma playa donde estaban, así que invitó a tres a tomar un lonche en su casa. Maeso habría preferido declinar la invitación. Pero no era dueño del carro en que iba. Así que terminó en la residencia de la comunidad en Punta Hermosa.

Durante el lonche, un grupo de seis chicos de la comunidad atendieron a los recién llegados, les dieron helados y los invitaron a jugar fútbol. Maeso ya sabía cómo terminaban esos partidos: en sesiones de lavado de cerebro. No quería volver a escuchar los mismos discursos pseudofilosóficos de los viejos tiempos. Pero sus amigos se hallaban impresionados por estos jóvenes que parecían vivir tan bien, divertirse tanto y ser tan inteligentes.

Además, Maeso sentía una energía extraña proveniente de Sebastián. Algo difícil de explicar. Como si algo no encajase entre los dos. Así que prefirió quedarse en la casa vacía en vez de ir al partido.

Fue un gran error.

Había pensado pasar el tiempo en la biblioteca de la residencia, revisando libros de psicología que después pudiese buscar en la biblioteca de la universidad. Llegó a instalarse en un sillón con cuatro volúmenes de introducción a la psicoterapia, en lo que se vislumbraba como un domingo perfecto de playa, amigos y lecturas. Entonces vio entrar a Furiase, sin ruido pero con ímpetu, como un golpe de viento.

—¿Ahora vienes a robar libros?

Su antiguo profesor ni siquiera saludó. Su agresividad sorprendió a Maeso.

—¿Quieres que me vaya? —ofreció levantándose. Se sintió sorprendido haciendo algo malo, sin saber por qué.

Pero de repente, el mal humor de Furiase pareció convertirse en una dulce amabilidad.

—¡No, quiero que nos tomemos una Coca-Cola, como antes!

Imposible decir que no. Furiase lo llevó a una habitación con vista al mar, donde solo había una mesa de trabajo con una silla y una cama. El maestro se sentó en la cama, con las piernas cruzadas. Llevaba un jean y parecía relajado, de buen humor.

—¿Qué has estado haciendo? Cuéntamelo todo.

Algo de la antigua camaradería, de esa amistad militante, centelleó de nuevo en el aire. Maeso se sintió cómodo. Le habló de sus estudios, de la universidad, de sus nuevos amigos, de su chica, con la que seguía saliendo. Furiase lo escuchó con una actitud de viejo amigo. Pero cuando Maeso terminó de contar, le soltó su conclusión:

—Así que al final te has vuelto uno del montón, ¿verdad?

—¿Cómo?

La gente solía alegrarse al escuchar que alguien había ingresado a la universidad, lo que en ese tiempo, no resultaba nada fácil. Pero Furiase siempre miraba el mundo desde otro lado. No es que estuviese enfadado. Seguía mostrándose afable. Desde su punto de vista, era Maeso el que había perdido una oportunidad.

—Pensé que serías especial. Tenía grandes planes para ti. Pero comprendo que no todos están preparados para esta vida.

La sangre subió a la cabeza de Maeso, que de repente quería explotar. Recuperó su sumisión, la sensación de inferioridad que le proporcionaba la presencia de su pastor.

—Eso supongo —se limitó a asentir.

—Quizá por eso también te abandonó tu padre, ¿no crees? Abandonó una vida ordinaria... entre gente ordinaria.

De haber sido un adulto y, más aún, un psicólogo, Maeso habría sabido reconocer la ofensa, incluso la manipulación, en esa referencia gratuita a su padre. Pero se encontraba ahí en categoría de discípulo y pensaba que solo estaba oyendo verdades profundas, tan profundas que quizá no podía verlas.

—Es posible.

—¿Posible? ¡Es totalmente cierto! Tú también podrías estar llamado a grandes retos. Pero tienes miedo de ti mismo.

—¿De mí mismo?

Furiase dio un largo sorbo de su Coca-Cola mientras sus palabras se expandían, se hincaban, se incrustaban en el interior del joven.

—No te hagas el tonto. Tú lo sabes.

—¿Eh?

La bebida de Maeso reposaba sobre la mesa de trabajo, intacta.

—Vivir aquí. Entre tantos chicos. Todos inteligentes. Todos guapos. Eso les da mucho miedo a los que sienten una pulsión homosexual. Es normal.

Maeso no pudo evitar soltar una carcajada.

—¿Qué? ¿Pero de qué estás hablando?

Furiase solo le devolvió una sonrisa de autosuficiencia.

—Soy un guía espiritual, Luis Carlos. Conozco la naturaleza de la gente. Y te conozco a ti. Ese miedo te está paralizando. Te está impidiendo ser tú mismo.

—Qué cojudez.

¿O no lo era? ¿O en verdad estaba negando su naturaleza? ¿No se lo habían dicho miles de veces en el colegio? ¿No lo habían visto todos menos él mismo?

—Lo que tú digas. —Pareció perder el interés Furiase. Hizo ademán de levantarse, como dando la conversación por terminada—. Yo solo te hablo como amigo. Pero tú decides por ti, faltaba más. ¿Quieres que te prestemos algunos libros?

—No, espera, ¿por qué dices eso?

El maestro guardaba la respuesta en el bolsillo, como una pistola en un duelo.

—Porque se nota. Pero si quieres estar seguro de ti mismo, puedes hacer una prueba.

Hablar con Furiase era como entrar en un laberinto: cada palabra, cada frase conducía a un pasillo inesperado y enredaba más el camino de vuelta.

—¿Qué clase de prueba?

El profesor se acomodó en la cama. Seguía sentado, pero tenía tanto control de la situación, tanta seguridad, que parecía estar echado, desparramado por el colchón.

—Quítate la ropa.

—¿¡Ah!?

—Quítate la ropa. Para ver si no sientes nada con un hombre. Así sabrás quién eres en realidad.

Las paredes del laberinto se cerraron sobre Maeso, aplastándolo, dejando todo el aire fuera de la habitación. Ni siquiera fue capaz de responder. Furiase siguió hablando y tendiendo sus redes a su alrededor.

—Piensa que estás conmigo. Soy de confianza. ¿O quieres que esto te ocurra después, algún día borracho en alguna fiesta, con cualquier desconocido? Porque te ocurrirá...

Llegados a ese punto, Maeso tuvo el impulso de golpear a Furiase. Quiso lanzarse sobre él y reventarlo a patadas. Luego, tuvo miedo. Al final, se coló un soplo de aceptación de sus palabras. Al fin y al cabo, Furiase siempre recurría a terapias extremas. Y él, Maeso, se sentía seguro de sí mismo. ¿O no?

Entonces, oyó el murmullo del grupo, que regresaba de jugar fútbol.

Los vio por la ventana. Una decena de chicos sanos y felices regresando al nido, contando chistes tontos, insultándose y compitiendo en cada movimiento. Sintió que llegaba una patrulla de rescate.

Sebastián se encontraba entre esos chicos. De hecho, fue el único que levantó la mirada hacia la ventana y la cruzó con la de Maeso, como si supiera de antemano dónde estaba.

Maeso reconoció esa mirada. Era la misma que tenía Sebastián la noche en que recibió la cera de las velas en los brazos.

3

Lomo de Corvina. Hasta el nombre era feo.

Durante mi trayecto en autobús, el paisaje urbano había empobrecido gradualmente. De los mansos y europeos edificios de Miraflores a las viviendas de clase media de Chorrillos. De ahí a las casitas construidas por sus propios ocupantes en los cerros, la mayoría sin terminar ni pintar. Y por fin, cerro adentro, las zonas donde había que subir la ladera arenosa por interminables escaleras. En Lomo de Corvina, entre el polvo de las dunas, ni siquiera había asfalto. Los únicos automóviles que vi eran cáscaras vacías, con los ejes apoyados sobre ladrillos o taximotos destartalados. Uno de ellos me llevó más o menos hasta la dirección que le di, me dejó en medio de una calle que no parecía tener ni nombre y se marchó. Su motor zumbaba como un abejorro diesel.

—Perdone, ¿sabe dónde es la Purificación?

La vendedora de chicles y cigarrillos me miró como a una aparición, un elemento decorativo colocado sobre el mueble incorrecto. Ahí, la gente ni siquiera tenía el mismo color de piel, los mismos apellidos, la misma forma de caminar que en el barrio de mi abuela. Estaba entrando en un país diferente.

—No sé, joven...

—¿No hay unas monjas? —insistí—. ¿Dónde viven las monjas?

—¡Ah! Siga nomás por ahí. En la esquina, a la izquierda.

En Lomo de Corvina incluso hacía más calor que en el resto de la ciudad. Un olor pegajoso, entre cemento y harina de pescado, me acompañó mientras avanzaba tratando de no pisar los charcos, hasta la única construcción del barrio que parecía terminada, sin varas metálicas emergiendo del tejado ni ladrillos pelados en los muros. Parecía un almacén. O un galpón. Tardé un rato en reconocer, por la cruz sobre la puerta, que se trataba de una iglesia.

Ya en el interior, amplié mi definición del inmueble: lo que había ahí era un minicomplejo religioso, con una pequeña capilla sin más adornos que un crucifijo, una residencia de tres o cuatro habitaciones y, al fondo, un salón de clases. En este último, una decena de niños pequeños aprendía las vocales, todos al mismo tiempo.

—A de *arco*, E de *enano*, I de *inca*, O de *oso*, U de *unicornio*...

Una mujer de la edad de mi madre dirigía a los niños; tenía el pelo muy corto y estaba vestida como un hombre, con camisa y pantalón. Todo lo austero de su aspecto quedaba compensado con su energía física, digna de una directora de orquesta, que hacía a los niños vibrar y recitar al unísono.

—¿Cuál es la vocal que come más caramelos?

—¡La *O*!

—¿Y cuál come menos y está más flaquita?

—¡La *I*!

Me aposté detrás de los chicos. Nadie vino a preguntarme qué hacía ahí, no había una recepción dónde preguntar por nadie. Observé el espectáculo de las risas infantiles con envidia. Me habría gustado tener esa inocencia. Esas ganas de aprenderlo todo. Me habría gustado no saber nada.

La mujer continuó:

—Ahora vamos a irnos a la casa. ¿Qué vocales tiene *casa*?

—¡La *A*!

—¡Muy bien! ¡Son unos tromes! ¡Hasta mañana!

Los hijos salieron de ahí en tromba. Casi me arrollan en su carrera. La mujer se quedó en su lugar, borró la pizarra y recogió las tizas. El aula parecía ahora, por contraste, el lugar más silencioso del mundo. Me acerqué a ella.

—Buenos días, madre...

Ella se rio. Tenía una risa clara, fuerte, como una campana para ir al recreo.

—Empezamos mal... No soy madre de nadie.

—Perdone... ¿Aquí es la Fraternidad de la Purificación?

—Sí, pero no somos monjas. Somos laicas consagradas. Tú —Me observó de arriba abajo—... No necesitas mucho trabajo social, ¿verdad? ¿Quieres que te alfabetice?

Me regaló una mirada pícara. Se estaba burlando de mí. Pero no me molestó. Esa mujer no se veía capaz de hacerle daño a nadie a sabiendas.

—No, claro... No. Estoy buscando a alguien.

Metió sus tizas en una caja y salió. Yo salí tras ella.

—¿A Dios? Porque en ese caso, has venido al lugar correcto.

La seguí. Aunque mantenía el ánimo apacible, caminaba muy rápido. Entramos en la siguiente puerta del mismo local. Quedaba ahí algo similar a una sala de reuniones, con tres sillas de madera medio rotas y una mesa. Desde allí se veían las habitaciones, o eso supuse, porque eran tan pequeñas que no podían servir para nada más. La mujer se sentó. Con un gesto, me invitó a sentarme también y, a la vez, dejó claro que no tenía disponible mucho tiempo.

—A Marisa Vega —especifiqué.

—Has tenido suerte. Soy yo. Bueno, aquí solo podrías haber encontrado a dos fraternas más. No somos un grupo muy grande. ¿En qué puedo ayudarte?

—Me manda un —¿Amigo? ¿Informante? ¿Contacto?—... Me manda Luis Carlos Maeso. El psicólogo.

Ella frunció el ceño.

—Lo siento, no... Veo a mucha gente por este trabajo. Y a muchos psicólogos ¿Trabaja en el correccional? Puede que ahí...

—Soy hijo de Sebastián Verástegui.

Entonces su rostro cambió. Se petrificó hasta convertirse en una máscara muerta.

—Maeso me dijo que usted podría hablarme de él...

Ella se mantuvo muda. La energía había desaparecido de su cuerpo, así como el color de sus mejillas. El silencio duró tanto que me sentí obligado a seguir hablando:

—Quizá es un error. En ese caso, no quiero molestarla...

Era tarde para no molestarla.

Ella se mantuvo sin reaccionar por unos minutos. Sus dedos se tensaron. Su mandíbula, hasta ese momento tan firme y segura, tembló ligeramente. Hizo unos ruidos extraños, como una taximoto arrancando.

Y para mi sorpresa, se echó a llorar.

A borbotones.

Con la misma energía que antes había dedicado a los niños.

Marisa Vega podía haber acabado de trabajadora social o de líder sindical, pero se crio en una familia católica de rancia herencia española, donde las mujeres se quedaban en casa mientras los hombres ganaban el pan, generalmente, como directivos industriales y mineros. En su mundo, los trabajos de asistencia social no existían. Su mundo más bien se defendía de ellos.

Lo más solidario a su alcance era la vida religiosa. De niña, Marisa se apuntaba a todas las obras de caridad de su colegio de ursulinas: vendía rifas para apoyar a las misiones, organizaba eventos profondos, recopilaba la ropa vieja de su familia para donarla a los pobres, o la tejía ella misma, y la llevaba personalmente a los barrios necesitados.

También asistía a misa. De manera militante. A veces más de una vez por semana. Disfrutaba del ceremonial, de las palabras sabias de los sacerdotes y de encontrarse con su gente ante algo más grande que ellos mismos.

Al llegar a la adolescencia Marisa se volvió más exigente con esa experiencia. Durante sus primeros años en la carrera de educación, peregrinaba de parroquia en parroquia en busca de alguna que la satisficiese. La mayoría de los sermones le resultaban aburridos, bobalicones, llenos de moralejas para amas de casa pero faltos de espíritu y de entrega, como libros de autoayuda barata. Marisa buscaba otra cosa: una guía espiritual fuerte, que la animase a profundizar en su compromiso con la religión y la sociedad.

Casi por casualidad dio con las misas de Paul Mayer en una iglesia cercana a su casa, a pocas calles de la avenida Javier Prado. Y desde la primera vez quedó hechizada. Mayer era un cura especial, para nada indulgente o blando. Hablaba de ver a Dios en cada instante, en cada pequeño acto. Motivaba a seguirlo, a dejarlo todo por él. Sus sermones, lejos de consolar a las viudas ociosas del barrio, inspiraban a la acción. De hecho, casi no había gente mayor en sus ceremonias. Solo jóvenes. Eso sí que era raro.

Y más raro aún: gozaba de un público masculino, formado casi en su totalidad por adolescentes vestidos con camisa y mocasines, perfectamente peinados, mayoritariamente guapos.

Durante las misas de Mayer, los chicos de la comunidad ocupaban la mitad delantera del templo. Sus familias estaba autorizadas a asistir, pero solo sentadas en las filas de atrás. Desde esas filas, en las que se colaba como polizón, Marisa se deslumbró con los sermones del sacerdote. Y deseó, domingo a domingo, ser uno de esos chicos.

—¿Usted hace algún tipo de labor social? —le preguntó al padre Mayer la primera vez que se atrevió a hablarle directamente. Acababa de terminar la misa y él se paseaba entre los asistentes, repartiendo saludos y bendiciones. En ese momento, se encontraba entre un grupo de discípulos, dando palmadas viriles en hombros y espaldas. Marisa tuvo que tragarse su timidez para acercarse a él.

—¿Cómo? —preguntó el padre con evidente frialdad, como si Marisa lo estuviese distrayendo de algo importante.

—Quisiera ofrecerme como voluntaria... si organiza usted algún trabajo solidario.

Arremolinados alrededor del sacerdote, los chicos también le dedicaron una mirada de extrañeza. Luego se miraron entre ellos. Como para calmarlos, Mayer preguntó:

—¿Eres la enamorada de alguno de los chicos?

—No.

—¿Entonces qué haces aquí?

—Oigo misa.

Era lo más natural que se hacía un domingo en un templo y, sin embargo, se sintió como una marciana que acabase de bajar de una nave espacial. Mayer ni siquiera se dignó a responderle, como si se hubiera equivocado de lugar, pero uno de los jóvenes finalmente le habló:

—Llevamos ropa y comida a Pamplona. Está detrás de Surco.

Lo dijo como si fuese un lugar muy remoto, demasiado lejano para que llegase una mujer.

—Okey. —Se animó Marisa—. El domingo que viene traeré algunas donaciones. ¿Nos iremos directamente de aquí?

Y a pesar de las caras de estupor, incluso de *shock*, del padre y de todos los jóvenes, nadie encontró una buena razón para decirle que no.

En efecto, el domingo siguiente, Marisa partió hacia Pamplona en el carro de Paul Mayer. De copiloto iba el chico que le había hablado la vez anterior, cuyo nombre era Sebastián Verástegui. Llevaban la maletera atiborrada de bolsas de ropa, la mitad de las cuales las había conseguido Marisa personalmente.

Al principio, los dos hombres mostraron cierta condescendencia ante esa chica, bienintencionada pero chica a fin de cuentas. Pensaban que se arredraría al ver la pobreza o que, después de unas semanas de entusiasmo, terminaría por volver a la comodidad de su hogar, a las labores domésticas, a buscar marido.

Pero el huracán Marisa destrozó todos esos prejuicios. Nada más llegar, se adueñó de la obra social de Pamplona. Estableció un módulo de recogida de donaciones permanente y organizó un sistema de entrega que ayudaba a repartirlas entre más beneficiarios. Consiguió un depósito municipal que funcionaría también como despachito del proyecto *in situ*. Se ganó la confianza de los vecinos. Y hasta reclutó a algunas de sus esposas y madres para coser y remendar la ropa que llegaba en mal estado.

—¿De verdad te gusta estar aquí? —le preguntó un día Sebastián, que de manera natural se había ido convirtiendo en su cicerone. Estaban cerrando el despacho y se disponían a volver a sus casas, ella cerca del golf, él en la residencia de Punta Hermosa.

—No es que me guste. Es que este es mi lugar. No me sentiría bien en otro.

Era la mujer más extraña que Sebastián había conocido jamás.

—¿No preferirías irte de fiesta con tus amigas?

—Ni siquiera podría. Mis amigas están ocupadas en otros trabajos sociales.

—¿Y no has pensado en ser monja?

—¡No!

—¿Así? ¿Tan rotunda?

—Si un día me enamoro, quiero tener sexo —replicó ella con toda naturalidad, mientras daba vuelta a la llave.

Sebastián jamás había escuchado a una mujer decir *sexo*. Comenzó a invitar a Marisa a las salidas grupales, a los cines y las cafeterías.

Para ese momento Furiase ya no se ocupaba de esas nimiedades. Él tenía grandes responsabilidades. Se codeaba con los importantes. Pero en lo esencial, el sistema que había creado se mantenía. Multitud de miembros veinteañeros de la comunidad buscaban chicos con vocación en colegios de gente bien, los llevaban a divertirse y los reunían en grupos para irlos introduciendo en su filosofía y modo de vivir.

La mayoría de los compañeros recelaban de meter a una mujer en sus actividades. Sin embargo, con su inagotable energía, Marisa revolucionó todo lo que tocó. Descubrió que la mayoría de los grupos se reunían los sábados por la mañana, un horario libre para los escolares y sin misa obligatoria. En cuestión de meses, los juntó a todos y creó una conferencia semanal. A la conferencia asistía un invitado ilustre, un obispo, un empresario o un deportista, que después se quedaba a charlar con los jóvenes.

Claro que nada de eso aplacó los recelos masculinos. En los grupos pequeños, cuando se comenzaba a hablar de temas íntimos, una presencia femenina interrumpía la complicidad. Además, ¿no eran mitad monjes, mitad soldados? No se podía ser mitad monja, mitad *soldada*. Ni siquiera existía una palabra para eso.

Sebastián solía defender a Marisa dando la lista de cosas que había hecho y retando a los varones a hacer la mitad. Pero eso, si bien silenciaba a sus críticos, no desviaba sus miradas de sospecha ni aliviaba las de rechazo.

La reacción de Marisa fue llevar a más chicas. Reunió a otras seis provenientes de grupos de vida cristiana y asociaciones solidarias. Y con ellas comenzó a frecuentar las actividades de la comunidad. Pensó que así su presencia se normalizaría. Lo que consiguió, en vez de eso, fue alborotar más el gallinero.

Pero eso no le importaba. Como buena organizadora, ella tenía un plan.

Debido a su apretada agenda, Furiase ya casi no visitaba las casas de sus discípulos en la playa. Se había convertido en un líder demasiado ocupado. La comunidad crecía a velocidad de vértigo. Tenía contactos en diócesis de toda la región y estaba abriendo una casa en Colombia y otra en Chile. Organizaba conferencias internacionales sobre doctrina, a las que asisitían eminencias del Vaticano. Sin embargo, un par de veces al año, aún pasaba a ver a sus chicos para ofrecerles una charla y echar un vistazo.

Marisa supo que Furiase iría a Punta Hermosa, para recibir a un grupo de ingresantes a la comunidad. Algunos de los nuevos chicos venían de su propio colegio, el Reina del Mundo, y eso lo enorgullecía especialmente. Al saber de su visita, Marisa no dudó ni un segundo. Se acercó a Sebastián después de una misa y le dijo, casi le ordenó:

—Quiero ir a escuchar a Furiase cuando vaya a tu casa.

Sebastián se rio.

—¡No puedes hacer eso!

—Llevo dos años trabajando con la comunidad, pero solo he visto a Furiase en grandes eventos o lo he saludado al pasar entre mucha gente. Para las chicas también sería una recompensa justa encontrarse con él en un espacio más reducido...

—Marisa, por favor, no insistas...

—¿Por qué no?

No había una respuesta a esa pregunta. En alguna ocasión, Paul Mayer le había dicho, con sinceridad o con cinismo, que Cristo era varón y Eva mujer, y, por lo tanto, la misma Biblia llamaba a los varones a guiar a la sociedad hacia su luminoso porvenir. Sin embargo, Marisa le había respondido con un catálogo entero de mujeres bíblicas —como María, sin ir más lejos— y santas, como Rosa de Lima. Incluso le había soltado un listado de mártires femeninas, algunas tan gráficas como Santa Apolonia, que sufrió persecución por su cristianismo y permitió que le arrancasen todos los dientes antes de abjurar de su fe. Abrumado ante su erudición feminista, Mayer prefirió cambiar de tema. Por suerte para Marisa, Sebastián se consideraba más joven y moderno que sus mentores, y si no encontraba una buena razón en contra, estaba dispuesto a ayudar a su amiga.

La mañana de la visita de Furiase la casa de Punta Hermosa estaba revolucionada. Los chicos correteaban de un lado a otro, limpiando manchas de las alfombras y puliendo obsesivamente los marcos de los retratos de Cristo. Algunos se afanaban en la cocina, haciendo sándwiches triples, los preferidos de Furiase, y guardando decenas de botellas de vino. Sebastián había pasado revista a las habitaciones para asegurarse de que todo estuviera perfecto. Se encontraba junto al estrado desde donde hablaría Furiase, probando el equipo de sonido, cuando escuchó el revuelo en la puerta.

—No pueden entrar.

—¡Sebastián Verástegui nos ha invitado!

La voz de Marisa parecía más masculina que la de cualquier joven de la casa.

—Nunca entra aquí gente ajena a la comunidad...

—¿Ajenas? Somos ajenas para entrar a los actos, pero no para trabajar. ¿Eso estás diciendo?

Sebastián resolvió el malentendido y las hizo pasar. Siete blusas femeninas, siete pares de pechos, recorrieron la casa por primera vez, entre murmullos y rumores. Los chicos de la casa que no las conocían pensaban que eran el servicio doméstico. Aun así, su presencia representaba un pequeño triunfo para Marisa.

Al mediodía, la llegada de Furiase se anunció con el estruendo de dos Mercedes negros. Uno de los chicos de la casa estaba instruido para escuchar los motores y abrir la puerta automática del garaje justo a tiempo para dejarlos entrar. Y ya se había equivocado dos veces a lo largo de la mañana, cuando pasó el camión del agua y una camioneta de transporte público. Pero esta vez el ruido de carros de gente importante sonó inconfundible, a redoble de tambores en el desierto, y al entrar en el garage los Mercedes brillaron como dos soles oscuros.

Del primer vehículo bajó una pequeña comitiva de tres jóvenes. Serían como los demás chicos, aunque el trabajo de gimnasio se proyectaba sobre sus camisas, que parecían a punto de explotar a la altura de los pectorales. Los tres saludaron con frialdad y cada uno asumió una tarea. Uno observó los detalles de la recepción, que todo estuviese listo. Otro salió a la puerta para asegurarse de que nada raro ocurría en el exterior. El tercero se desplazó hacia el otro Mercedes y abrió la puerta posterior derecha.

Ahí estaba Furiase. Su materialización, su encarnación, extrajo un suspiro de felicidad entre los presentes.

De la otra puerta salió Paul Mayer por sus propios medios. Los dos avanzaron entre la euforia de sus seguidores, estrechando manos como dos candidatos en una campaña electoral. Incluso saludaron a las chicas, aunque apenas detuvieron su mirada en ellas.

Una vez adentro, los envolvió una atmósfera de solemnidad y reverencia. Cuando sus maestros llegaron al estrado, los jóvenes se dispusieron a su alrededor formando un semicírculo perfecto; listos para beber sus palabras, conformaban un disciplinado ejército con las rayas del pelo perfectamente peinadas.

Furiase subió hasta el micrófono. Bebió agua. Se aclaró la garganta.

—Antes, cuando venía a Punta Hermosa, decía: «Siempre es un gusto volver aquí y ver crecer la semilla que cambiará el país». Hoy puedo decir: «Siempre es un gusto volver aquí y ver crecer la semilla que cambiará el mundo».

Lo interrumpió una salva de aplausos, sonoros como cañonazos. Esperó a que terminasen paseando su mirada azul por sus dominios, sus súbditos.

—Nuestra comunidad se extiende por Sudámerica. Gente de todo el mundo viene a vernos. Buscan inspiración en nuestro ejemplo. Quieren conocer a un grupo que crece tan rápido y tan lleno de fe. Nuestra madre, la Iglesia católica, ha pasado muchos años desviada, desorientada entre teologías suicidas y manipulaciones comunistas. Para revigorizarse, necesita nuestro ejemplo. Para curar su sangre vieja, necesita una transfusión de esta juventud cristiana. Solo hombres como ustedes podrán devolverle la fuerza. Solo con su empuje viril, nuestra casa volverá a ser la morada de los dignos, la reserva moral de Occidente. Nos esperan grandes retos y para enfrentarlos hará falta una gran hombría. Confío en estar ahora mismo frente a ella.

Las palabras siguieron en esa línea, interrumpidas por explosiones de júbilo y aplausos. A uno de los jóvenes, un chico de dieciséis, recién llegado a la casa, le goteaban las lágrimas por las mejillas imberbes. No hubo preguntas. Furiase nunca las aceptaba. Pero después de la charla, sirvieron los canapés —sus adorados sándwiches triples— y el vino. Entonces, el maestro se mezcló entre sus seguidores.

Marisa reunió a sus chicas y persiguió a Furiase por toda la sala, esperando la ocasión de acercársele. Sebastián no podía ayudarla en esto. De hecho, él parecía triste y pusilánime, resignado a no hablar con el maestro.

—No te seré de ayuda —le dijo a Marisa, con la mirada en el suelo—. Ahora mismo, no puedo acercarme.

Marisa no le dio más importancia a esas palabras, al menos no en ese momento, y continuó acechando alrededor de Furiase. El líder parecía siempre rodeado de un muro humano, cuya puerta era el padre Mayer. Hacia él se dirigió Marisa, en pos de su objetivo.

—Queremos hablar con Gabriel.

—Por supuesto —sonrió Mayer, con un gesto de amabilidad con aspecto de máscara de cera—, voy a esperar la ocasión. Ya sabes que él ha escogido personalmente a muchos chicos con los que desea hablar, pero sin duda después de eso...

Por casualidad, casi por error, en ese momento, Furiase se acercó hasta la órbita de Mayer. El gesto en su rostro parecía querer dar por terminada la reunión, pero era sutil, como los que se hacen entre esposos para marcharse de las fiestas aburridas.

—¡Gabriel! —saltó Marisa, con inapropiado exceso de autoconfianza—. Ha sido maravilloso su discurso.

—Gracias...

Furiase repitió el gesto hacia Mayer, que hizo ademán de escapar. No sabía a quién se enfrentaba.

—Estas son mis hermanas. —Marisa señaló a su grupo—. Llevamos mucho tiempo trabajando con la comunidad. Hemos hecho mucho trabajo pastoral y social en Pamplona Alta, Villa María del Triunfo, Cerro San Cristóbal...

—Sé de ustedes. Felicidades.

Furiase les dirigió una seña de cabeza protocolaria, sin tocarlas, pero no consiguió salir del cerco que le tendían esos cuerpos femeninos, completamente inéditos en lugares como ese.

—Nosotras creemos que las mujeres también pueden cambiar el mundo.

—Sin duda —admitió Furiase—. Todos tenemos un lugar en el plan de Dios.

—Me alegra que piense así, porque queremos formar parte de la comunidad. Queremos que nos funde como fraternas y dedicar nuestra vida a su trabajo.

Un instante de desconcierto se instaló entre ellos. Las miradas rebotaron de uno a otro. Mayer rompió la incomodidad:

—Es muy impertinente de tu parte...

—Sé que eso cuesta dinero —continuó Marisa—, pero le aseguro que necesitamos poco y hacemos mucho. Queremos entregarnos. Lo hemos demostrado. ¿Nos negará usted formar parte del plan de Dios? ¿Solo por ser mujeres?

Como siempre, Marisa formuló su pregunta de un modo que no podía recibir un *no* por respuesta. Furiase miró a ambos lados, incómodo. Intercambió una mirada con Mayer, quizá de reproche. De repente se había hecho el silencio a su alrededor y los discípulos esperaban una respuesta como si sus vidas dependieran de eso.

Furiase titubeó. Él, que nunca titubeaba. Tardó en responder. Él, que tenía toda las respuestas en la punta de la lengua. Finalmente, propuso:

—No podemos darles una casa. Y no pueden vivir con los chicos, eso está claro. Pero conocemos y apreciamos sus esfuerzos. Consigan una casa y las fundaremos.

Marisa percibió las miradas de sorna, las sonrisas de malicia a su alrededor.

¿De dónde cuernos iban a sacar una casa?

Marisa Vega no me contó su historia el día que la conocí en Lomo de Corvina, en su austero local de trabajo. Durante nuestro primer encuentro solo lloró en silencio durante un par de minutos, mientras yo la contemplaba asombrado. Después tuvo que ir al baño a lavarse la cara. No había agua corriente, así que tuvo que usar la de un balde de reserva. Pero no tardó mucho de todos modos. Por suerte, no usaba maquillaje.

Se veía más repuesta cuando regresó a su silla, que ahora parecía demasiado pequeña para ella. Trató de recuperar su aplomo de antes. Intentando retomar una conversación civilizada, me preguntó:

—¿Cómo está tu papá?

Tuve que responder:

—No lo sé.

Yo no había tenido ningún contacto real con él desde su orden para que yo viajase a Lima. Informaba de mis gestiones a mi madre, que tomaba nota y preguntaba por mí, pero guardaba un impenetrable silencio sobre él, incluyendo su paradero.

Un par de días antes de mi visita a Lomo de Corvina, había notado a mamá especialmente sensible, como si cada palabra de nuestra conversación le afectase.

—¿Cómo está tu amigo, el psicólogo?

—Bueno, ya sabes... a veces nos vemos, a veces no.

—Es tan difícil encontrar un buen amigo, ¿verdad?

Tenía la lengua un poco pastosa también, aunque no bebía frente a la cámara, y el rostro demacrado, ojeroso.

—¿Qué te pasa, mamá?

—Nada...

Siempre me ha parecido una respuesta muy femenina, esa. No he visto jamás a un hombre capaz de verse destrozado, tristísimo, pero responder con voz lastimera «No me pasa nada», esperando que uno le vuelva a preguntar.

—Mamá, algo te pasa...

—No quiero hablar de eso...

—¿Tiene que ver conmigo? ¿Es algo que deberías hablar conmigo?

Hasta antes de mi primer viaje, mi madre había sido siempre una presencia segura, llena de autoridad, que me indicaba lo que era bueno para mí y para el mundo. Pero ahora se estaba viniendo abajo, se transformaba en un guiñapo sin fuerza, en una muñeca de trapo con el relleno al aire.

Suspiró hondo y soltó la bomba:

—Tu papá... No seguirá viviendo en esta casa.

—¿Qué?

—Lo hemos hablado hoy y no podemos. No podemos seguir...

Sus últimas reservas de dignidad se consumían conteniendo sus lágrimas. Dos días después, mientras veía llorar a Marisa Vega, yo me preguntaría qué tenía ese hombre para dejar siempre llorando a las mujeres y por qué no lloramos más los hombres.

—Mamá... quizá solo sea una separación temporal...

—¡No! —respondió sin más detalles. No hacían falta.

Yo recordé la concatedral de Saint Joseph. Los bautizos, las primeras comuniones, las bodas que papá había contribuido a celebrar durante toda mi vida desde su puesto como administrador, menos visible que el del cura pero, como papá solía recordarme, imprescindible. Él siempre se había sentido orgulloso de ayudar a formar familias. Lo llamaba «el mejor trabajo del mundo». Y nada le gustaba más que repetir la invocación principal de los matrimonios: «Que no separe el hombre lo que Dios ha unido». De hecho, como también le gustaba recordar, eso era imposible. Los católicos no tenemos ceremonia de divorcio. El matrimonio es para siempre.

—¿Qué va a pasar con su trabajo? —pregunté—. ¿Puede trabajar un divorciado en el templo?

Mamá me miró como si lo hiciera desde un lugar muy lejano. Le costaba mucho entender la naturaleza de mi preocupación. Creo que simplemente esperaba otro tipo de preguntas. Pero es que a mi padre yo no podía hacerle todas las preguntas que quería. Ni siquiera podía localizarlo en el teléfono.

—Yo... no sé —respondió—. Hay demasiadas cosas que no sé ahora mismo.

—Claro.

Ella esperó unos segundos, calmando su respiración, tragando mocos, antes de expresar su propia preocupación inesperada:

—¿Te he decepcionado?

Lo preguntó en inglés. *Are you disappointed?* Como un estudiante a un profesor severo.

Toda mi vida había esperado su aprobación y al final, era al revés. Ella esperaba la mía.

—No, mamá. Claro que no.

Puso alguna excusa boba, un horno encendido o la hora de su programa favorito, y colgó poco después, aún consternada, mientras yo me frustraba por mi incapacidad para hacerla sentir mejor.

De inmediato llamé a mi padre, pero no conseguí hablar con él. El contador que saltó ni siquiera tenía un mensaje con su voz, ninguna confirmación de haber marcado el número correcto. Quizá había cambiado de número. Aunque yo sabía que me habría informado de haberlo hecho. Intentaba no engañarme al respecto.

Así que días después, cuando Marisa Vega me preguntó por él, tratando de sostener una conversación adulta, yo fui totalmente sincero en mi respuesta:

—... Llevamos un tiempo sin hablar.

—Comprendo —dijo Marisa, aunque no era verdad. No comprendía nada. No tenía cómo comprender.

Ese día no respondió a ninguna pregunta. Me dijo que tendría que pensar si hablaría conmigo. Que habían pasado muchas cosas y cada palabra podía tener un precio muy alto. Y me despidió dándome la mano como a un vendedor de seguros.

Yo pensé que nunca volvería a verla. Y quizá hubiera sido mejor así. Los trámites para recibir la herencia y vender la casa seguían su curso. Y de repente yo no sabía si quería estar en esa ciudad. De un momento a otro tenía cosas que hacer en Brooklyn. Tenía cosas que hacer, sin más, cosas como atender a mi madre deprimida, hablar con mi padre desaparecido, entender el proceso de su separación y mi lugar en ella, quizá incluso asistir a una universidad de una maldita vez y labrarme un futuro. Ninguna de esas cosas se podía hacer en esta ciudad húmeda y triste, donde todo el mundo parecía tener un pasado que ocultar.

Cuando ya no lo esperaba, Marisa me escribió un mail. Me daba cita para encontrarnos en una cafetería del óvalo Gutiérrez. No explicaba la razón de su cambio de opinión. Solo ponía una fecha única, sin posibilidad de negociación. Ese mismo día. Al anochecer.

Esa vez fui yo el que estuvo a punto de rechazarla. Súbitamente, ya no tenía claro qué buscaba de ella. Pero al final, me presenté. Ya había llegado demasiado lejos para dar marcha atrás.

Tuve que hacer algunas llamadas que se prolongaron y llegué retrasado a nuestro encuentro. Ella había llegado con puntualidad británica. Vestía de negro, como una viuda de pelo corto y sin maquillaje. Y parecía profundamente concentrada, mirando por la ventana hacia la estatua del ángel en el monumento.

Me senté a su lado. No saludé. Ni ella me miró. Con la vista siempre puesta en el monumento, me informó:

—Ha muerto una de las fraternas. Roxana.

—¿Muy mayor?

—De mi edad. Ha sido... una larga enfermedad.

—Lo siento...

Su taza humeaba como un incendio forestal. Ella siguió:

—Llevaba conmigo casi treinta años, desde cuando le suplicábamos a Furiase que nos aceptase en la comunidad.

Fue la primera vez que escuché ese nombre salir de sus labios. No dije nada. Ella concluyó:

—Nos iremos muriendo todos, supongo. Y nos llevaremos a la tumba nuestras historias.

—¿Para eso me ha llamado? ¿Para decirme que se morirá con su historia?

Ella bebió un trago de su taza. Había pedido

una manzanilla, como si hablar conmigo le revolviese el estómago.

—Al contrario —dijo—. Tú eres un hijo de esta historia. También es tuya. Así que supongo que debes escucharla.

Furiase había dicho que consiguieran una casa. Marisa y sus amigas consiguieron la casa.

El padre de una de ellas tenía una inmobiliaria y les cedió en préstamo una propiedad que no conseguía vender: una casa de dos pisos en el barrio de Maranga, cerca del reformatorio, grande de tamaño aunque prácticamente tugurizada. Las chicas llevaron los colchones de sus propias camas y consiguieron muebles gracias a la caridad de sus familias, de las ursulinas y de otras monjas que las veían con simpatía. Su parte del trato consistía en refaccionar la casa hasta volverla presentable y quizá algún día hasta vendible.

—Es increíble —comentó Sebastián Verástegui cuando se presentó para ayudarlas a pintar los dormitorios. Las paredes se descascaraban sobre un suelo de baldosas rotas, pero era una casa a fin de cuentas—. ¿Cómo lo han conseguido?

Marisa sonrió con algo parecido a la coquetería.

—Podemos conseguirlo todo. Podemos trabajar mucho. Incluso más que los hombres. Díselo a Furiase.

Ante la mención del líder, Sebastián se puso rojo, apenado visiblemente. A su lado, por completo identificado con su tristeza, un trozo de yeso se desprendió del muro.

—No voy a serte de ayuda —explicó—. Gabriel ya no me ve. Antes éramos muy cercanos, pero...

No terminó la frase. Algo se le atascó en la garganta, como si tragase un sapo sin masticar.

Marisa le pasó una mano por el hombro.

—No soy tu amiga para que me ayudes con Furiase —lo animó y volvió a reír—. ¡Soy tu amiga para que me ayudes a pintar!

Le ofreció la brocha, que él aceptó gustoso de cambiar de tema. Se pusieron a trabajar en las paredes. Marisa tenía suficiente energía para remozar cualquier inmueble y a cualquier persona.

Tal y como había advertido, Sebastián resultó de poca ayuda con Furiase. El maestro se negaba a concederle una cita a Marisa y si, después de mucho perseguirlo, ella lo alcanzaba en un acto público, él se escurría lejos de su presencia. Al principio, Marisa comprendió que al pobre le faltaba el tiempo. La comunidad planteaba desafíos cada vez más grandes y todas las decisiones recaían en él. Luego comenzó a entender su actitud como indiferencia. Finalmente, tuvo que admitir que se trataba de la más franca hostilidad.

Mientras insistía, sin embargo, su amistad con Sebastián se fue estrechando. Él no dejaba de ayudar a sus «hermanitas», como las llamaba, llevándoles víveres, lámparas y artículos de limpieza, a menudo robados —él decía «prestados»— de la casa de Punta Hermosa.

Las carencias de la pequeña congregación femenina se hicieron más evidentes cuando enfermó una de ellas, Roxana. Los médicos le declararon unos extraños quistes en el útero que le hincharon el vientre, como un embarazo maligno; y aunque recibió atención médica bajo el seguro privado de su familia, siguió viviendo en la casa de Maranga mientras le hacían exámenes y luego mientras convalecía de la operación.

—Bueno, esto hará más fácil mi vocación —ironizaba la enferma cuando Marisa le llevaba caldo de pollo y medicinas—. Después de esto, tener hijos ya no será una posibilidad.

—No te sirve de nada ese humor amargo. Tómate el caldo y reza. Te hará bien.

Fueron meses complicados, porque los padres de Roxana presionaron para que ella volviese a casa para recuperarse. Y tenían razón. Seis jovencitas en un barrio peligroso no parecían la compañía adecuada para una necesitada de cuidados médicos. Pero todas sabían, empezando por Marisa, que los padres de Roxana desaprobaban su opción, la consideraban una última aventura adolescente y querían a su hija de vuelta a casa definitivamente. Y si Roxana se marchaba, sus hermanas también lo considerarían. Podría ser el fin de su proyecto vital.

—He visto a un tipo con muy mal aspecto ahí afuera —le dijo la madre de Roxana a Marisa una vez, mientras su hija dormía entre ambas en un colchón sobre el suelo, con las sábanas empapadas en sudor—. Fumaba algo raro y miraba hacia la casa, como estudiándola para entrar a robar.

Marisa se encogió de hombros.

—Si quiere robar algo de aquí, debe ser un ladrón muy tonto. Que pase. Ya se marchará él solito cuando no encuentre nada.

—Quizá no quiera robar. —Malició la señora. Su tono daba a entender todas las cosas innombrables que un hombre podría hacerles. Como si hubiera entendido, Marisa soltó una especie de ronquido quejumbroso.

—Tenemos que estar con los pobres —explicó Marisa, tratando de no exasperarse—. En La Molina o San Isidro no somos tan necesarias.

—¿Y tienen que *ser* pobres ustedes también? ¿Una chica que tiene una familia y una casa con buenas condiciones sanitarias no puede pasar su enfermedad?

—Puede. Si ella quiere. Yo no la obligo a estar aquí.

—¿Y si...? —La señora no estaba capacitada para decir esa palabra, que en su mundo se sustituía por eufemismos o se dejaba en silencio, pero la pronunció para que todo su peso cayese sobre los hombros de Marisa—. ¿Y si Roxana fallece? ¿Tú te harás responsable?

Marisa no supo qué responder. No quería plantearse esa pregunta.

En días como ese, la presencia de Sebastián era un bálsamo. Llegaba con provisiones, con medicinas y, sobre todo, con la certeza necesaria de que esas mujeres no estaban locas, de que sus decisiones eran perfectamente razonables, naturales, inevitables. Fue él quien encontró una respuesta a la pregunta de la madre de Roxana cuando Marisa se la formuló, después de días de torturarse a sí misma con ella.

—¿Si fallece? —dijo Sebastián, mientras probaba el color de la pintura en un rincón—. ¿Para qué eres católico si no crees en la recompensa divina? Cuando Roxana muera, algún día, tendrá una gran fiesta de recepción en el cielo, con salsa y bachata. Pero ahora mismo, Dios no la dejará morir. La necesita aquí para hacer su trabajo.

Y después de decir eso, sacó una bolsa con panes franceses y queso que acababa de comprar, y anunció:

—¡Hora del lonche!

Ese día, por primera vez en mucho tiempo, Marisa comió sus sándwiches con ganas de comer y de vivir.

También fue iniciativa de Sebastián lo del yoga. Un día, después de una crisis de Roxana que había terminado en una hospitalización, él encontró a Marisa angustiada, rezando frente al austero crucifijo de su cuarto, una talla de madera recta y oscura que él mismo le había regalado, otro préstamo de la casa de Punta Hermosa.

Sebastián no preguntó lo que había pasado. Solía entender los diferentes tipos de tristeza de Marisa. Discernía si ella se sentía mal por las carencias de la casa, por los problemas de algún proyecto social o por las dudas de fe de alguna de sus hermanas. Y sabía cómo reaccionar en cada caso. Esta vez se arrodilló al lado de Marisa. Oró en silencio un rato, y luego, sin venir a cuento en apariencia, le dijo:

—Quiero que te pongas tu buzo.

Ella soltó una carcajada desganada.

—¿Qué? No estoy para hacer deportes ahora mismo.

—No vamos a hacer deportes. Vamos a cambiar tu vida.

Marisa obedeció intrigada y salieron al patio interior. Aunque vieja y desastrada, la casa contaba con un espacio para tomar el sol o almorzar al aire libre, espacio que las chicas acababan de liberar de desmonte y tierra. Sebastián sacó la alfombra de esterilla de la sala, la tendió en el suelo, y le pidió a Marisa que se sentase con las piernas cruzadas, en posición de flor de loto, bajo el tenue sol de diciembre.

—Te voy a enseñar ejercicios de yoga.

—¿Es cristiano eso?

—Es universal. Te servirá para orar y para conectar con la trascendencia y contigo misma.

—Okey.

Esa mañana comenzaron con ejercicios de respiración. Sebastián le hizo cerrar los ojos y le enseñó a pensar en algo que nunca había tenido en cuenta, a pesar de su sencillez: el aire que entraba y salía de sus pulmones. Marisa aspiró hondo, luego exhaló, percibiendo la caricia en la garganta, el lleno de sus bronquios, el fluir de lo transparente por su cuerpo. En cierto modo, reparó por primera vez en que tenía un cuerpo y bajo las indicaciones de Sebastián, la invadió un profundo bienestar. Sintió que la abandonaba una carga enorme. Se liberó de ataduras invisibles.

—Puedo ver tu aura —le dijo Sebastián, después de terminar.

—¿Existe eso?

Marisa se había apoyado en la pared y abrazaba sus rodillas, como tapándose, porque se había sentido un tanto expuesta ante él, demasiado en sus manos, a su disposición. Él seguía en la posición de flor de loto, como sobre un pedestal.

—Es un reflejo de tu espíritu. Las personas con una sensibilidad especial la pueden ver. Yo soy una de esas personas. Me lo dijo Gabriel.

—¿En serio?

Sebastián sintió el tono burlón de su pregunta. Pero lo recibió con la sabia paciencia de un gurú.

—Mucha gente tiene esa sensibilidad. Solo que no la trabajan. Gabriel ha estudiado todas estas filosofías orientales y sabe detectar a los que la tienen, así como desarrollar su potencialidad para elevarlos a otros niveles de percepción. Él dice que yo soy ésper. Eso significa que tengo habilidades extrasensoriales. Si las trabajo bien, puedo llegar a ser telépata.

Marisa no pudo contener una carcajada. Sebastián se sonrojó, pero tenía una respuesta punzante:

—Quizá por eso Gabriel no las quiere a ustedes en la comunidad. Sabe que no lo entenderán. Estos secretos están reservados para los iniciados.

—Claro. Y todos los iniciados son hombres, ¿verdad?

Sebastián se encogió de hombros. Se le notaba bastante incómodo. Hizo ademán de levantarse. Marisa se sintió desagradecida y sin fe. Al fin y al cabo, debía haber misterios en la fe, misterios que ella no era capaz de entender. Quizá debía abrir un poco su mente. Intentó reconducir la conversación:

—¿Y qué dice mi aura?

Sebastián pareció relajarse. La pregunta le daba la oportunidad de asumir una posición de maestro. Lo colocaba varios centímetros más arriba del suelo que ella.

—Al principio, estaba sucia, como un desagüe. Estaba recibiendo toda la suciedad del mundo. Puedo saberlo por tu mirada. El alma se refleja en los ojos, ya sabes. Pero con los ejercicios de respiración has conseguido expulsar esas toxinas a través del cuerpo. Al menos ahora tu aura se ve limpia.

Durante los años siguientes, Marisa se iría volviendo una religiosa muy terrenal. Poco a poco, tendería a considerar que Dios estaba simplemente en las otras personas y que para hacerlo feliz era necesario hacerlas felices a ellas, sin más secreto. Con el tiempo, para ella orar dejaría de significar la repetición machacona de unas frases enseñadas en el colegio. Entendería la plegaria como una reflexión sobre los demás, en especial sobre los más necesitados y cómo mejorar sus vidas. Pero en ese momento faltaba mucho para esa Marisa. Mientras se sentaba en la alfombra del patio, aún era muy joven, casi una adolescente, y todo ese discurso espiritual la atrajo. De verdad se sentía limpia, relajada, como si su alma hubiese ido al gimnasio.

Conforme arreglaban la casa y continuaba el tratamiento de Roxana, el curso de yoga continuó su desarrollo. A los ejercicios de respiración se sumaron series de movimientos lentos y precisos, que a veces practicaban entre los dos, pegando sus espaldas una con otra, sintiendo sus respiraciones o cruzando los brazos para formar complejos garabatos físicos. Todas estas sesiones eran seguidas por conversaciones, o más bien interrogatorios, en los que Sebastián preguntaba a Marisa por su vida, sus insatisfacciones y, sobre todo, sus padres.

—¿Ellos te comprenden?

—Hacen lo que pueden. Supongo que no soy fácil, pero al menos no estoy metida en drogas o algo así.

—Eres religiosa...

—Ellos preferirían que fuese una monja normal, con hábito y convento. Pero a mí no me convence eso. No estoy hecha para la vida contemplativa. Yo quiero cambiar las cosas.

—Pero tienes miedo de no satisfacerlos, ¿verdad? De no ser la hija perfecta.

Ella se sentía frágil, vulnerable, pero confiada de poder dejar salir todo, de expulsar sus inseguridades. Esas también debían de ser las toxinas de su alma.

—Solo quisiera que no se preocupasen.

—Las familias son un estorbo, ¿sabes?

La afirmación sonó especialmente dura, agresiva, como un disparo en plena misa.

—¿Cómo?

—No quieren lo mejor para ti. Quieren lo mejor para ellos. Comodidades. Tranquilidad. La gente con inquietudes, los mejores, asustan a sus familias, pero son los que transforman el mundo. No te preguntes qué quieren tus padres. Pregúntate qué quiere Dios. Si eres honesta al responder, siempre acertarás en tus decisiones.

Convencida de que esa mezcla de relajación física, psicoanálisis y autoayuda sería beneficiosa para sus hermanas, Marisa propuso integrar a todo el grupo en esa práctica. Fue la única vez que Sebastián perdió la calma.

—Si me dices eso —respondió con algo parecido a la furia—, es que no has entendido nada.

—¿Pero qué...?

—Esto no es un curso de corte y confección. Lo que te estoy ofreciendo es acceso a las zonas más profundas de ti misma para iniciar un desarrollo pleno. Ni siquiera sé si debería hacerlo. Gabriel dice que las únicas mujeres buenas son su madre y la virgen. Quizá tenga razón.

Algo en Marisa se ofendió ante esas palabras, pero no dijo nada. Al fin y al cabo, ella solo era una aprendiz. No se preguntó cuándo se había decidido que lo fuese, ni por qué. Tan solo lo asumió como un hecho más de la vida.

Las sesiones se fueron haciendo más complejas. Los ejercicios, más raros. Las charlas, más íntimas. En una de ellas, antes de preguntarle por sus miedos y sus obsesiones, Sebastián habló de una técnica nueva. Su nombre exótico llamó la atención de la discípula, porque sonaba entre hindú e italiano: *kundalini.*

—La *kundalini* es una energía especial. Tiene forma de serpiente. Duerme enroscada dentro de ti.

—¿En el corazón? ¿En la mente?

La casa estaba vacía. La sesión había sido particularmente agotadora. Los dos descansaban tumbados sobre la alfombra, con la mirada en el cielo.

—En el *muladahra.*

—¿En el qué?

Sebastián esbozó una sonrisa benévola, de maestro atento, dispuesto a mitigar la ingenuidad de la alumna.

—Es el primero de los chakras. Se encuentra en la zona del perineo, en el hueso sacro.

Ante la incomprensión de Marisa, Sebastián se señaló un punto a la altura de los testículos. Para Marisa esa geografía del cuerpo quedaba muy lejos de la espiritualidad.

—¿Ahí?

—Bueno, no debe quedarse ahí. Mediante la técnica del yoga, o por métodos tántricos, se debe despertar y ascender a través de todos los chakras, hasta el corazón, y luego al nudo de Shivá, en el cerebro.

—¿Y yo haré eso?

—Puedo ayudarte a hacerlo. ¿Sabes cuál es el fluido más potente para movilizar la *kundalini*?

Marisa negó con la cabeza. Todo ese discurso le parecía cada vez más cercano a la superstición. Pero la respuesta de Sebastián a su propia pregunta le dio un giro inesperado al tema.

—El esperma. Tengo que colocarlo en tu zona sacra para despertar tu energía.

Marisa no supo cómo reaccionar. Soltó una carcajada nerviosa. Sebastián pareció ofendido:

—No te estás tomando en serio el yoga.

—¡Ni ganas que tengo!

Se levantó y entró en la casa. Cogió lo primero que vio, una escoba, y se puso a barrer furiosamente. Se sentía muy violenta. Y así siguió hasta que oyó a Sebastián:

—¿Quieres que te ayude?

—No... Estoy bien... Solo tengo que...

—Claro. Yo también tengo que hacer cosas. Ya me voy.

—Chau.

Aun así, las clases de yoga continuaron. Al fin y al cabo, Sebastián solo había expresado una idea, aunque rara. Marisa incluso terminó por pensar que había exagerado en su reacción.

Tres semanas después, durante unos movimientos especialmente exigentes de su sesión, Sebastián le dijo:

—Acércate. Quiero sentir tu energía.

Ella obedeció. Él puso la mano sobre su barriga y fue subiendo, lentamente, hasta el pecho izquierdo. Marisa esperó que intimidase ascendiendo, como la *kundalini* esa, pero la mano se quedó ahí, acariciando en círculos el seno. Esta vez no tuvo ninguna duda de lo que pretendía.

—¿Pero qué te pasa? ¿Estás loco?

—Solo estoy midiendo tu...

—¡Vete a la mierda!

Sebastián no supo qué decir. Se levantó en silencio. Marisa le dio la espalda y cuando se volvió, él ya no estaba.

Eso sí rompió sus relaciones. Sebastián no volvió más a Maranga y pronto las urgencias ocuparon todos los pensamientos de Marisa. Roxana sufrió complicaciones que la obligaron a abandonar la casa. Que se marchase solo vino a apuntalar el fracaso del proyecto de las chicas. Marisa ya se estaba resignando a que Gabriel nunca fundaría su grupo, así que su relación con la comunidad fue sufriendo una muerte natural.

Un par de años después, aún viviendo como laica consagrada, pero ya de vuelta en su hogar familiar, Marisa se enteró del fallecimiento de Paul Mayer. Una muerte inesperada. Un infarto repentino. Dios no podía esperar más para tenerlo a su lado, o así se lo explicaron a ella, que incluyó en sus oraciones al sacerdote. Cuando pensaba en el padre Mayer, sentía agradecimiento y piedad por su marcha temprana.

Marisa asistió a la misa por el mes de su muerte, en la misma iglesia cerca de la avenida Javier Prado, donde él la había inspirado con sus sermones apasionados. Nada había cambiado. Ahí seguían los jóvenes, con los mismos peinados y las mismas camisas perfectamente planchadas, ocupando las filas delanteras alrededor de Furiase. Y ahí, aunque de un modo diferente, seguía Mayer, animándolos a cambiarlo todo.

También seguía Sebastián, aunque ya entre los mandos medios de la comunidad, sentado apenas una fila detrás de Gabriel, en el extremo. Al verlo, Marisa no pudo dejar de sentir nostalgia de los tiempos en la casa de Maranga. Apenas si recordaba por qué habían dejado de verse. Comparado con todo ese tiempo de ayuda y solidaridad, su escaramuza sexual no tenía importancia.

Él pensó lo mismo porque después de la ceremonia, al verla en la puerta de la iglesia, le dio un abrazo tan fuerte que casi la asfixia.

Fueron a tomar algo en un lugar sencillo de la avenida Arequipa, ya en Lince. Él pidió un jugo de naranja; ella, un té. Y hablaron y rieron como si se hubiesen visto el día anterior.

—¿Y ya te llevas mejor con Gabriel? —preguntó Marisa.

—Bueno, ya sabes. A veces somos más cercanos, a veces no. Se le ve poco, de todos modos.

Recordaron a todas las chicas de la casa de Maranga. Marisa seguía en contacto con la mayoría, incluso con las dos que habían acabado casadas y con hijos. Recordaron a Paul Mayer. Sebastián incluso lo imitó con mucha gracia. La hora se les pasó tan rápido, en tal clima de confianza, que al final Marisa se atrevió a preguntar. No había reproche en su tono, solo una genuina curiosidad sobre un tema que conocía poco.

—Ese día del yoga... el de la energía. ¿Recuerdas? Él se sonrojó.

—Claro. Recuerdo todos los días.

—¿Por qué lo hiciste? ¿Por qué...? Ya sabes.

Sebastián no la miró a los ojos al contestar. Su mirada se perdió entre los carros que circulaban por la avenida Arequipa, hacia el congestionado centro de la ciudad.

—Solo quería saber si era gay. Tenía que descartarlo.

4

Por televisión, mientras denunciaba los abusos de su pasado, Daniel Lastra parecía seguro y resuelto. Sus *tweets* al respecto sonaban rotundos, como balas de cañón. Y, sin embargo, en persona, mientras él saludaba a los pocos asistentes a su conferencia, lo encontré más frágil, con la voz más tenue, más delgado. Su boca tenía una forma rara, como torcida a perpetuidad en un rictus de queja. Incluso arrastraba un poco los pies al andar.

No obstante, en el escenario, después de una breve presentación a cargo del director del centro cultural, volvió a ser el de la pantalla. Su voz adquirió un punto de rugido mientras narraba su historia. Sus gestos ganaron consistencia. Había convertido su pasado en una armadura contra el mundo.

—No estamos pidiendo venganza —decía, mientras yo lo escuchaba desde la última fila, escondido a pesar de que nadie iba a reconocerme—. Solo queremos justicia. Y verdad. Estamos dispuestos a perdonar. Pero para eso hace falta que nos pidan perdón.

Una salva de aplausos, escasa pero entusiasta, respondió a esta última afirmación.

Mientras Daniel bajaba del estrado, se le acercó un grupo de hombres, todos de su edad o mayores, que lo recibieron con felicitaciones y palmadas en la espalda. Ellos habían sumado casi la mitad del público. Era evidente que conocían personalmente al orador y tampoco era un misterio de dónde.

Imaginé a esos señores veinte años antes, con peinados iguales, camisas y mocasines. Todos llevaban buena ropa. Pero algunos cargaban con ese aire aterido que se les queda a las víctimas de los huracanes.

Me acerqué a la estrella de la noche.

—Hola.

—¡Hola! —saludó él, con el entusiasmo de un político en campaña—. ¿Te conozco?

¿Sí? ¿No? Tardé una eternidad en encontrar una respuesta:

—Yo... quiero felicitarte. Un amigo mío pasó también por la comunidad... pero él no se atreve a decir nada. Creo que eres... muy valiente.

—¿Cómo te llamas?

—James.

Me estrechó la mano. La suya estaba sudada.

—Encantado, James.

—Te he estado siguiendo en redes sociales. Tu campaña y todo... Pensé... pensé que vendría más gente.

—No te sorprendas. Somos incómodos.

Hablaba siempre en plural, quizá para referirse al grupo que lo rodeaba, como una pequeña multitud que lo apoyaba sin mostrar la cara. Al parecer, ellos mismos preferían que hubiese poca gente. Y de ser posible, nadie capaz de reconocerlos.

Daniel me acercó a sus amigos.

—Chicos, él es James.

Alcé la mano sin levantar la vista. El grupo me producía una mezcla extraña de compasión, curiosidad y repugnancia. Tuve ganas de marcharme de ahí, pero Daniel continuó:

—Tenemos una reunión ahora. Seremos solo amigos, ¿quieres venir?

No encontré las palabras para rechazarlo.

Cinco minutos después, estaba metido en un Toyota híbrido con cuatro hombres más, todos contando chistes sobre viejos tiempos, bromas protagonizadas por curas rigurosos y estudiantes devotos, muchas de ellas, en doble sentido. O eso creí. Me faltaban elementos para entender de qué hablaban exactamente.

El vehículo le pertenecía a Daniel y él mismo lo condujo. Como preguntó la dirección varias veces, y dejamos atrás los bares de Miraflores y Barranco, sospeché que no íbamos a ningún lugar público.

Llegamos a una casa en Surco. En la maletera del auto había bebidas, que mis compañeros de asiento mostraron como única identificación ante la cámara del intercomunicador. Se abrió la puerta y atravesamos garaje y sala hasta el jardín posterior, donde otros quince hombres recibieron a los recién llegados con aplausos y abrazos.

Daniel me condujo a una piscina para niños hinchable llena de hielo y cervezas. Más atrás, junto a la pared, varias botellas de whisky descansaban en una mesa. Alguien hacía una parrillada en la esquina del jardín y el olor a carne inundaba el aire. Me coloqué ahí. En los viejos tiempos, nuestra parroquia en Brooklyn a veces organizaba barbacoas y mi padre ayudaba con el fuego. Así que podía echar una mano mientras me acoplaba al grupo.

—¿Ese es Julián?

—¡Ha venido Julián!

Cerca de la medianoche se arremolinaron todos alrededor de un recién llegado con aspecto *hippie*, muy diferente a los demás. El responsable del revuelo era el autor del libro sobre todos ellos. El que había publicado sus historias y desatado el escándalo. El periodista saludó a todos usando nombres diferentes a los que yo conocía. Comprendí que eran los seudónimos con los que habían preferido identificarse ante el público. Me encontraba en medio de una revolución enmascarada, de rebeldes a medias, que habían desnudado sus verdades sin mostrar sus caras.

Daniel se me acercó:

—¿Estás bien?

—¡Todo bien! Es solo que no conozco a nadie.

—Normal. Tampoco hay muchos que quieran conocernos. Nos contamos nuestras historias entre nosotros.

Sonó muy triste. Pero lo dijo riendo.

—No será tanto así... —dije, por decir algo.

Él se me quedó mirando con gesto impenetrable. Me incomodó esa mirada como un bisturí en la piel. Después, con aire cómplice, me señaló a uno de los invitados, el más gordo de todos los presentes, quien llevaba una camisa de flores espantosa y no soltaba su plato lleno de chorizos. Sin preocuparse por bajar la voz, me informó:

—A Víctor sus padres lo botaron de casa cuando les contó lo que había pasado. Le dijeron que solo quería llamar la atención perjudicando a los curas. Que siempre había sido un poco raro, pero esto era el colmo.

—No...

Ni siquiera me dejó seguir. Me puso el dedo en la boca, pidiendo silencio. Sentí el olor a grasa vacuna de su mano.

Señaló a otro, más delgado y calvo, que llevaba zapatillas de deporte y se reía, un poco demasiado fuerte, con otros dos bebedores de whisky.

—Ese es Mario. Lo echaron del colegio donde enseñaba. Le dijeron que sin duda él había provocado a esos sacerdotes (¡cuando tenía quince años!) y que eso hacía imposible confiar en él para poner en sus manos la educación religiosa de los niños. Aunque no lo hubiese hecho a propósito, creaba un ambiente muy malo. Eso dijeron.

—Es increíble. De verdad. Lo siento.

—Y ya sabes que a Julián lo han denunciado. La demanda judicial no tiene pies ni cabeza. Pero la han puesto en Trujillo. Él tiene que viajar hasta allá para cada audiencia, con su propio dinero. Y los jueces son católicos de provincia. Tienen el veredicto listo desde antes de empezar el proceso.

Bebió un trago de su cerveza. Yo terminé la mía. Fuimos a la piscina hinchable a buscar otra. No volvimos a hablar de todo eso. Yo no sabía de qué hablar sin parecer un idiota.

Conforme transcurría la noche, los asistentes se encontraban cada vez más borrachos. De camino al baño, me crucé con el periodista, que le gritaba con lengua pastosa a uno de ellos:

—¡Tú eres el más lúcido de todos estos chicos! De verdad...

Y de regreso, el tal Víctor del que había oído hablar me preguntó, con aire agresivo:

—¿Quién eres tú? ¿Ah? ¿Qué haces acá?

Daniel vino a rescatarme.

—Tranquilo, Víctor. Es amigo mío.

—¿Por qué traes gente? Esta es una reunión privada. No es para desconocidos que...

—Okey, okey, ya me lo llevo. ¿Okey?

Me apartó de mi atacante, quien rápidamente me olvidó, sumándose al abrazo etílico entre otros dos.

—No se lo tomes en cuenta —pidió Daniel—. Aquí todos nos ponemos muy sensibles. ¿Otra cerveza?

—Creo que Víctor tiene razón —respondí—. Yo debería irme.

—No tienes que...

—Llamaré a un Uber.

—Te llevo yo.

—No tienes que hacerlo.

—Ya lo sé.

Temía que hubiese bebido demasiado, pero Daniel condujo con seguridad y calma hasta San Isidro. El híbrido tenía un motor silencioso y nosotros tampoco cruzamos palabra, salvo cuando yo le indiqué la dirección. Cuando paramos en la avenida Libertadores, apagó el motor. Yo me quité el cinturón. Un incómodo silencio flotó entre nosotros.

—Te sigo en redes —le dije—. Te buscaré por ahí para ver si salimos otro día.

—Búscame aquí mismo —respondió.

Acercó su rostro hacia mí, hasta que sus pelos tocaron los míos. Me buscó con los labios, haciendo círculos cerca de mi boca. Sentí el olor de la cerveza en su aliento y el vago aroma de un perfume, quizá Hugo Boss. Me aparté.

Él volvió a su lugar. Suspiró. Alzó las manos abiertas a la altura de los hombros, como los futbolistas cuando han cometido una falta. Sus labios recuperaron el rictus de lamento cuando dijo:

—Perdona. He malinterpretado las señales. Nunca me ocurre.

—Está bien. Quizá he dado señales confusas.

—¿Y eso?

—Es que... sí me gustaría hablar contigo. Un día. A solas.

341

Frunció el ceño. Sus manos giraron hacia afuera, en actitud interrogante. Aunque me habría gustado hacerlo de otro modo, paso a paso, continué hasta el final.

—Creo... que conociste a mi padre. Se llama Sebastián. Sebastián Verástegui.

Daniel clavó la vista al frente. Palideció. Se aferró al volante como al borde de un precipicio. Volteó a mirarme y luego devolvió la vista hacia la noche. Respiró hondo y soltó el aire. Chasqueó la lengua.

—Bájate del carro —ordenó.

—Yo no quería...

—Bájate del carro, por favor.

Su voz mantenía la contención, pero era posible percibir la furia detrás de sus palabras.

Me bajé del carro. Antes de que pudiera soltar su puerta, el híbrido aceleró. En una fracción de segundo ya corría por la Libertadores, usando el motor de gasolina, haciendo sonar su huida lejos de mí.

Fue en el fútbol.

Daniel no podría precisar el momento o el día. Solo recuerda a los chicos de los mocasines, repeinados y perfectamente planchados, que comenzaron a aparecer en los partidos de fútbol, después del colegio.

Había perdido a su padre al poco de nacer y para costearle una educación de calidad, su madre trabajaba demasiado. Era secretaria del director de un banco. Salía del despacho cuando su jefe salía. Y entraba antes que eso. Sus jornadas se prolongaban de ocho a ocho, de ocho a diez. Así que Daniel pasaba las tardes en el Reina del Mundo, haciendo las tareas y practicando deportes. Se suponía que era un lugar seguro.

—¿Qué vas a hacer el fin de semana, Daniel?

—Hay una fiesta. ¿Quieren venir?

—¿A una fiesta? Qué aburrido.

—¡Es una fiesta! No es aburrida.

—Nosotros nos vamos de campamento. Vamos a navegar durante el día y a dormir en la playa de noche, bajo las estrellas.

Sebastián era el líder de su grupo. Siempre tenía planes espectaculares. Y cuando no tenía planes, frecuentaba la casa de Daniel y le llevaba libros, discos y películas vhs.

La madre de Daniel se sentía aliviada de ver a su hijo con un joven como ese: religioso, maduro, limpio. De hecho, Sebastián se llevaba a las mil maravillas con la señora. Los fines de semana, cuando se cruzaba con ella, o incluso se quedaba a almorzar como un miembro de la familia, le recomendaba restaurantes y cines. Le elogiaba los peinados y la ropa. Le contaba las intimidades de las actrices de Hollywood (y luego le pedía guardar el secreto: que no sepan en la comunidad que leo estas frivolidades, decía guiñando el ojo).

En esa época, el último año de colegio, los chicos de la comunidad organizaron varias expediciones a la naturaleza: el Huascarán, el Camino Inca, la reserva del Manu. Sebastián insistía en enseñarle a su grupo la grandeza de Dios y de lo que Él podía crear.

También asistían a conferencias, casi todos los sábados, con los demás miembros de la comunidad, que eran muchos. Ahí oían hablar sobre la vocación religiosa, la historia sagrada o la amenaza comunista internacional. Aunque nada de eso apasionaba especialmente a Daniel.

Lo que más le gustaba a él era hacer teatro. O más bien, psicodramas. De vez en cuando, bajo la batuta de Sebastián, representaban por grupos situaciones del colegio o de la familia, conflictos de la vida cotidiana, que luego comentaban entre todos.

En una de esas sesiones, Daniel representó ser huérfano. Su pequeño montaje, con un libreto hecho por él mismo, mostraba la tristeza que su personaje sentía al ver a otros chicos divertirse con sus padres o contarles sus problemas, sin tener un equivalente.

No es que Daniel pensase mucho en el tema. No podía echar de menos a su padre porque nunca lo había conocido. Pero Sebastián se tomó en serio la representación y cuando lo llevó de vuelta a su casa, en el carro, le dijo:

—Me ha conmovido mucho tu conflicto por la ausencia del padre.

Solía volver a esa cuestión cada vez que venía a cuento, y cuando no también. La orfandad. La orfandad. Parecía su tema favorito. Daniel, en cambio, le quitaba hierro.

—Oh, bueno. Tampoco es tan importante. Solo necesitaba un buen tema para el psicodrama.

—Si lo has representado, es porque sí es importante y querías expresarlo.

—Okey.

—La ausencia crea un vacío enorme, sin duda. No te avergüences de admitirlo. Es el primer paso para llenarlo.

—Está bien.

—¿Quieres que yo sea tu padre?

Daniel intentó procesar esas palabras. No cabían en ninguno de sus bancos de datos mentales.

—¿Cómo dices?

—¿Quieres que yo sea tu padre?

—¡No!

Sebastián se había acercado mucho a él, en el asiento del copiloto. Retrocedió de inmediato, como si se hubiera roto un hechizo.

—Comprendo.

Estaba paralizado, pero Daniel ni siquiera se veía enfadado.

—¿Me puedo bajar?

—Claro.

Durante los últimos meses de colegio algo cambió entre los dos, quizá por la familiaridad, quizá por la afinidad, o quizá porque Sebastián había abandonado definitivamente sus tonterías sobre los padres y los huérfanos. El caso es que Daniel dejó de verlo como a un tutor o un maestro, y comenzó a tratarlo como a un igual.

—¿Por qué no vamos al cine hoy? Yo invito.

—Se supone que invita el mayor... —se resistía Sebastián.

—Pero yo he sacado buenas notas en inglé-é-é-és —canturreaba Daniel, con sonsonete infantil, y sacaba unos billetes que hacía bailar frente a los ojos de su amigo—. Y me ha caído un premio-o-o-o.

Sebastián se sonrojaba en esos casos y aceptaba con tal de pagar al menos la canchita y la Coca-Cola.

Todo iba conduciendo al mismo lugar. Lo único diferente, o eso pensaría Daniel mucho tiempo después, era que no pilotaba Sebastián. Daniel tomaba la iniciativa, marcaba el ritmo, decidía los pasos del baile. Intuía que eso atraía a su amigo. No sospechaba aún que eso también lo asustaría.

Una tarde, solos en la casa de Daniel, mientras escuchaban un disco de Pet Shop Boys, se besaron. *«Cause we were never being boring»*, decía la letra. *«We had so much time to find for ourselves»*.

Fue un beso labial, espeso, aunque muy corto. Sebastián comenzó a excitarse muy rápido. Se trepó sobre su amigo, pelvis contra pelvis. Asustado, Daniel retiró los labios. Bajó la mirada. No quiso explicar qué ocurría. Tampoco hacía falta.

—Lo siento —musitó Sebastián, mientras se levantaba y se marchaba.

Durante el camino de vuelta a Punta Hermosa, Sebastián se puso furioso consigo mismo. Golpeó el volante del carro. Estuvo a punto de salirse de la carretera y estrellarse contra un camión. Esa noche durmió mordiendo las sábanas. A la mañana siguiente, amaneció melancólico y aturdido.

Tres días después, mientras rumiaba sus errores junto a un campo de fútbol del colegio, Daniel se presentó frente a él, en pantalón corto.

—¿Qué pasa? ¿No hay partido hoy?

Sus piernas aún medio lampiñas. Su pelo revuelto. Su sonrisa. Era la sonrisa más blanca y larga que había visto Sebastián en su vida.

Lo más excitante era esconderse. En esos primeros meses, animados por la pasión primeriza e impaciente de Daniel, esperaban a que saliese la madre de Sebastián y se encerraban todo el día en su casa. O aprovechaban una excursión para escabullirse del grupo y pasar unas horas en un motel de carretera. O simplemente se largaban de fin de semana a un hotel de playa, reservando habitaciones separadas, por si alguien los reconocía, pero durmiendo abrazados, sin ropa, soltando risitas por la mañana, como dos niños traviesos que se han escapado de la casa para ir a una piscina en un verano muy caluroso.

Sebastián no era ningún inexperto en la cama. Según Daniel, «sabía perfectamente lo que hacía». Lo había hecho muchas veces antes. Y lo disfrutaba con sorprendente frescura para alguien que vivía dando charlas sobre el pecado y la culpa. A menudo, Daniel le tomaba el pelo con ese tema, lo provocaba cariñosamente, pero con malicia.

—Esto es una amistad —respondía tranquilamente Sebastián—. A Dios le gusta la amistad.

—¿A tus superiores también? —lo picaba el adolescente.

Pero nada arruinaba su buen humor.

—¿Tú se lo vas a preguntar? —Reía, pícaro, antes de morderle el lóbulo.

El colegio terminó. Daniel llevó a su fiesta de promoción a una rubia muy guapa del colegio San Silvestre. Ella tenía una orquídea blanca prendida del vestido. Él, una corbata lila. Invitado a la fiesta, como otros profesores y amigos de la promoción,

Sebastián deseó más que nunca a ese chico que despertaba los suspiros inútiles de las parejas de sus amigos. Y tras un intercambio de miradas, gestos y carantoñas, logró que se escapase un segundo a besarse con él en los baños de profesores, lo que sintió como un triunfo épico de la seducción.

Después del viaje de promoción a Miami, los dos se reencontraron en Máncora. La comunidad tenía una casa y Daniel un amigo con casa en esa playa. Así que se pudieron conceder un par de horas en un hotel barato, lleno de turistas del interior del país, que era lo mismo que decir de Saturno, de Júpiter o de cualquier lugar donde nadie conocía a esos dos limeños buenos mozos y muertos de ganas de verse.

—¿Qué vas a hacer ahora? —preguntó Sebastián, después de sus hambrientas caricias, con el sol de la tarde colándose horizontalmente entre las persianas—. O sea, con tu vida.

—Adivina.

Los dedos de Sebastián jugaron con el ombligo de su chico. Le gustaba llamarlo así. *Su chico*.

—Déjame pensar... Universidad de Lima.

—Okey, una pista: no me he inscrito en ninguna academia para el examen de ingreso.

—¿Te vas a estudiar al extranjero?

—No tengo plata para eso.

Sebastián se acomodó a horcajadas sobre Daniel, su niño pobre, como también le gustaba llamarlo.

—Mmmmhhh... ¿Sabático?

—Casi.

Sebastián le jaló el pelo.

—¿Qué es?

—Me voy contigo.

—¿Qué?

Todavía tenía una sonrisa en la boca, pero estaba a punto de borrarse.

—Voy a ingresar a la comunidad —respondió Daniel—. Y espero que me manden a la casa de Punta Hermosa. Y sé que lo harán, porque tengo influencias.

Pasó su lengua por el cuello de Sebastián y por el rostro. Lo encontró más frío de lo que esperaba.

—¿Qué pasa? ¿No te gusta la idea?

—¡Sí! Es solo que estoy... sorprendido.

No había pruebas de ingreso. No había requisitos, salvo quizá, el de haber sido previamente seleccionado en los grupos escolares. Solo con pronunciar su deseo de entrar, Daniel ya estaba dentro.

El día de su llegada a la casa, otros tres chicos del Reina del Mundo ingresaron con él. Gabriel Furiase se enteró y lo tomó como una ocasión especial. Quiso recibirlos personalmente. Era la primera vez que Daniel veía al líder y le impresionó la pompa con que llegaba: los carros negros, la ceremonia, la expectación.

Durante su discurso ante los recién llegados, Furiase dijo:

—Para nosotros, todo empezó en el Reina del Mundo. Y mantener el vínculo con ese colegio es una señal de que, aunque yo mismo me encuentre apartado de él debido a mis compromisos, nosotros como comunidad permanecemos fieles a nuestras raíces. Recibir entre nuestros recién llegados a egresados de nuestra alma máter nos recuerda lo que nosotros mismos éramos. Y nos confirma que seguimos siendo los mismos.

A continuación bajó y posó la mano sobre la cabeza de cada uno de los nuevos, que se sintieron tocados por la gracia.

Más tarde, durante la copa y los sándwiches triples habituales en estos casos, Daniel vislumbró al líder conversando con Sebastián. Atravesó toda la sala, empujando a cuanto compañero se cruzó en su camino, para acercarse a ellos. Se hincó ante Furiase y le tomó la mano, como si fuese el papa. Visiblemente incómodo, Sebastián tiró de su brazo hacia arriba.

—Eso no es necesario...

Hizo el gesto de alejarlo del líder. No obstante, halagado por ese joven impetuoso, Furiase no quería que Sebastián se lo quitase tan pronto.

—No me has presentado con este hermanito tan obsequioso —le recriminó.

Sebastián no tuvo más remedio que hacer las presentaciones.

—Me ha fascinado escuchar tus palabras —le dijo Daniel a Furiase, deshaciéndose de gusto ante su imagen—. Quizá nosotros seremos como tú algún día.

La respuesta de Furiase resonaría en sus oídos por muchos días, meses y años, cada vez con un tono y un sentido diferente.

—Eso solo depende de ustedes mismos.

Aún henchido con la emoción de su estreno en la comunidad, Daniel fue incapaz de dormir esa noche. En la madrugada decidió dejar de intentarlo. Se levantó de la cama. Aún vestido con ropa interior, recorrió los pasillos oscuros de la casa. Solo el sonido del mar rompía la quietud de la oscuridad. Intentó dar pasos sigilosos. Finalmente, tocó la puerta del dormitorio de Sebastián.

—¿Qué haces aquí? —susurró este, con la puerta entreabierta.

—¿Y tú qué crees que hago? —fue la respuesta. Daniel olía a pasta de dientes y jabón Heno de Pravia.

Sebastián lo dejó entrar para evitar los ruidos en el pasillo. Mientras Daniel se lanzaba, con boca y manos, a su cuello, a su cintura y a sus glúteos, Sebastián trató de resistirse.

—No podemos hacer esto. Aquí no...

Luego, dejó de resistirse.

Esa primera noche en la casa de Punta Hermosa fue la última noche tórrida de la pareja. Sebastián se sentía notoriamente incómodo. Con el correr de los días, Daniel notó que su amigo iba poniendo más distancia entre los dos. En su posición de antiguo miembro de la comunidad, lo mantenía todo el día haciendo trabajos de limpieza, incluso refacciones en la casa que requerían toda su energía. O le asignaba tareas que lo alejasen, como catequesis en barrios muy lejanos o incluso trabajos pastorales de una semana en la casa de Máncora. Y cuando Daniel volvía a Punta Hermosa, podía sentir que Sebastián se encontraba más lejos, más frío, más ensimismado.

—¿Qué está pasando? —lo encaró una vez, junto a la cocina, en un volumen de voz demasiado alto—. ¿Por qué me ignoras?

Sebastián solo le respondió:

—Si me vuelves a hablar así, te largas de esta casa.

Otros compañeros de la casa, más antiguos que Daniel, le dijeron lo que ocurría: Sebastián estaba cayendo en desgracia. Había pasado años como el favorito de Gabriel, pero en ese momento era el último de la casa que se había formado directamente con el líder, y sus palabras venían directamente de él. También sus métodos, a veces más represores de lo necesario y que él atribuía a la formación de los primeros miembros de la comunidad.

—Estamos aquí para ser fuertes como el acero —solía decir Sebastián, cuando imponía un castigo demasiado severo a algún miembro de la comunidad—. La comunidad no es para mariquitas.

Pero a pesar de su fidelidad a las esencias, las llamadas de la casa de Gabriel a Sebastián se iban espaciando. Sus reuniones con la cúpula de la comunidad eran cada vez menos. Al parecer, Furiase había visto llegada la hora de un cambio de guardia y estaba empezando a escuchar a gente más joven.

Por su parte, Daniel sentía curiosidad de ese hombre que parecía verlo todo y dirigir con mano de hierro cada milímetro de la comunidad. Comenzó a asistir a más y más charlas de Furiase. Se presentaba en cuanto acto público tuviese el maestro, aunque tuviese que descuidar sus tareas. Y cada vez se abría paso después entre sus admiradores para agradecerle su presencia de un modo efusivo y personal.

—Tus palabras son una cura para nosotros, una medicina —le decía, en los breves instantes en que intercambiaban palabras. Furiase no respondía, pero se notaba complacido y, a veces, le regalaba una palmada en el hombro.

Finalmente, en uno de esos breves encuentros, le dijo:

—Te veo por todas partes, Daniel.

—Yo estaré donde tú desees, Gabriel. Es lo único que yo deseo.

Mientras tanto, la relación entre Sebastián y Furiase continuó deteriorándose. Sobre todo, cuando el discípulo se empeñó en meter a un grupo de mujeres en la comunidad, a las que abrió las puertas y les daba esperanzas, de manera completamente irresponsable, para conformar su fundación como fraternas, una posibilidad que despertó críticas e iras en todos los niveles.

Tampoco mejoró la relación de Sebastián con Daniel. Muchas noches lo devolvió a su cuarto desde la puerta del suyo, solo para ignorarlo por la mañana, como si nada hubiese pasado. Cuando Daniel quería hablar, Sebastián lo evitaba. Y si conseguía acorralarlo en algún rincón tranquilo, como la biblioteca o el jardín, Sebastián le daba largas.

Una tarde Daniel decidió montar un escándalo. No le importaba quién lo oyese. Le recriminaría a Sebastián su abandono, su olvido y su desdén. Porque él lo había dejado todo para seguirlo. Y Sebastián no valoraba su presencia. Tampoco le ofrecía tareas o una posición de interés dentro del grupo. Simplemente, lo había probado y tirado a la basura como a un helado demasiado ácido.

Años después, con otras parejas y algún psicólogo, Daniel comprendería que exigía demasiado. Que no entendía los riesgos ni las dificultades de sus deseos. Pero, al fin y al cabo, en ese momento era un adolescente, ¿verdad? Y eso es lo que hacen los adolescentes.

El día en que había decidido pelear, Daniel encontró a Sebastián rezando solo en la capilla de la casa. Cerca de la puerta, otros tres discípulos preparaban una jornada espiritual para escolares. Daniel pasó ante ellos sin mirarlos, como pasa un rey ante sus súbditos. Ingresó en la capilla. Se adelantó hasta el altar. Se colocó frente a Sebastián, interfiriendo con aire desafiante entre él y Cristo, y le dijo:

—Tenemos que hablar.

—Estoy rezando —fue la única y seca respuesta.

—Me importa un carajo lo que estés haciendo. Igual que te importo un carajo yo a ti.

Lo dijo con deliberada fuerza. La suficiente para hacer palidecer a Sebastián. Pudo ver el ruego en sus ojos. Se sintió poderoso, capaz de destruirlo todo en un instante. Recordó la frase del Nuevo Testamento: «Una palabra tuya bastará para sanarme».

Pero cuando estaba a punto de gritar, y de atacar, y de dejar salir toda su rabia, uno de los discípulos de afuera se acercó a la capilla.

—Ha llamado Gabriel —informó casi titubeando. El solo nombre de Furiase producía en todos los miembros de la comunidad una reverencia cercana al pavor—. Dice que te presentes ante él inmediatamente. Que tiene cosas que hablar contigo.

Sebastián seguía mirando a los ojos a Daniel. O más bien, odiándolo con los ojos.

—Okey, ya voy —respondió. La mención de Furiase lo revestía de autoridad. De superioridad. Su llamada recordaba quién tenía la autoridad en esa capilla.

Pero el recién llegado carraspeó, se atoró. Con un hilo de voz, y evidentes ganas de desaparecer de ahí, aclaró:

—No me estoy explicando bien. La llamada no es para ti, Sebastián. Es para Daniel.

La última vez que la recorrí, la casa de la abuela olía a polvo y lejía. Todo rastro de humanidad había desaparecido. Los muebles, vendidos. La ropa, regalada. Las fotos de las paredes, como los CD y los afiches de los años ochenta, arrojadas a la basura. No quedaba lugar para todo ese pasado en mi presente.

Al final, una de las amigas de mi abuela, jubilada pero dueña de una agencia inmobiliaria, me había ayudado con todo ese proceso. Y ahora, mientras recibía mis llaves para entregárselas a su próximo propietario, ella echaba un último vistazo a la fachada.

—Está descuidado el jardín —comentó—. Cada día, mientras pudo, tu abuela salía a regar el césped y las plantitas exteriores. Todo eso se marchitó con ella.

Yo asentí. Guardamos silencio, pero sé que los dos rezábamos. La mujer me apretó en un fuerte abrazo. Comprendí que yo era lo último de mi abuela que la abandonaba para siempre.

Mi hotel quedaba a apenas unas calles de ahí, en Comandante Espinar, cerca de Pardo. Mi idea original había sido cerrar la casa y marcharme, pero luego me había llegado ese mensaje privado de Twitter. Después de mucho pensarlo, había decidido retrasar mi pasaje de vuelta un par de días.

Se iban agotando las cosas que me faltaba hacer en Lima. Ya solo quedaba una.

En ese momento de mi vida, una habitación de hotel era el lugar perfecto para mí: austera, impersonal, sin adornos de nadie, sin carácter. Mucha gente se aloja en hoteles para suicidarse y es normal. En ellos no hay nada que recuerde a la vida.

Me di una ducha. Me lavé el pelo y el cuerpo con un gel que salía de una botella de plástico pegada a la pared. Me tumbé mojado en la cama y esperé ahí mismo, mientras el sol caía. Ya era de noche cuando sonó el teléfono del cuarto.

—¿Señor Verástegui? Lo esperan en recepción.

Era la primera vez en mi vida que alguien me llamaba *señor*.

—Gracias.

Daniel Lastra se había puesto una camisa de surfista, totalmente incoherente con la imagen que yo tenía de él. Los surfistas eran relajados, playeros, marihuaneros y él parecía vivir flagelándose en el interior de una cueva. Al menos no intentó fingir una sonrisa. Habría sido como ir disfrazado.

—¿Quieres dar una vuelta? Tengo el carro cerca.

—Prefiero caminar.

Él accedió. Sonriente era mucho pedir, pero estaba dócil. Bajamos por Espinar hacia el mar.

Parecíamos dos turistas más en la noche húmeda. Guardamos silencio hasta llegar el malecón. Solo entonces, como animado por el aire salado y fresco, Daniel inició la conversación.

—No sabía que Sebas... que tu papá había abandonado el país. Pensé que seguiría por acá. La Iglesia ha escondido a muchos miembros de la comunidad. Los mandan a conventos en provincias o a colegios religiosos. ¿Puedes creerlo? Los mandan a colegios...

Yo no tenía ganas de escuchar de nuevo todo su discurso de denuncia. Empezaba a encontrarlo artificial. Un rollo construido para tener algo que decir. Para ser alguien con un objetivo en la vida.

—Vive en Estados Unidos desde el 2000. Se casó con mi mamá muy pronto.

—Otra cosa que me cuesta imaginar —titubeó un segundo, pero al final se animó a esbozar una pregunta—. ¿Alguna vez...?

Se interrumpió. Pero yo sabía lo que quería preguntar. Yo mismo me lo preguntaba. ¿Tenía algún indicio? ¿Acaso los besos de mi padre, cuando yo era niño, eran excesivos? ¿Se mostraba demasiado cariñoso, cruzando el límite de lo pegajoso? ¿Sentía celos de mis amistades? O por el contrario, ¿tenía sus propias amistades? ¿Amigos con los que pasaba mucho tiempo? ¿Compañeros que no despertaban la desconfianza de mi madre por ser hombres?

Yo llevaba meses examinando con lupa cada detalle, cada recuerdo. Mi padre había sido siempre la persona más aburrida y previsible del mundo, al menos hasta donde nos había dejado ver. Pero no contesté eso. Ni ninguna otra cosa. Y Daniel continuó hablando:

—Yo también abandoné el país. Después de... después de todo, mi mamá me mandó a Buenos Aires a estudiar arquitectura.

—¿Y alguna vez...? —le devolví la pregunta inconclusa.

Él se rio. Hasta su risa sonaba triste.

—Viví con una chica ahí. Fue gracioso.

—¿Gracioso?

De repente estábamos en el parque del amor, frente al monumento de los enamorados que se besan tirados en el suelo. Decenas de frases románticas nos rodearon de repente, pintadas en los azulejos. «Tu amor me reparte en la tierra». «Ataré mi corazón como una cinta a tus cabellos». «También amándonos conoceremos el dolor».

Daniel contó:

—Una vez le ofrecí a mi novia porteña enseñarle ejercicios de yoga. Le dije que los había aprendido en la comunidad, donde también se aplicaban algunas filosofías esotéricas. A ella le encantó la idea. Le parecía muy *new age* todo eso del *shoga*, porque así lo pronunciaba. Nos fuimos al campo, hicimos un pícnic y comencé a mostrarle mis técnicas. O lo que yo creía que eran técnicas: estimular los puntos de energía, intercambiar vibraciones, yo qué sé. Llegado cierto punto, ella se rio y me dijo:

«No te distraigas, enséñame lo del yoga». Le respondí que eso estaba haciendo. Pero ella me dijo algo increíble, algo que ni siquiera se me había pasado por la cabeza: «Querido, eso no es yoga. Eso es solo sexo».

Había algo desagradable en escuchar su historia. Algo similar a encontrar a una persona en el baño o a una pareja como la del monumento, pero de carne y hueso, toqueteándose en el suelo. Después del parque venía el puente de los suicidas, que aparte de tener un apodo inadecuado para ese momento, marcaba el inicio de las aglomeraciones, los niños con helados y los adultos gritando para controlar a sus hijos. Hice ademán de regresar y esta vez avanzamos por el interior del parque al borde del precipicio.

—Yo no lo sabía —insistió Daniel—. Ni siquiera sabía eso. De verdad, ni siquiera tenía claro por qué había abandonado la comunidad. Furiase me dijo que sería mejor que me apartase un poco. «A meditar», dijo. Y luego, todo comenzó a complicarse. Había mal ambiente dentro y muchas notas en los periódicos, allá afuera. Pero nos decían que no hiciéramos caso. Que eran periódicos comunistas tratando de destruir la obra de Dios. Yo... yo vivía en una nube. En la Luna. No sabía nada. De nada.

Sentí que titubeaba y lo conduje hasta una pequeña cafetería enclavada en una saliente del acantilado. Un lugar muy bonito. De día, desde ahí se veía el mar, pero ahora, el Océano Pacífico era una mancha infinita de petróleo. Todo estaba rodeado de oscuridad, excepto por la cruz del Morro Solar, un halo luminoso que flotaba en la noche.

—¿Quieres un café?

—Prefiero un pisco. Pero yo invito.

Nos trajeron dos vasitos de un Italia mediocre que prometía un agudo dolor de cabeza. Ese no era el tipo de lugar para ir a beber pisco.

—Mi papá nunca volvió al Perú —le conté—. ¿Por qué volviste tú?

Bebió su vaso de un trago. Hizo un gesto de dolor mientras el líquido pasaba por su garganta.

—Porque no sabía quién era. No sabía a dónde pertenecía. ¡Por Dios, ni siquiera sabía qué chucha era el sexo, huevón!

Dijo esto demasiado fuerte y un par de cuellos en las mesas de al lado se volvieron hacia nosotros. Descubrí que me daba igual. Solo me quedaban veinticuatro horas en la ciudad del chismorreo y el qué dirán. Sentí una libertad única: la posibilidad de gritar, saltar y bailar encima de la mesa si eso quería.

Daniel seguía hablando:

—Cuando volví a Lima, intenté incorporarme a la universidad, pero no fue fácil homologar mis cursos argentinos. Además, entre una cosa y otra, ya había perdido mucho tiempo. Mis antiguos amigos llevaban años sin verme y vivían sus propias vidas. Algunos ya estaba graduados y casados. Y bueno, también estaba todo el *otro* tema... Corría todo tipo de rumores. La gente no sabía qué pensar de mí. Yo podía notar su nerviosismo al tenerme cerca. Había muchas preguntas que no se atrevían a hacerme. Ni siquiera sabían las palabras para formularlas.

Dos señoras de una mesa de al lado se habían quedado calladas de repente. Tuve la impresión de que escuchaban nuestra conversación. Me levanté, más por Daniel que por mí. Él me siguió sin chistar, caminando mansamente por el malecón y luego por la avenida Santa Cruz. Pasamos toda la noche andando o sentándonos a descansar en bancas y parques. No podía ser de otro modo. Su historia ya estaba activada. Salía de sus labios, con la práctica de quien la ha contado muchas veces y, de hecho, vive para contarla.

—Te parecerá una locura, pero entonces intenté volver a la comunidad. Era el único sitio donde había formado parte de un grupo. Me presenté en la casa de Punta Hermosa, que en ese momento, dirigía uno de mis antiguos compañeros. Les rogué que me aceptaran de nuevo.

—¿Y qué dijeron?

—Me echaron. Me insultaron. Uno trató de pegarme. Me consideraban un traidor. Dijeron que yo lo había jodido todo. Que todo era mi culpa.

Su voz delató claramente que eso era lo que más le había dolido. La cúspide de la humillación. No que lo lastimasen, sino que le impidiesen volver.

—¿Culpa tuya? ¿Por qué?

Abrió los ojos. Alzó los hombros. Como si fuese obvio. Como si lo supiese todo el mundo.

—Bueno... por lo que había pasado antes. Por la destrucción.

Durante la misa de difuntos del padre Paul Mayer, una atmósfera muy especial se adueñó del templo. Flotaba en el aire el recuerdo de su ministerio, la memoria de una pureza que reconocían todos los que habían tratado con él, la certeza emocionada de su caridad. Y a la cabeza de todo eso, dominando la escena a pesar de su aire compungido, Gabriel Furiase, majestuoso en su silencio. Quizá frustrado por no ser cura después de todo. Por no poder subirse al altar y elevar al cielo sus palabras.

Daniel había sido colocado cinco filas más atrás. Un hermano, que parecía encargado solo de eso, le había señalado su lugar con amabilidad pero con firmeza. Sin embargo, tenía que ser un error. Furiase debía quererlo cerca.

Al fin y al cabo, tras la repentina muerte de Mayer, el mismísimo líder se había refugiado en Daniel. Lo invitaba a su habitación a altas horas de la noche, buscando consuelo en ese cuerpo lozano, mientras el cuerpo de su mejor y más antiguo amigo se pudría bajo la tierra.

—Dios ha llamado a Paul a su lado —le decía Daniel, después de sus encuentros, mientras Furiase acariciaba su cabello revuelto, sus labios carnosos y húmedos de saliva—. ¡No podía esperar más sin él!

Pero nada parecía atenuar el dolor de Furiase.

—No sabes nada, pequeño —le decía—. Aún eres joven. Aún no has perdido a suficiente gente.

—Perdí a mi padre.

—Pero me tienes a mí.

«Me tienes a mí» había dicho. ¿Cómo no iba a querer Furiase sentar a Daniel a su lado en la misa? ¿Cómo iba a mandarlo a la quinta fila después de esos encuentros, los más intensos en sus dos años de relaciones intermitentes y caprichosas? ¡Qué tontería! Peor aún, Sebastián Verástegui sí que se encontraba en la primera fila, junto al maestro. Eso sí que resultaba completamente anómalo. Sebastián no había estado tan cerca de Furiase en años y, de repente, ocupaba un lugar de privilegio. Sin duda, alguien había organizado de pésima forma la disposición de los lugares en la ceremonia.

Acabada la misa, Daniel se abrió paso entre los jóvenes plañideros, oyendo sus comentarios, sus lamentos, sus cuchicheos.

—¿Un infarto?

—No era tan mayor...

—A partir de los cuarenta puede darte un infarto en cualquier momento...

—Sobre todo, si no te cuidas... El padre Mayer no hacía ejercicios físicos, solo espirituales...

Daniel avanzó en silencio, abriéndose paso con los hombros y la espalda, esquivando a los compañeros que venían a abrazarlo rotos de pena. No quería hablar con todos esos novatos. Tenía una sola meta fija en la mente, una meta de ojos azules y manos inquietas.

—¡Gabriel!

—Hola, hijo...

Ese saludo ya constituía una mala señal. Gabriel nunca lo había llamado así. *Hijo*, incluso *hijito*, era una palabra ordinaria, la que usaba para dirigirse a los demás, a cualquiera de los discípulos. No a él. A él lo llamaba por su nombre. De todos modos, Daniel pasó por alto el detalle. Quería ofrecer solo amistad y cariño.

—¿Cómo te sientes? ¿Quieres que pase más tarde a buscarte? Podemos hacer una oración por el alma del padre...

Dijo todo esto con la voz más dulce que encontró y con un halo de amor profundo. Por eso le sorprendió la sequedad de la respuesta.

—Hoy no hará falta.

Sin más, Furiase le dio la espalda y se marchó. Salió por la puerta de la sacristía, no por la calle, evitando a la multitud.

Sebastián se despidió de su admirado maestro en el umbral y luego volvió a reunirse con los demás. Daniel lo siguió en busca de una explicación. Intentó acercarse y hablarle, pero una vez más los chicos de la comunidad lastraban sus pasos, como un bosque de enredaderas humanas. Se resignó a observar a Sebastián desde la distancia.

Casi en la escalinata, Sebastián se encontró con su amiga, la aspirante a monja, esa que odiaban todos, que odiaba incluso Daniel, aunque apenas la conocía. Pensaba que esa chica había quedado en el pasado, pero ahí estaba de nuevo. Y Sebastián se fue con ella. Daniel tomó nota mental de lo que podía ser una pequeña traición. Últimamente en la comunidad se hablaba mucho de traidores, de gente que quería dañar el plan de Dios.

A Daniel no le quedó más remedio que regresar a Punta Hermosa y retomar sus tareas. Alguno de los grupos de chicos lo invitó a sumarse a un almuerzo, pero no estaba de humor. Además, tenía una engorrosa labor que cumplir.

En esos días, en Punta Hermosa tenían encerrado a Gustavo, uno de los mayores de la casa, casi de la edad de Sebastián. Aunque nadie lo llamaba *encierro*; en realidad, el nombre oficial era *retiro*. Estaba claro que no se trataba de un premio. Si alguien preguntaba, Gustavo se encontraba haciendo una «profunda meditación sobre sus errores». Pero la naturaleza de esos errores se mantenía en la discreción de la jerarquía. Gustavo llevaba dos semanas metido en su habitación —que por suerte, tenía baño— incomunicado del resto de la comunidad. Y correspondía a Daniel llevarle la comida y los enseres que necesitase: jabón, papel higiénico o, como esa misma tarde, un frasco de champú.

Compró el champú en la tienda de un grifo en el camino hacia el sur. Al llegar, encontró la casa vacía. Subió al segundo piso. Metió la llave en la cerradura. Le dio tres vueltas. Abrió. Apenas miró hacia el interior, solo arrojó el champú al colchón y se dio la vuelta.

—¿Ha muerto el padre Mayer? —le preguntó Gustavo.

Por costumbre, por reacción automática, Daniel se detuvo y se dio la vuelta. Como siempre, Gustavo se había colocado lejos de la puerta, de espaldas a la ventana. La cama había sido deshecha casi con furia y Daniel se sentía como el cuidador de una fiera entrenada en su jaula.

—¿Ha muerto? —insistió el otro.

Daniel no contestó. Tenía prohibido hablarle. Alguien había roto las reglas, sin embargo, porque a Gustavo le había llegado esa información, aunque fuese con un mes de demora.

Siguiendo el protocolo que le habían enseñado, Daniel abrió cajones y removió el colchón, en busca de métodos de información ilegales, como radios o revistas. No encontró nada.

—Se lo merece —añadió Gustavo mientras él pasaba revista. Ni siquiera se había sentado. Tampoco se había duchado en un par de días. Tenía la piel grasienta, el pelo lustroso y rígido.

Daniel le dirigió una mirada más asustada que reprobatoria. Pero el preso no pensaba dejar de hablar. Quizá no podía evitarlo. Quizá ni siquiera le hablaba a él, sino a las paredes, al viento, al nuevo champú.

—El padre Mayer era malo —sentenció—. Nunca me vino a sacar. Antes, me decía que yo estaba tocado por la gracia de Dios. Que si lo obedecía, yo podría ver a los ángeles. Y luego nunca me vino a sacar. Él tenía que haber estado aquí. Dios lo sabe.

Daniel salió y cerró la puerta. Ahora le tocaba lavar las sábanas. Aunque cada vez que salía de esa habitación, le parecía llevarse puesta una mugre que ningún detergente podía erradicar.

Sebastián regresó al atardecer y se encerró en la biblioteca con un par de hermanos. Cierto aire conspirativo se adueñó de la casa mientras hablaban. La inminencia de algo importante asomaba en el horizonte.

Por la noche, después de cenar, Sebastián los reunió a todos. En ese momento vivían en la casa unos treinta. Los más jóvenes se apiñaban en habitaciones con una o dos literas. El único sitio en que cabían juntos era el salón principal. Y ahí se congregaron, murmurando, excitados ante esta interrupción de la rutina.

Sebastián se colocó en el centro del grupo. No miró a Daniel. Llevaba mucho tiempo sin mirarlo.

—Hermanos, hoy hemos recordado al padre Paul Mayer, a quien todos ustedes conocieron y quisieron. Y he recibido la autorización para transmitirles una noticia que nos llena de regocijo.

Los jóvenes se agitaron. Daniel notó que su antiguo amante hablaba como Gabriel Furiase, copiando sus gestos, sus fraseos, sus pausas oratorias. Sebastián continuó:

—Vamos a iniciar el proceso para pedir la beatificación de Paul Mayer. Un día, nuestro amado maestro será un santo de la Iglesia católica para que gente de todo el mundo se inspire en su ejemplo.

Los chicos aplaudieron. Brincaron de gusto. Se abrazaron. Era como si su equipo ganase el mundial de fútbol. Un mundial que se juega en el cielo.

—Yo me ocuparé personalmente del proceso —continuó Sebastián, sonriente, pletórico—. Nos sobran evidencias de su ejemplo vital. Ahora, sobre todo, tenemos que encontrar milagros. Y necesitamos la ayuda de todos los que lo hayan conocido. Traten de recordar: cada vez que ustedes hayan estado enfermos y él los haya sanado con su presencia. Cada vez que pensar en él haya evitado una desgracia o salvado a alguien del pecado y la tentación. Todo lo que desafíe las leyes naturales y podamos atribuir a las divinas nos será útil. Recuerden que no solo se obran milagros en vida. También después del fallecimiento, mediante el recuerdo y la oración. Traten de pensar en todas esas cosas. Y vengan a contármelo todo. Yo iré haciendo crecer su expediente hasta que podamos llevarlo al Vaticano.

Una nueva oleada de júbilo se esparció por la habitación. Ahora todos tenían una misión sagrada.

Todos menos uno. Irritado, Daniel interrumpió la alegría en voz muy alta, para asegurarse de que todos lo escuchasen:

—¿Por qué tú?

El silencio se tragó la sala como una bestia gigante. Sebastián aceptó el ataque:

—¿Cómo dices, Daniel?

—¿Por qué eres tú el que se ocupará del proceso? ¿Por qué no un miembro más antiguo? ¿O uno que esté ordenado sacerdote?

Sebastián mantuvo la calma. Todo en ese lugar se hacía así. Sin sobresaltos. Sin aspavientos.

—Gabriel me ha honrado con esta tarea.

Remarcó el nombre de Gabriel. Como un mantra. No sirvió de nada. Daniel estaba fuera de control. Sabía que sus actos tendrían consecuencias, pero se le hacía imposible detenerlos.

—Creo que deberíamos votar —replicó.

El murmullo que se extendió entre los hermanos fue de desaprobación y estupor. Lejos de desanimarse, Daniel se enrocó:

—Todos formamos parte de esta comunidad, ¿no? Todos deberíamos decidir quién lleva a cabo la tarea más importante que se nos ha encomendado.

Treinta pares de ojos se fijaron en Sebastián, que apenas alzó la voz:

—Esto no es un sindicato de marxistas, Daniel. Te estás rebelando contra la sagrada autoridad.

—¿Qué autoridad? ¿La tuya? ¿Por qué tienes autoridad? ¿Ah? ¿Porque te acuestas con Gabriel? ¿Por eso?

Algo se rompió en ese momento. Daniel casi pudo escucharlo: un crujido seco, agrietando las paredes de su mundo.

—¿Sabes qué? —Sebastián mantuvo la contención, con el rostro gélido—. Sí vamos a votar. Creo que tus mentiras y tu falta de educación merecen un castigo ejemplar. No podemos permitirnos faltas de disciplina como esas. Quiero que alce la mano el que esté de acuerdo.

Jamás había ocurrido algo así en la casa. Los jóvenes tuvieron que procesar esta alteración del orden natural de las cosas. Pero una vez que lo hicieron, las manos comenzaron a alzarse, primero tímidamente, después con contundencia, hasta elevarse todas mucho más arriba de la cabeza de Daniel.

Bajo la dirección de Sebastián los castigos de la casa se habían vuelto inclementes. A un chico que había olvidado lustrar el suelo lo obligaron a hacer el mismo trabajo, pero con un cepillo de dientes. Al que se había escapado de sus labores en la cocina, lo hicieron beberse la sopa dentro de una zapatilla. Cuando Sebastián llegaba en su Volkswagen, quería que le abriesen la puerta del garaje justo a tiempo para entrar sin tener que frenar. Si el encargado de hacerlo lo olvidaba, o no reconocía a tiempo el motor del carro, quedaba condenado a lavarse los dientes con pasta de rocoto picante durante tres días. Al menos, la sentencia para Daniel sonó menos rebuscada que eso.

—Tú vas a nadar.

Salieron a la noche. Tres decenas de jóvenes vestidos igual, caminando igual. Nadie les ordenó que avanzaran en fila india, pero así lo hicieron, como por reflejo escolar. Sebastián abría la marcha y detrás de él Daniel, que sentía furia y resentimiento. Aún no cobraba consciencia de que debía sentir miedo.

—Calato —ordenó Sebastián cuando llegaron a la orilla.

Daniel se quitó la ropa. El mar rugía, como un bulldog infinito arrastrando piedras, arena y espuma. Una parte de Daniel quiso pedir perdón, pero ya era tarde para eso.

—Hasta la otra playa.

Para llegar hasta allá había que nadar mar adentro, más allá de las formaciones rocosas que separaban las playas. Daniel avanzó hasta que el agua le llegó a la cintura. El aire frío se le adhirió a la piel y luego el agua helada amenazó con acalambrarle los músculos. Se arrojó de cabeza. Al tratar de cruzar la línea del oleaje, una rompiente le hizo perder el control de su cuerpo, revolcándolo y arrojándolo contra el suelo. Trató de pasar las olas por debajo, aunque no siempre podía verlas llegar. Alternó el estilo libre y de pecho, intentando no perder de vista la orilla. Su única orientación eran las luces de las calles del balneario. Cuando ya llevaba unos doscientos metros, un golpe de agua lo arrojó contra las rocas submarinas. Supo que se había raspado toda la piel de la barriga y las piernas, pero no se había roto nada. De todos modos, la sal agravó el ardor de las rozaduras.

Cuando por fin llegó a su destino, había nadado un kilómetro en la oscuridad. Cayó rendido en la orilla. Su cuerpo desnudo temblaba bajo el aire nocturno y nadie tenía una toalla para prestarle.

—Ahora, vamos a dormir —fue lo único que dijo Sebastián.

Daniel hizo desnudo el camino de vuelta.

Por la mañana el espejo le devolvió los morados, las magulladuras y las rasgaduras por todo su cuerpo. Antes de salir de su habitación se puso una camisa de manga larga y se abrochó la camisa hasta el cuello. En la cocina se cruzó con cuatro jóvenes, los últimos en llegar a la casa, pero ninguno le habló de la noche anterior.

Le tocaba llevarle el desayuno a Gustavo, el preso. A lo largo de su recorrido por la casa, Daniel se sintió tan oprimido que incluso el olor a humanidad de la habitación cerrada se le hizo fresco y limpio. Gustavo estaba donde siempre. Daniel dejó la bandeja en el escritorio.

—Decía que yo podría ver a los ángeles —le recordó Gustavo.

Daniel dedicó las siguientes semanas a encerrarse en el trabajo. Se ofrecía para todas las labores posibles, sobre todo, fuera de la casa. Llevaba donaciones a los barrios marginales. Organizaba jornadas de información y catequesis. Asistía a charlas teológicas. Le habría gustado hacer más. Pero recién cayó en la cuenta de que no sabía hacer nada. No estudiaba. No podía enseñar ni hacer ningún trabajo cualificado.

Se concentró en la obra social de Pamplona, que ahora llevaba médicos, amigos o parientes de miembros de la comunidad para atender a los vecinos. Eso lo hacía sentir útil y para él era una sensación nueva.

Estaba precisamente en Pamplona, durante un rato de descanso, tomando una Coca-Cola frente a una bodega, cuando se le acercó un hombre. Un desconocido. Aunque Daniel tenía la impresión de haberlo visto antes en algún lugar.

—Hola, Daniel.

El hombre se apoyó en la pared a su lado. Para dejarse ver bien, se quitó los lentes oscuros.

—¿Te conozco?

—Yo te conozco. ¿Quieres otra Coca?

—No.

Daniel entró en tensión. Había algo malo en ese encuentro. Algo peligroso. El desconocido preguntó:

—¿Te dejó muchos golpes tu natación nocturna? Es un milagro que no te haya dado pulmonía.

Un traidor. Un soplón. Más adelante, la comunidad culparía a Daniel de todo. Dirían que fue él quien esparció las mentiras, las injurias. Pero antes que él, alguien había estado contando cosas fuera. Quizá con buena intención, quizá para salvar a la comunidad de sí misma; pero eso era traición en cualquier caso.

—No tienes pinta de ser de los nuestros —dijo Daniel, desconfiado. Y era verdad. El tipo llevaba pantalones militares y una camiseta de Metallica. Llevaba el pelo hasta los hombros. Y una barba impensable entre sus hermanos.

—Lo fui. Hace muchos años. Me reclutó el padre Paul Mayer.

—¿Lo conocías?

El desconocido hizo un gesto irónico.

—Créeme, MUY de cerca.

Daniel tuvo ganas de irse. Un mecanismo de defensa en su cerebro le dio la orden de largarse de ahí cuanto antes. Pero sus pies dudaban y el otro aprovechó la duda.

—Tu madre te extraña. ¿Por qué no la llamas?

Daniel cayó en la cuenta de que llevaba más de un año sin verla. Al llegar a Punta Hermosa, Sebastián le había explicado, como a todos, que las familias son un lastre de su vida anterior; frenan el desarrollo espiritual y te ponen delante el pasado. En adelante, la única familia de Daniel sería la comunidad. Por eso, simplemente, él había dejado de pensar en su madre.

—La llamaré —se encogió de hombros, pero Daniel lo decía en serio.

—Te escribe cartas a Punta Hermosa, ¿sabes? Incluso te ha ido a buscar. Decenas de veces. Siempre le han dicho que no estabas. Una vez le dijeron que te habían trasladado a la comunidad de Chile.

—Es hora de irme.

El otro no se inmutó. Seguía hablando y sus palabras mantenían a Daniel fijo en el suelo, como un imán.

—Deberías mirar un poco lo que ocurre afuera. La comunidad tiene amigos poderosos. Los mismos que no metieron a la cárcel a Gustavo. Pero ahora, con lo de querer hacer santo a Mayer, hay gente muy enfadada. Esa gente no es tan poderosa, pero está contando cosas...

—No sé de qué hablas.

Ahora sí todas las alarmas se disparaban. Daniel despegó la espalda de la pared y echó a andar.

—Tengo algo para ti —le dijo el desconocido.

Daniel se detuvo. El otro le puso un papelito en la mano.

—Por si te enteras en algún momento de lo que hablo.

Le dio una palmada en el hombro y se marchó. Daniel miró a todas partes, por si alguien había presenciado su encuentro. Le parecía algo para ocultar. Miró el papelito. Era una tarjeta de presentación. Ponía, sobre un número telefónico y una dirección postal:

JULIÁN CASAS
PERIODISTA INDEPENDIENTE

Antes de volver a Punta Hermosa, Daniel se desvió por el barrio de Surco, cerca de la universidad Ricardo Palma. Compró fichas en una bodega y buscó un teléfono público. Tuvo que probar en tres hasta encontrar uno en buen estado. Marcó el número de su casa. La otra casa. La de antes. Se sabía el número de memoria, como se sabe uno el olor de sus sábanas.

—¿Aló?

—Hola, soy yo.

—¿Daniel?

Cuando oyó del otro lado la voz de su madre sintió que se rompía un hechizo.

Volvió a Punta Hermosa inmediatamente después de esa llamada, pero aún tuvo que esperar. Sebastián pasaba el día fuera.

El jefe de la casa volvería recién a la medianoche. El encargado de abrirle reconoció su motor a tres cuadras de la casa, como un perro a un ultrasonido, y corrió a abrir. De noche era más fácil llegar a tiempo, porque el carro circulaba más lento.

De todos modos, Sebastián se veía demasiado cansado para castigar a nadie. Apenas balbuceó un saludo a los dos que permanecían despiertos y subió con pasos pesados hasta su habitación. Los demás podían leer en su rostro qué día le había tocado. Y ese había sido día de ver a Furiase, pero no como guía espiritual, sino como jefe administrativo: dando órdenes, trabajos, provocando estrés.

Sin embargo, a Sebastián le faltaba lo peor. Sentado en su cama lo esperaba Daniel.

—Puta madre —saludó Sebastián—. Esta vez, te mandaré a nadar a la isla de San Lorenzo.

Su voz sonaba más agotada que enfadada. En cambio, la de Daniel iba cargada de veneno.

—He hablado con mi mamá.

—Vete, Daniel. Hablaremos por la mañana, ¿okey?

—¿¡Por qué nunca me lo dijiste!?

—Ahora no...

—¿¡Por qué!?

En el pasillo se empezaron a abrir las puertas. Cabecitas despeinadas con ojos legañosos se asomaron a la pelea. Cada vez más y más asustadas.

—¡Conchatumadre!

—Vamos afuera... Sáquenlo...

Dos chicos se acercaron a Daniel, pero él salió por su propio pie cuando vio andar a su antiguo amante. Afuera de la casa los recibió un aire húmedo y ácido.

Sebastián y Daniel llegaron hasta la playa, seguidos a lo lejos por la mirada de sus compañeros. La casa, de repente, se había vuelto una fuente de luz contra la negrura del cielo. La arena bajo sus pies amortiguaba sus pasos y ralentizaba el tiempo.

Cuando sintió bajo los pies la arena afirmada por el agua, Daniel se volvió. Sebastián le sostuvo la mirada. Hasta ese momento Daniel esperaba una disculpa, contrición, un reconocimiento de la falta. Como no llegó, le pegó un puñetazo a Sebastián.

Rodaron por el suelo, haciéndose daño con los guijarros que el mar escupía en la orilla.

—¡Me has robado mi vida, conchatumadre!

—No. Te he dado la vida que querías. Nadie te obligó a venir.

—Me ignoras. Me torturas...

—¡Todo ha sido un desastre desde que llegaste!

—¡Vine porque te quería, imbécil!

—¡Pero yo no te quería a ti!

Eso cogió desprevenido a Daniel, incluso más que cualquier golpe. Dejó de sacudir las manos. Dejó de gritar. Quiso preguntar si había escuchado bien. Pero ni siquiera se atrevió a eso. Sebastián aprovechó la pausa para alejarse un par de metros y ponerse a salvo. Ahora el mar soltaba un aullido ronco y violento.

Sebastián dijo, ya sin levantar a voz, solo constatando un hecho neutro:

—Yo solo quería un polvo. Pero quería tenerlo fuera de la comunidad.

—Solo querías un polvo...

—Y tú vas y te metes en mi casa. La cagaste, Daniel. Lo jodiste todo. Tú, Gustavo, Mayer... lo jodieron todo.

—Ahora morirse es culpa de Mayer...

—¡Se suicidó, carajo! ¡Se mató! ¡Se está yendo todo a la mierda! ¡Y tú me haces escenitas de celos! ¡Abre los ojos, huevonazo! ¡Se está yendo todo a la mierda!

La última imagen que Sebastián le dejó a Daniel fue su silueta arrodillada sobre la arena. En su rostro mojado era imposible distinguir el agua marina, las lágrimas, el sudor, la sangre. En su expresión se confundía la rabia, la derrota, el dolor. A sus espaldas las olas reventaban contra la costa y arrastraban todo lo que encontraban en su oscuridad helada.

Daniel no durmió más en la casa de Punta Hermosa. Pasó el siguiente mes en casa de su madre, visitando a sus amigos, recibiendo a familiares, recuperando su propia vida, que ahora le parecía lejana y rara, como un traje ajeno. No tomaba pastillas, pero sí iba al psicólogo. Y pasaba el día con la sensación vital de estar sedado.

Por supuesto, le ahorró a su madre las historias más escabrosas y ella no preguntó. Lo que había ocurrido no era más que una película vieja, en blanco y negro, que nunca deberían haber visto. Los días pasaban, gota a gota, como dosis de un calmante natural.

Solo un breve temblor quebró esa fina superficie de hielo. Ocurrió durante el almuerzo por el cumpleaños de su abuela, una de sus tías —Clara, la más chismosa e impertinente— sacó el tema mientras pasaba en la mesa una fuente de ensalada.

—Danielito, ¿tú ibas para cura, no?

—No exactamente. Había curas, pero yo no era uno. La mía era una comunidad de vida cristiana.

Era la primera vez que pronunciaba esas palabras desde su partida de Punta Hermosa y, por alguna razón, se sintió libre de ellas. Pero la tía apenas era capaz de entender la profundidad que alcanzaban.

—Sí, eso —confirmó mientras se ponía mayonesa en el pollo—. Porque han agarrado a un chico de tu comunidad y se lo han llevado preso.

A Daniel esas palabras le llegaron como una carga de profundidad, pero dejó que la explosión se produjese en su interior, no en su rostro.

—¿Preso?

—Iba a los barrios pobres. Dizque a hacer trabajo social. Pero en realidad les daba plata a los niños de diez años a cambio de...

—No se habla de esas cosas en la mesa —interrumpió la abuela.

—Mejor, porque es un asco. Pero soy amiga de una tía de ese chico y está avergonzadísima. La Pilu Morgan. El chico es Gustavo Morgan. Dice que siempre fue rarito.

—En todas partes se cuecen habas —sentenció la abuela.

Y luego hablaron de otra cosa. Solo que las palabras se habían convertido en moscardones incomprensibles que zumbaban alrededor de Daniel.

Esa noche, de vuelta en casa, Daniel se encerró en su cuarto. Una migraña espantosa se apoderó de su cabeza, golpeándola desde adentro como un bombo. Se apretó las almohadas contra las sienes. El dolor bajó por sus senos nasales y se extendió por su rostro, y luego por su espalda.

Como si lo quemaran vivo. Como si corriese lava por sus venas.

Pasó toda la noche así.

Por la mañana sacó de un cajón la tarjeta que le había entregado Julián Casas, aquel día en Pamplona.

Esta vez usó el teléfono de su casa.

AMÉN

Aterricé en un mundo nuevo. Desde el avión y, después, mientras recorría en autobús las calles de Brooklyn, los edificios se veían diferentes, irreconocibles, como naves espaciales a punto de despegar. No es que hubiesen cambiado desde mi partida. Eran mis ojos los que habían cambiado.

Mamá había dicho que me esperaría en casa. Papá se había llevado el carro, nuestro fiel Ford Kuga, y ella no tenía otro, ni dinero para un taxi, ni energía para el largo trayecto en transporte público. Metí la llave en la cerradura con los ojos cerrados. Cuando los abrí mi antigua vida había vuelto. Al menos, parte de ella. La mitad.

—¡Bueno, ya hacía falta un hombre en esta casa!

—Hola, mamá...

Me apretó en un abrazo. Me tomó de las manos. Me miró de arriba abajo. Juró que yo había crecido, aunque fuera biológicamente imposible. Me enseñó la tarta de manzana que había horneado. Cortó un pedazo para mí.

—¿Has tenido una novia en el Perú?

Reí con la boca llena.

—No. No realmente. No tuve tiempo. Pero ahora tenemos dinero. Está todo lo de la casa de la abuela en una cuenta. Podríamos hacer una inversión... quizá comprarte un carro...

—Ese dinero no es mío —cortó mamá.

—Claro. Ya veo.

Silencio incómodo. Aire pesado.

—¿Estás en contacto con papá?

—Tiene un teléfono. Te lo daré.

Me pasó el contacto esa misma noche, pero no fui capaz de llamar. Ni ese día, ni los siguientes. Papá tampoco se había puesto en contacto conmigo nunca. No se me ocurría ni siquiera cómo debía saludarlo.

Mamá rezaba sin parar. Cada vez que la miraba estaba susurrando alguna plegaria. No una establecida, como el Padrenuestro o el Avemaría. Ella se inventaba las oraciones. Mezclaba frases religiosas con sus propias preocupaciones y pedidos a Dios. Y, al parecer, tenía acumulado un largo pliego de reclamos.

También asistía a misa, claro. Y yo la acompañaba, aunque ya no se trataba exactamente de una misa. Mamá había cambiado el templo católico por un antiguo cine reconvertido para el culto evangélico, no muy lejos de Brooklyn Heights. Ahí, todo se veía más sencillo que en la concatedral de Saint Joseph. El pastor ni siquiera se ponía trajes ceremoniales, más allá de un saco y una corbata.

Pero era bonito porque la gente cantaba. Cantaban mucho y con ganas. Y, en vez de coro, tenían una banda tocando en vivo con guitarra eléctrica y batería.

—¿Te gustan más estos que los católicos? —le pregunté a mamá a la salida de una ceremonia.

—Los entiendo mejor —respondió.

La tercera vez que fuimos, al terminar, se nos acercó un hombre. Tan blanco que parecía rosado, con el pelo cortado a máquina en la nuca, al estilo militar, y las manos gruesas que delataban algún tipo de trabajo físico. Un *red neck* total. Saludó a mamá con mucha familiaridad, aunque no la besó. Luego se quedó mirándonos, en espera de una presentación formal.

—James, este es Bob. Bob, mi hijo James.

El tipo me estrechó la manita con su manaza, que casi la envolvía como si fuera papel para regalo. Nos invitó a comer.

—A ti de debe gustar la pizza —me guiñó el ojo. Claramente, nunca había tenido hijos y trataba a cualquier menor de veinte años como si tuviera doce.

—Me encanta —concedí.

—Conozco una gran pizzería. Grimaldi's es como el Yankees Stadium de las pizzas. Ya sabes. Un templo...

—Grimaldi's no, por favor.

Durante el almuerzo Bob habló de béisbol y mamá bebió agua mineral con gas.

Bob comenzó a aparecer por la casa dos o tres veces por semana. Y después todos los días. Mamá y él no salían, pero tampoco se encerraban en la habitación. Tomaban café y galletas. Se quedaban viendo comedias en la tele y si ella se quedaba dormida, él ponía alguna de acción. Bob era contratista y, de vez en cuando, le llevaba a mamá algún regalo del trabajo: un papel tapiz nuevo para el baño, unos grifos cromados para la cocina. Quería redecorar su vida poco a poco, centímetro a centímetro.

Cuando él llegaba yo salía a dar largos paseos para dejarles un poco de intimidad. Mi sabático había terminado. Yo tenía que establecer un plan de acción, una hoja de ruta. Si contaba solo el ingreso del trabajo de mi madre, la universidad se alejaba de mi futuro. Así que tal vez debía conseguirme un trabajo. Tenía el dinero de la casa de la abuela, claro. Pero para disponer de él debía ponerme de acuerdo con papá.

En uno de esos paseos me topé con la concatedral. Estuve a punto de rodearla y seguir de largo, pero me armé de valor y entré. Se celebraba una misa —una de verdad, con cálices y estolas—, aunque no la celebraba el párroco, sino un cura joven. Me senté en la última fila, pero no comulgué. Asistí a la misa como a un espectáculo de la infancia.

Terminada la ceremonia me metí al edificio administrativo y recorrí esos pasillos, que conocía bien, hasta el despacho del administrador. Cuando lo encontré mi corazón se quería escapar del pecho. Toqué la puerta. Una voz masculina me invitó a pasar. Abrí y entré.

El hombre sentado en el escritorio llevaba camisa de manga corta a rayas verticales y corbata de rayas diagonales. Una reluciente calva coronaba su cabeza. Podía parecerse a miles de personas, pero mi padre no era una de ellas.

—¡Hola! Seguro que vienes por las actividades deportivas de la parroquia.

—No. Yo...

—¿Por los cursos de refuerzo?

—Lo siento. Me he equivocado.

Cerré esa puerta, que a lo mejor siempre había estado cerrada, y regresé a casa de mamá.

Cuando ella se iba a trabajar, yo trataba de llenar mi vida con labores domésticas. Fregaba el suelo, aspiraba, lavaba los platos. Pero solo éramos dos personas en un pequeño apartamento. Terminaba las labores en un par de horas y luego el día se me derrumbaba encima.

Un día, al volver del trabajo, ella me hizo sentar en la mesa de la sala. Me había preparado chocolate caliente y ella se había servido jugo de manzana. Con un gesto de paz, casi de alivio, me informó:

—Voy a mudarme con Bob.

—¿Se van a casar?

Frunció los labios en un gesto de contrariedad.

—Yo ya tuve un matrimonio religioso. No está permitido tener dos.

—¿Y civil?

—Bob ya tuvo uno de esos. Y no quiere otro.

—Entiendo.

—Estoy contenta.

—Claro.

Bob siguió viniendo a casa, pero ahora, aparte de sus momentos con mamá, dedicaba un rato cada vez a hacer análisis de construcción. Miraba una pared con actitud técnica y decía:

—Vamos a tener que pintar eso.

O daba vueltas en torno a un punto del suelo, con aire crítico, para terminar sentenciando:

—Estos suelos terminarán por romperse. Sería mejor cambiarlos.

La primera vez que hizo una de esas cosas miré a mi madre extrañado. Ella me explicó:

—Alquilaremos este apartamento para tener un ingreso más. Bob dice que sacaremos más dinero si está perfecto.

Nadie me pidió marcharme. Nadie me invitó a marcharme con ella. Continuamos todos tomando té y galletas, y haciendo planes para un futuro en el que no figuraba yo.

Poco después de mi regreso yo había descubierto un gato. Seguramente, la mascota de algún vecino que se escapaba en misiones de reconocimiento por el barrio. A veces lo veía desaparecer bajo los carros. Otras, cuando se sentía seguro sobre la capota aún caliente de uno de ellos, me observaba a la distancia con pereza, casi con pedantería. Al detectar su presencia vagabunda, yo le había comenzado a dejar tazones de leche y trozos de pollo en un plato, junto a nuestra puerta. Al principio, yo solo veía las migajas al salir de casa. Después alcanzaba a verlo correr cuando yo aparecía. Más adelante dejó de escapar de mí. Y, finalmente, al aparecer, me exigía comida con maullidos lastimeros. Llegué a ponerle nombre: Alfajor, como un postre que había probado en el Perú. Me pareció un nombre dulce.

En los mismos días en que Bob comenzó a tasar nuestro apartamento, el gato desapareció. Imposible saber si sus dueños lo habían castrado. O el departamento de sanidad se lo había llevado a un refugio para animales. O había muerto. Merodeé por toda la cuadra con un plato de jamón, llamándolo. Pero nunca volví a escuchar su maullido lastimero.

Después de buscarlo toda la tarde volví a casa, volví a mi habitación. Jugueteé con el teléfono un buen rato sin atreverme a hacer nada. Al final, marqué un número.

Del otro lado, había mucho ruido, como si hubieran contestado la llamada en medio de un mercado. A pesar de todo reconocí la voz. Se sentía un punto ronca, acaso afónica, pero era la misma de toda mi vida.

—¿Sí?

No pude decir nada. La voz exigió una identificación:

—¿Sí? ¿Quién es?

Empezaba a impacientarse.

Pero todos íbamos a necesitar mucha paciencia a partir de entonces.

—¿Se puede saber quién habla? —se molestó.

Tuve que hacer un gran esfuerzo, pero conseguí responder:

—Hola, papá. Soy yo.

AGRADECIMIENTOS

Este libro se fue tejiendo con la conversación y textos de amigos como Paola Ugaz, Alberto de Belaúnde, Gonzalo Cano y otros que prefieren no ser mencionados. Pero también se alimenta de narraciones de diversos géneros y países, como el libro de Carmen Aristegui *Marcial Maciel: historia de un criminal*, el pódcast de Radio Ambulante *Detrás del muro* o películas como *Grâce à Dieu*, *El club*, *Spotlight* y la serie *Examen de conciencia*. Gracias a todos sus autores por echar luz sobre la oscuridad.

ÍNDICE